Herbert Hufnagl

Kopfstücke

Herbert Hufnagl

Kopfstücke

Realsatiren aus Österreich

VERLAG DER APFEL

Impressum:

Satz, Graphik, Umschlaggestaltung
Christa Mössmer, Wien
ISBN 3-85450-163-3

Etwas ist faul im Staate, und Herbert Hufnagl ist in der Zeitung der Mann, der das österreichische Panoptikum der Fäulnis ironisch widerspiegelt. Das ist aber nicht zum Lachen: Die Kolumen notieren die nationalen Verwahrlosungen, den Alltagsfaschismus, zu dem kein kleiner Teil des österreichischen Kolumnismus ja selber gehört. Deshalb ist Hufnagl eine Ausnahmeerscheinung, und er ist es auch darum, weil er die Fähigkeit besitzt, auf dem kleinsten Raum der Kolumne die größten Schritte zu machen. Wie macht das der Hufnagl, daß er mit ein paar hundert Zeichen täglich ganze Welten skizziert?

Franz Schuh

Sechs Szenen aus Österreich

Im Zug. – Der kleine österreichische Eisenbahndialog, irgendwo nächst Payerbach an der Südbahn. Ein Passagier, der in der Werbung gehört hat, man könne sich beim Zugbegleiter ein Telefon ausborgen, begibt sich auf die Suche nach einem solchen. Nach längerer Zeit wird er fündig und fragt: *»Ich müßte dringend telefonieren. Haben Sie vielleicht ein Handy?«* Der Zugbegleiter, mit leicht glasigem Blick, fragt höflich zurück: *»Was für ein Hendi? A Grillhendi oder a Backhendi?«* – Ein typischer Fall von ÖBB-Totalservice.

*

Im Supermarkt. – Der kleine österreichische Kassendialog in einer Billa-Filiale. Eine Dame mit prall gefülltem Einkaufswagerl bemerkt, daß in der Schlange direkt hinter ihr ein Mann im Overall steht, der zwei Flaschen Bier in der Hand hält. Dame: *»Ist das alles, was Sie haben?«* Er: *»Ja!«* Dame: *»Na, dann gehen S' doch vor!«* Er: *»Nein, danke. Ich bin in der Arbeitszeit!«*

*

Im Taxi. – Ein Schweizer Sportjournalist, der sich an einem glühend heißen Sommertag mit einem Taxi in Richtung Ernst Happel-Stadion führen ließ, fragte den Fahrer: *»Haben Sie vielleicht eine Klimaanlage?«* Taxler: *»Hob i scho, owa i vertrog's ned!«* – Der Mann könnte eine Berufssymbiose mit jenem Kellner im Krügerlparadies »Schweizerhaus« eingehen, der zu eines Gastes Wunsch nach einem Seidel Bier lakonisch anmerkte: *»Möd'n S Ihna wieder, waun S' an Duascht hobn!«*

*

Im Gerichtssaal. – Ein angeklagter Staatsanwalt hat bei seinem Kremser Prozeß die Einsatzgruppe zur Bekämpfung der organisierten Kriminalität (EDOK) als *»Trottelverein«* bezeichnet. Der Richter mußte daraufhin die Schriftführerin korrigieren, weil diese *»Trachtenverein«* verstanden hatte. – Die Frage ist: Was kränkt die EDOK-Mannen mehr?

*

Im Postamt. – Nebenstelle AKH, vor dem Schalter eine Warteschlange. Die Beamtin dreht sich zu einer Kollegin um, die hinter ihr steht: *»Bist du scho in der Pause?«* – *»Wieso?«* – *»Weil i di was fragen wollt.«* – *»Jo, i bin scho in der Pause!«* – *»Na guat, dann frag i di nachher!«*

*

Auf der Straße. – Am 28. April 1994 um 14.25 Uhr beobachtete ich vor dem beliebten Wirtshaus »Zur Stadt Krems« in Wien einen Autofahrer, der ungeduldig hupte, weil sich eine Frau am Steuer beim Einparken etwas ungeschickt anstellte. Auf meine gestische Aufforderung hin, eine weitere Probe seines exquisiten Lärm-Erzeugungstalents abzuliefern, geschah folgendes. Der Mann kurbelte das Seitenfenster herunter und rief mir zu: *»Geh gacki!«* – Diese elegante Variante einer im Volksmund fest verankerten Redewendung hat mich beeindruckt. Das Leben in der Stadt wird immer kultivierter.

Verletztengespräch

Gern spricht der österreichische Mensch über seine Krankheiten. Treffen zwei Kranke aufeinander, gibt es überhaupt kein Halten mehr. Frühmorgens an einem Oktobertag fand in den Warteräumlichkeiten des Meidlinger Unfall-Spitals, Abteilung Wundversorgung, ein Krankheitsgespräch statt, das in Wirklichkeit ein Verletztengespräch mit Erholungshintergrund war.

Objekte des Erfahrungsaustausches waren ein bläulich schimmernder kleiner Finger (1. Glied, linke Hand) und eine verletzte kleine Zehe (rechter Fuß).

Die Besitzerinnen von Finger bzw. Zehe (zwei Damen um die 40) schildern zuerst den Unfallhergang (Fleischwolf stürzt auf Finger bzw. Fuß prallt gegen Kastel-Kante), dann aber kommt das wahre Problem ans Licht.

Der Arzt, so klagt die Finger-Frau, wolle sie nur für 14 Tage krankschreiben, sie hingegen habe mit mehr gerechnet und eine Reise in die Dominikanische Republik (ganzjährig günstiges Fingerheilungs-Klima, Anm.) gebucht. Diese Mitteilung beunruhigt die Zehen-Frau, die, wie sie nun erzählt, auch schon gebucht hat, nämlich Gran Canaria (im Herbst ideale Zehengenesungs-Temperatur, Anm.).

Ohne zu wissen, ob für die beiden doch noch alles klappt, halte ich fest: Wenn die Ärzte beim Krankschreiben nicht einmal auf die einfachsten Bedürfnisse der Patienten Rücksicht nehmen, dürfen sie sich nicht über fehlende Wertschätzung wundern.

Tiroler Eigenständigkeit

Die Steirer gelten (aus Wiener Sicht) als wildes Gebirgsvolk hinter dem Semmering. Noch schlimmer: Als Kropferte. Das ist natürlich Unsinn, denn in Wahrheit ist der Steirer ein herrlicher Mensch (Reinhard P. Gruber). Auch die Tiroler haben mit pauschalen Vorurteilen zu kämpfen, z. B. mit dem einer durch nichts zu übertreffenden Sturheit.

Genauso falsch. Wer das glaubt, verwechselt Sturheit mit Eigenständigkeit.

Tirolerische Eigenständigkeit kann so aussehen: Eine Wiener Pensionisten-Gruppe weilt – noch in den seligen Schilling-Zeiten – in Brixen im Thale. Man besucht ein bodenständiges Wirtshaus (»Hoferwirt«), und als es ans Zahlen geht, passiert's. Die Pensionistin Leopoldine S. muß der Hafer gestochen haben, denn sie überreichte der Kellnerin eine 100-Schilling-Münze aus Silber. Nach wortlosem Staunen sowie Begutachtung durch Hin- und Herdrehen sagt die Kellnerin endlich: »Kenne ich nicht!« Selbst die lokalpatriotische Prägung (XII. Olympische Winterspiele Innsbruck) vermag sie nicht zu überzeugen.

Pensionistin: *»Das ist ein österreichisches Zahlungsmittel, ich habe es von der Bank!«*
Kellnerin: *»Von Brixen?«*
Pensionistin: *»Nein, von Wien.«*
Kellnerin: *»Dann nehme ich es schon gar nicht!«*

Ein interessanter Fall von vorgelebter Eigenständigkeit, gepaart mit gesundem Mißtrauen gegenüber dem hauptstädtischen Bankwesen. Schließlich glaubten viele Tiroler Jahrzehnte lang, ihre Währung sei die Deutsche Mark. Natürlich nur in Papierform.

Der Feind im Kino

Während sich der Kino-Freund von heute auf dem von Besuchern der vorangegangenen Vorführung gelegten Popcorn-Teppich knirschend in Richtung Sitzplatz bewegt, hält er schon Ausschau nach dem Feind. Es handelt sich hiebei um den Sitznachbarn in Verbindung mit der elementarsten aller Kinobesucher-Fragen: Wer beherrscht in den kommenden zwei Stunden die trennende Armlehne?

Die Eroberung der Lehne wird zwar wortlos, aber dafür tückisch betrieben. Obwohl auf ihr zwei Ellbogen Platz hätten, will ein echter Sitzer auch Raum für den Unterarm. Und so sinkt der Feind in seinen Sessel – und breitet sich aus. Möglichst rasch. Die einmal okkupierte Lehne gibt er so leicht nicht auf, es sei denn, er muß beidarmig kämpfen, weil sein zweiter Sitznachbar *nicht* seine Begleiterin ist. Frauen zeigen nämlich nur selten Lehnenkampfnatur, was aber keinerlei Schlußfolgerung zuläßt. Gott bewahre!

Der Feind geht nur ganz kurz auf Tuchfühlung, indem er den ins Territorium eingedrungenen Fremd-Ellbogen einfach wegschiebt und dabei so tut, als sei das nur Zufall. Quetscht sich ein Spätling durch die Reihe, gilt die Goldene Faust- bzw. Armregel: Wer zuerst wieder sitzt, ist Lehnen-Chef.

Zuletzt noch ein wichtiger Rat: Wirklich erfahrene Lehnen-Kämpfer führen niemals die Popcorn-Hand zum Mund, sondern neigen den Kopf zur auf der Lehne lagernden Popcornhand. Das sieht zwar seltsam aus, ist aber die ideale Lehnen-Verteidigungstaktik bei gleichzeitiger Nahrungsaufnahme.

Aus dem Stadtleben

Das Leben in der Hauptstadt ist nicht nur angenehm, sondern auch spannend und abwechslungsreich. Jeden Moment kann etwas passieren, mit dem man nicht rechnet.

Es geht z. B. eine ältere Frau durch die Kandlgasse im Bezirk Neubau und nähert sich einem Hydranten, an dem ein Gemeindearbeiter hantiert.

Als sie sich genau neben dem Hydranten befindet, passiert das, was wir sonst nur aus den schlechten Filmen von Otto Retzer kennen: Ein Wasserstrahl schießt quer über den Gehsteig und trifft die Passantin voll. Sie ist waschelnaß und überlegt, was der Arbeiter nun sagen wird:

a) Können S' ned aufpassen?
b) Entschuldigen Sie, das ist mir aber jetzt wirklich peinlich.
c) Scheiß Hydrant!

Verblüffenderweise entscheidet sich der Mann aber in der Wirklichkeit für *»Ollas muaß i allanich mochn!«*

Die Bürgerin läßt den Arbeiter auch allein, und sucht das nächste Kommissariat auf. Sie will polizeilich bestätigt haben, daß sie kommunalerseits eingeweicht wurde. Sie überlegt, was der diensthabende Beamte als erstes sagen könnte:

a) Haben S' an Ausweis?
b) Warum gengan S' durch die Kandlgasse?
c) Das werden wir gleich haben.

Aber auch bei ihm liegt sie falsch. Der Polizist sagt nämlich *»Na ja, im Regen werden S' ja auch naß!«*

Zuletzt beschwert sich die Bürgerin telefonisch bei der MA 48. Und nun passiert das wirklich Unfaßbare. Man hat Verständnis für ihren Ärger und entschuldigt sich. Wenn das im Amtsbereich Schule macht, schau' ma bald g'sund aus!

»Bumser« und Bumser

August 1994. – Ein Wort geht (wieder) durch die Medien, das uns längst entfallen war: »Bumser« unter Anführungszeichen. Es kommt von Bums, was der Große Brockhaus mit *kurzer, dumpf dröhnender Krach* definiert. Wer einen Bums verursacht, ist demnach ein Bumser.

Das klang immer irgendwie nett, nicht wirklich unsympathisch, bis eben die »Bumser« unter Anführungszeichen zu einem Begriff für Attentäter wurden. Das ist aber Jahrzehnte her, bald gerieten sie und ihr Name in Vergessenheit, ehe nach angemessener Zeit die Bumser ohne Anführungszeichen die deutsche Sprachwelt eroberten und auch nach Österreich einsickerten.

Das putzige Synonym für die arterhaltende Lieblingsbeschäftigung der Menschen leitete praktisch den Untergang wirklich erotischen, also deftigen Vokabulars ein, und als eines Tages sogar die sonst so freche Stadzeitung *Falter* mit der mächtigen Bekennerschlagzeile *Ich habe gebumst* für Erregung sorgte, brach unter echten Erotomanen große Trauer aus.

Aber nun tauchte aus aktuellem, südtirolerischem Anlaß plötzlich wieder »Bumser« auf, und selbst die kühle *Zeit im Bild*-Moderatorin Ingrid Thurnher zögerte Bruchteile von Sekunden, bevor ihr »Bumser« nicht ganz krampflos live über die Lippen kam. Schließlich sind Anführungszeichen phonetisch nicht zu vermitteln.

Da hatte es die *Krone* in einem Bericht über den in Scheidung lebenden Bundespräsidenten leichter. Der Satz *Italiens Präsident Scalfaro ließ Klestil in der »Bumser«-Frage abblitzen,* ist unmißverständlich. Alles andere wäre ja auch seltsam gewesen.

*

Der Leser Markus M. aus Hietzing sandte mir dazu ein Fax: *»Zu Ihren interessanten Ausführungen über ›Bumser‹ und Bumser habe ich eine Frage. Wenn ein ›Bumser‹ ein Sprengstoffattentäter, und ein Bumser ein Beischläfer ist, was ist dann ein Bumsbomber?«* – Das ist Ansichtssache. Entweder ein »Bumser« in Bombenlaune oder ein bomben Bumser. Wahrscheinlich aber kein Bomben-Bumser. Angeblich nennt man Bumsbomber auch Charterflugzeuge, die europäische Männer nach Thailand bzw. die Ehefrauen von längere Zeit im Ausland weilenden Spielergemeinschaften (Fußballer, Philharmoniker usw.) irgendwohin transportieren.

Quauteputzli

Im Magazin der *Süddeutschen Zeitung* habe ich vor Monaten eine lustige Kolumne gelesen. Der Autor Axel Hacke beschrieb, wie sich das aztekische Wort *Quauteputzli* eines Tages in sein Hirn einfraß. Es bedeutet angeblich Mundwasser, aber das ist nicht so wichtig. Hacke sagt jedenfalls, daß er seither von *Quauteputzli* verfolgt wird. In gewissen Momenten fällt es ihm ein und bleibt unbarmherzig im Kopf sitzen. Alle Versuche, es loszuwerden, scheitern: *»Ich würge das Wort, bis ihm die Vokale aus dem Leib treten: Qtptzl. Aber es schüttelt sich und steht wieder in voller Größe da: Quauteputzli.«*

Ich vergaß die Kolumne – nicht ahnend, daß sich etwas in meinem Kopf eingenistet hatte, lebte ich fröhlich vor mich hin. Da erzählte mir ein Freund von seiner geplanten Reise nach Mexiko. Mexiko! Das war offenbar der Weckruf für das in mir schlummernde *Quauteputzli.* Die Katastrophe nahm ihren Lauf. Während Hacke wenigstens nur alle heiligen Zeiten für jeweils ein paar Stunden unter *Quauteputzli* leidet, lebe ich seither ohne Unterbrechung in einer *Quauteputzli*-Welt. Das Wort tanzt über meinen Bildschirm, kriecht tückisch zwischen Buchzeilen hervor, und wenn es vorübergehend entweicht, stoße ich irgendwo an den meistgenannten Begriff unserer Zeit, also auf *Quote,* und schon befällt mich wieder *Quauteputzli.* Ich rufe daher an dieser Stelle klipp und klar aus: Axel Hacke ist ein Schuft!

Ich habe eine Schreckensvision: Ein Journalist nach dem anderen übernimmt die Geschichte, grenzüberschreitend bildet sich eine *Quauteputzli*-Kette, die eines Tages den ganzen Erdball umspannt. Milliarden Leser denken nur noch (oder wenigstens einmal in der Woche) *Quauteputzli.* Furchtbar. Aber ich kann wenigstens beweisen, daß es ein anderer war, der damit begann.

Studentenfrühstück

Der Student in Österreich hat kein leichtes Leben. Das läßt sich schon allein aus der Tatsache ableiten, daß in fast keinem anderen Land Studenten so lange Studenten sind wie bei uns. Vielleicht auch deshalb, weil zwischen der vom Studenten erwarteten Tätigkeit, also dem Studieren, und dem bloßen Studentsein nicht immer ein kausaler Zusammenhang besteht.

Zum Ausgleich für das anstrengende Studentendasein und die ohnehin schon ziemlich verwirrenden Studienverzeichnisse hat die Hochschülerschaft an der Universität Innsbruck vor einiger Zeit einen Beislführer herausgegeben, *»weil das studentische Leben nicht nur daraus besteht, an den Universitäten zu lernen.«*

Das gefällt mir außerordentlich, wobei das in dem studentischen Beislführer angeführte *Café Schnappschuß* der absolute Hit ist. Es handelt sich dabei nämlich um das einzige Innsbrucker Lokal, in dem man bis 16 Uhr frühstücken kann.

Daß man normalerweise gleich nach dem Aufstehen frühstückt, darf in dem Fall aber zu keinen falschen Schlüssen führen. Oft studiert ja der Student die Nacht durch, eilt frühmorgens übergangslos zur Vorlesung, weil er sonst keinen Platz bekommt, lauscht den Professoren und diskutiert mit den Kommilitonen noch einmal alles durch. Das kann sich bis in den Nachmittag hineinziehen, und immer noch war keine Zeit fürs Frühstück. In diese Marktlücke stieß das *Café Schnappschuß.*

Zumindest um die Lebensqualität von Innsbrucks Studenten muß man sich seither weniger Sorgen machen.

Philosophisches

Die philosophischen Ausbrüche des Österreichers sind natürlich von unterschiedlicher Qualität. Wenn z. B. der frühere Erzbischof von Wien, Hans Hermann Groër, in einem Interview sagt *»Denkbar ist alles, was existieren kann in der Welt«*, dann gehört das schon zum Erlesensten.

Die Erkenntnisse einfacherer Menschen bewegen sich naturgemäß in anderen Regionen. Eine Schicksalsfügung ließ mich im Frühjahr 1995 als Zuhörer am Gespräch zwischen einem Autobus-Chauffeur und einer älteren Frau teilhaben. Er sprach sich mitten in Hernals für die Aushungerung Bosniens aus und begründete dies wie folgt: *»Wer nix zum Fressen hat, kann kan Krieg führen!«*

Näheres zum Rezept *Zur Humanität durch Inhumanität* war nicht zu erfahren, weil sich die beiden nahtlos mit dem bevorstehenden Weltuntergang befaßten. Die Frau klärte den Fahrer darüber auf, daß die Katastrophe gemäß den Prophezeiungen des Nostradamus im Jahr 2000 stattfinden werde, der Chauffeur erkannte sogleich, daß der Menschheit somit nur noch fünf Jahre blieben. Dem allgemeinen Bedauern über diesen Umstand folgte jedoch eine plötzliche Wende.

Der Chauffeur: *»An Grund gabert's für mi, daß i mi frein tat', waun zwatausend die Wöd untergangert«* Er legte eine geniale Pause ein, die Spannung stieg. *»Wäu, do hätt' i mei Haus no ned ozoid, und des vergunnat i dena Banken.«*

Das war zwar weniger philosophisch, aber trotzdem lehrreich. Ein Beispiel für positives Denken in schweren Zeiten. Und im übrigen lernen wir daraus, daß das Volk fest an die Unverwüstlichkeit der Banken glaubt. Selbst für den Fall des Weltunterganges.

Gesetzestextkünstler

In Wien fand ein vom Wirtschaftsbund initiiertes Symposion mit dem Titel *»Stop der Gesetzesflut«* statt. Mir täte eine Reduzierung des Gesetzesauswurfs leid, weil die Gefahr besteht, daß eines Tages womöglich auch die besten Verfasser von Gesetzestexten in der Versenkung verschwinden.

Zum Wesen eines Gesetzestextes gehört ja auch, daß ihn jeder versteht. *»Militärflugzeuge sind Luftfahrzeuge, die das Kennzeichen eines Militärfahrzeuges tragen«* – versteht jeder.

Gesetzestexter sind Gefangene ihres Tuns, weil dabei absolute Unmißverständlichkeit nötig ist, deshalb lösen ihre Hervorbringungen oft Spott aus. Etwa diese: *»Wenn der für tot Erklärte persönlich vor Gericht erscheint und die Aufhebung der Todeserklärung verlangt, so hat das Gericht ... die Aufhebung der Todeserklärung auszusprechen«*. Wäre das nicht so deutlich festgeschrieben, hätten sich vielleicht schon viele irrtümlich für tot Erklärte aus Verzweiflung in eine Gruft fallen lassen.

Apropos: Ein Text wie *»Die Friedhofsverwaltung führt eine Sammelgruft, in der vorübergehend Verstorbene beerdigt werden«* läßt natürlich Fragen offen, weil die vorübergehend Verstorbenen ja irgendwann wieder aus der Gruft herauswollen, was aber grad bei Erdgruften nicht leicht sein dürfte.

Verordnungstexte sind eigentlich immer sehr interessant. Ich gebe allerdings zu, daß ich über diese (Dienstordnung der Stadt Wien) noch nachdenken muß: *»Lassen die besonderen Umstände des Dienstes eine genaue Einhaltung der halben Arbeitszeit nicht zu, so kann sie soweit überschritten werden, als es nötig ist, um ihre Unterschreitung zu vermeiden.«*

Wenn die Queen tobt

Nobember 1995. – Natürlich habe auch ich das Interview mit der bedauernswerten Prinzessin Diana gesehen, natürlich habe ich jedes Wort darüber in Zeitungen und Magazinen gelesen, um zu den letzten Wahrheiten vorzudringen. Und natürlich beeindruckt mich dabei am meisten das, was Österreichs *News* dazu festhielt.

Weniger, daß Prinzessin Diana *»durch ihr reizvoll perforiertes Nervenkostüm so viel blanke Seele blitzen ließ, wie nie ein Royal vor ihr«;* weniger, daß sie deshalb *»die britische Insel zum Beben brachte«;* weniger, daß Prinz Charles *»siedenden Blaubluts«* eine fürchterliche Drohung gegen seine Frau ausstieß. Nein, die wahre Enthüllung lautete so: *»Die Queen tobt.«*

Solche unkontrollierten Momente königlichen Daseins übersteigen wahrscheinlich die Vorstellungskraft der meisten erdnäheren Menschen. Sie fragen sich: Was geschieht wirklich, wenn die Königin von England tobt.

Rast sie szepterschwingend und brüllend hinter dem Personal her? Rennt sie mit dem Windsorhaupt immer wieder gegen eine Palastwand? Beißt sie hemmungslos in einen Perserteppich? Oder stürzt sie gar bebend zur Kronenvitrine und schleudert die schönsten Stücke gegen den Prinzgemahl, daß die Diamanten nur so fliegen?

Nur die vermutlich in einem Chippendale-Schrank verborgen gewesenen *News*-Reporter werden es genau gesehen haben. Dennoch beschränkten sie sich auf den Satz: *»Die Queen tobt.«* Sehr nobel.

Politisches

Als Innenminister Ernst Strasser in der *ZiB 2* die *Rausch- und Lasterfahndung* herausrutschte, ist ihm der Versprecher vielleicht deshalb passiert, weil diese Buchstabenvertauschung intern ein politischer Dauergag ist, und er sich vornahm, es im Fernsehen nur ja nicht zu sagen. Andrerseits könnte meine Theorie falsch sein, und Strasser verriet uns – ohne es zu wollen – einen geheimen Plan der Bundesregierung. Da heißt's dann aufpassen, weil eine Rausch- und Lasterfahndung dem Stolizeipaat ziemlich nahe käme.

*

Kaum hatte Peter Westenthaler eine neue Frisur, sagte er in *Format* über den in den letzten Zuckungen liegenden ORF-Generalintendanten Gerhard Weis: *»Ich weiß nicht, warum dieser Herr Amok läuft. Der leidet an massivem Realitätsverlust.«* – Da hat es Westenthaler besser. Der Gute glaubt seit Februar 2000 lediglich, Besitzer der Republik Österreich zu sein.

*

Wahre Politik wird in den Bezirken der Hauptstadt gemacht. Im *stadtjournal* schreibt der grüne Klubobmann Wolfgang Kotz: *»Obwohl Radfahren gegen die Einbahn im vom Gemeinderat beschlossenen Klimaschutzprogramm als wichtige Maßnahme zur Erreichung des Kyoto-Zieles gefordert wird, hatte es in Hernals bis jetzt keine Chance.«* – Wir lernen: Nicht nur US-Präsident Bush hustet auf Kyoto. Aber in Hernals haben jetzt die Grünen immerhin *»in der Gschwandtnergasse ein erstes Stück Radfahren gegen die Einbahn durchgesetzt«*. Die Kyoto-Versammlung dankt.

*

Eine beruhigende Nachricht drang aus dem Wiener SPÖ-Gemeinderatsklub: *»SPÖ-Gemeinderat Ernst Woller: Klares Bekenntnis zum qualitätsvollen, deutschsprachigen Musical in der Kulturstadt Wien.«* – Recht so! Aber was ist ein Musical?

*

Der Landeshauptmannstellvertreter von Kärnten ließ über den FPÖ-Pressedienst mitteilen: *»Das Hinterherlaufen von abgefahrenen Zügen ist auf Dauer für Ambrozy nicht zufriedenstellend, so Pfeifenberger heute. Für konstruktive Ideen aber hat Pfeifenberger immer ein offenes Ohr.«* – Auf die konstruktive Idee, solchen Stuß auf unfreiwilligen Humor zu prüfen, kommt er vielleicht sogar von selbst.

*

Vieles von dem, was Viktor Klima als Bundeskanzler öffentlich gesagt hat, wird dereinst womöglich vergessen sein. Aber an ein Zitat (in *News*) werde ich mich ewig erinnern: *»Ich finde dieses Österreich so klass' – es gibt hier acht Millionen kreative, tolle Menschen, die man nur aufwecken muß.«* – Wann er von selbst erwachte, um über diesen Traum herzlich zu lachen, weiß niemand.

*

Der Alltagsphilosoph Ewald Stadler (FPÖ) sagte: *»Man erhält für jeden Schmarrn Zuspruch, wenn er nur tief genug angesetzt ist!«* Das bezog sich zwar nur auf eine Erotik-Messe, aber die Strategen seiner Partei haben unterdessen aus der Stadler'schen Erkenntnistheorie viel gelernt.

Die Verwaltungslücke

An einem kalten Jännertag habe ich zum ersten Mal das Wiener Verkehrsamt betreten, was sehr interessant war. Man möchte nämlich gar nicht für möglich halten, wie dicht die Geruchsatmosphäre in einem überheizten Bürogebäude sein kann. Der vergnügte Nichtduscher Hermes Phettberg würde es wahrscheinlich freiwillig nie wieder verlassen.

Unterdessen kann ich aber wieder frei atmen, wenngleich die Jagd nach einem Führerschein-Duplikat noch einen zweiten Besuch nötig macht. Bis zur Ausfolgung der rosaroten Trophäe arbeitet das Amt ja zwei Wochen. Bis dahin hat man aber immerhin Zeit genug, um z. B. über ein Detail auf dem Antragsformular (»Vorname der Eltern«) nachzudenken. Unglaublich, wie leichtfertig die Polizei an diese wichtige Frage herangeht.

Warum besteht sie nicht darauf, für die Eintragung die Vorlage der elterlichen Geburtsurkunden zu verlangen? Man muß sich nur vorstellen, wozu solche behördliche Schlamperei führen kann: Ein Kindskopf schreibt *Fritz, Maria* ins vorgesehene Kästchen, aber in Wahrheit heißen seine Eltern *Hubert, Berta.* Und trotzdem fährt so jemand frech mit dem Auto herum.

Womöglich haben überhaupt schon Tausende Führerscheinbesitzer das Verkehrsamt mit falschen Elternvornamen gepflanzt. Wer garantiert uns, daß eine Elternvornamenüberprüfungskommission all diese Fälschung irgendwann aufdeckt?

Wir lernen: Österreichs Verwaltung weist gefährliche Lücken auf.

Spluszeltrumka

Leider ist es so, daß das *Raumschiff Enterprise* in meinem bisherigen Leben eine untergeordnete Rolle spielte. Man könnte sogar sagen, es ist an mir vorbeigesegelt. Dementsprechend dürr ist mein Informationsstand über die Klingonen, die wilden, kriegerischen Außerirdischen. Aber nun lese ich in der eigenen Zeitung, es gibt

Das offizielle Wörterbuch
Klingonisch / Deutsch
Deutsch / Klingonisch

Das macht die Enterprise und das gesamte Star Trek-Tum für mich natürlich schlagartig interessant, weil mir z. B. gefällt, daß *bljathi' e' ylmey* auf deutsch *Halt den Mund* heißt. Das Wörterbuch ist angeblich ein Bestseller, wahrscheinlich weil es viele Menschen gibt, die glücklich sind, in unserer sprachlosen Zeit ein Inselchen zu finden. Und irgendwo verdient jemand viel Geld damit.

Mit Kummer denke ich daher an einen Herrn namens Weidoputz zurück, der eines Tages erschien und mich zur Zusammenarbeit für ein Geheimsprache-Projekt einlud. Zum Beweis legte er mir die von ihm verfaßte und gleich übersetzte Ballade *Spluszeltrumka* (=Heimweh) vor. Ich erinnere mich genau an die ersten zwei Zeilen: *Rimsmanko da vla praus / Klabatsch brumms Heinrich Kraus.* (=Fern von zu Haus / sitzt Heinrich Kraus).

Die Ballade war insgesamt zum Weinen, trotzdem mochte ich nicht an die Zukunft von Weidoputzens Geheimsprache glauben. Das war ein schwerer Fehler, vielleicht wären wir beide heute reiche Männer. Es grenzt ja ans Phantastische, wofür Menschen Geld ausgeben. Mir wären z. B. die Memoiren von Karl Moik in Klingonisch viel wert.

Auf Exponat-Suche

Bei der nächsten EXPO wird sicher auch Österreich vertreten sein, und ich stelle mir jetzt schon vor, womit wir dort Aufsehen erregen könnten.

In einer geräumigen Glasvitrine wird ein lebender Österreicher im Trachtenanzug ausgestellt, der jodelt und in der Hand ein Mobiltelefon hält. Und auf einem von Christian Ludwig Attersee gestalteten Schild steht (natürlich mehrsprachig) zu lesen: *Sie sehen hier das einzige Lebewesen, dem es gelungen ist, bei Telekom Austria auf Anhieb eine telefonische Verbindung samt gewünschter Auskunft zu erhalten.*

Das einzige Problem ist, daß dieses Weltunikum bis jetzt noch nicht gefunden wurde, aber man soll die Hoffnung nicht aufgeben.

Fürs erste schlage ich vor, daß der Verein der Freunde der österreichischen Telekom-Warteschleife gegründet wird. Er wird, da bin ich ziemlich sicher, sehr bald Österreichs Verein mit den meisten Mitgliedern sein. Einen Obmann hätte ich auch schon anzubieten. Es handelt sich um einen Kollegen, der bei einem Anrufversuch zwar schon nach 12 Minuten Warteschleife einer Telekom-Dame seinen Auskunftswunsch mitteilen konnte, dem aber nach weiteren 24 Minuten Warteschleife der Hörer aus der kraftlos gewordenen Hand gefallen war. Er brauchte einen Tag Bettruhe, dann ging es ihm wieder besser.

Die Vereinsmitglieder, so ungefähr stelle ich mir das vor, schwärmen ganzjährig und landesweit aus, hören sich überall um, so lange eben, bis das Unikum gefunden ist.

Und wenn Telekom Austria selber jemanden auftreibt, soll es uns auch recht sein. Obwohl sich das wahrscheinlich erst bis zu einer EXPO nach 2010 ausgehen wird.

Millenniumsfieber

Mai 1996. – In mir entsteht eine kleine Unruhe. Seit Tagen beobachte ich heimlich das Treiben meiner Frau und unserer Kinder, kann aber nichts Auffälliges bemerken. Womöglich tritt der peinliche Fall ein, daß ausgerechnet bei uns nicht stattfindet, was *Die Presse* vierspaltig jubeln ließ: *Familie Österreicher im Millenniumsfieber.*

Nein, angesichts eines so wunderbaren, vor allem aber seltenen Jubiläums will auch ich mitfiebern. Die Familie von der Sinnhaftigkeit eines solchen Fiebers zu überzeugen kann kein wirkliches Problem sein.

Das Angebot von »Consul Reisen« (Wels) – *Millennium, eine 1000-jährige Zeit-Reise zu hochkarätigen Kulturschätzen* – werden wir aus Zeitgründen wahrscheinlich nicht annehmen. Mit dem *Millennium Blue Danube Gold Package* von »Austropa« (Krems) könnte ich z. B. die Kinder mühelos ködern, weil auch ein *Stadtrundgang mit Walkman* im Package enthalten ist. Da von Natur aus gehfaul, könnte ich währenddessen den Package-Punkt *Erlebnisweinkost im Kloster* absolvieren. Meiner stets wißbegierigen Frau, die zu dem Zeitpunkt mit dem *3-Gang-Fahrrad* unterwegs sein wird, erzähle ich dann beim Heurigenbesuch im Fieberrausch, was eine Erlebnisweinkost ist. Zu viert brechen wir zuletzt zur *Besichtigung der Kunsthalle Krems* auf, weil ein bissel Kultur noch niemandem geschadet hat. Ausgeschlossen sind wir leider von einem Familientreffen, das in St. Pölten stattfindet. Alle Österreicher, die Österreicher heißen, sind Ehrengäste im neuen Regierungsviertel. Macht nichts, Hauptsache wir fiebern.

Zum Vatertag

Ab dem Muttertag warten Tausende Väter sehnsüchtig auf den Vatertag, um sich auch einmal so richtig verwöhnen zu lassen.

Die beglückende Einrichtung Vatertag dürften wir dem Handel verdanken. Der Handel, das unbekannte Wesen (mal fordert er, mal weist er zurück, mal protestiert er), positionierte den Vatertag in gebührendem Abstand zum Muttertag, weil sich die Väter von dessen Mühen erst erholen müssen. Aber wenn der große Tag erst einmal da ist (merkwürdigerweise ist er im Gegensatz zum Muttertag noch immer nicht kalenderwürdig), sollte der Väter Lustempfinden kein Ende kennen.

Ich stelle mir einen ordentlichen Vatertag so vor: Während ich noch tief schlafe, schleicht meine Frau heimlich in die Küche, um ein Festfrühstück vorzubereiten. Die Kinder sind noch früher aufgestanden und strömen aus ihren Bastelecken. Vielleicht erfreuen sie mich mit der einst von Loriot erfundenen laubgesägten Brieftasche oder dem gehäkelten Zündholzschachteletui, man weiß ja nie.

In größter Vorfreude bin ich bereits hellwach, wage aber nicht, überraschend zu erscheinen. Durch die Tür höre ich es rascheln und murmeln: Meine Tochter verpackt und vermascherlt, mein Sohn memoriert die Eigenkreation eines Vatertagsgedichtes. Aber irgendwann ist es soweit – die Schlafzimmertür fliegt auf, und ein Füllhorn familiärer Liebe ergießt sich über mich. Und wenn der gute Bub den Reim *»Viel Gutes für uns tat er, der herzensgute Va-ter!«* vorträgt, weinen wir (aus gutem Grund) ein bißchen, und ich trage zur Feier des Tages den Mistkübel in den Hof.

Es könnte natürlich auch sein, daß eine alte Familientradition beibehalten wird. Nämlich die, daß ich am Montag meinen verblüfften Lieben mitteile: *»Gestern war übrigens Vatertag!«* Und die werden wie immer sehr herzlich lachen.

Musik ist um uns

Im Herzen der Metropole tost unter freiem Himmel das Musikleben, und wir werden dabei wieder einmal mehr oder weniger dezent daran erinnert, daß beim Schöpfungsakt nicht alles perfekt abgelaufen ist.

Aber wir wollen nicht ungerecht sein: Hätte der Schöpfer vorausgeahnt, daß einmal auf dem Wiener Rathausplatz afrikanische Dauertrommler in Permanenz ihre Kunst vorführen oder daß Karajan aus der Konserve die Sommernächte durchdirigiert, wer weiß, ob ihm nicht eine freundlichere Ohrenlösung eingefallen wäre.

Stattdessen war er nur im Augenblick gnädig. Das heißt, er richtete es so ein, daß der Mensch seine Augen dorthin richtet, wo es ihm wert erscheint, was logischerweise das Wegschauen miteinschließt. Aber was mag er sich hinsichtlich der Ohrenfunktion gedacht haben? Selbst Wilhelm Busch *(»Musik wird oft nicht schön empfunden, weil stets sie mit Geräusch verbunden«)* konnte vor über 100 Jahren nicht ahnen, daß die Menschheit später einmal im öffentlichen Raum unter einer Dauerklangwolke leben würde.

Wer heutzutage nicht hören will, muß großräumig ausweichen, weil Weghören eben nicht vorgesehen ist. Ungünstigerweise hat aber die Schöpfung auch den Anrainer hervorgebracht, jene bedauernswerte Kreatur, die infolge ständiger Nachbarschaft mit wummernden 100.000 Watt-Boxen, schrillen Flötisten und singenden Nervensägen zuerst die Musikanten und dann das eigene Ohr zu hassen beginnt.

Bleibt nur die Gnade der Schwerhörigkeit. An ihr wird heftig gearbeitet.

Das Formgebrechen

Es schreibt mir Frau Susanne M. aus Hietzing: *»Ich hoffe, nicht der Form zu gebrechen, wenn ich sie auf selbige des h. o. Schreibens der MA 67 gebührend hinzuweisen beabsichtige.«*

Das ist sehr schön gesagt und zeigt, daß die Bürger allmählich mit dem Sprachgut der Aushecker umzugehen lernen. Es gibt ja viele kleine Leute, die nicht recht wissen, was sie tun sollen, wenn ein amtliches Schreiben eintrifft. Diesfalls trug es die Überschrift *Behebung eines Formgebrechens.*

Formgebrechen ist mir noch nie untergekommen, und ich gestehe, daß mir das Wort gut gefällt. Einfach, weil es etliche Interpretationen zuläßt. Vom Spitzensport bis zur Glockengießerei. Noch besser gefällt mir allerdings, wie die MA 67 das weitere Vorgehen klipp und klar darlegt: *»Es wird Ihnen daher (...) aufgetragen, dieses Formgebrechen (...) zu beheben.«*

Eine ordentliche Untertanin nimmt eine solche Auftragung nicht auf die leichte Schulter, noch dazu, wenn sie (wie Frau M.) einsichtig ist. Sie hatte namens eines Firmenangestellten Einspruch gegen eine Strafverfügung (5 Minuten Ladetätigkeit ohne Behinderung anderer) erhoben, verrät jedoch nun:

»Leider ist nach dortiger und hiesiger Aktenlage meine Vertretung des für mich fahrenden Angestellten nicht befugsmäßig bestempelt und besiegelt nachgewiesen, weshalb die mir aufgetragene Behebung des Formgebrechens 1.) vielleicht gar nicht möglich 2.) nicht erwünscht 3.) lächerlich 4.) zum Erbrechen erscheint.«

Kleiner Nachtrag: Das *Formgebrechen* trat auf, indem der Fahrer den Einspruch nicht ebenfalls unterschrieben hat. – Später stolperte ich über einen Fall, da hatte jemand vergessen, einem Antrag die erforderlichen Bundesstempelmarken beizulegen. Daß dies ein Stempelgebrechen war, sei nur der Vollständigkeit halber erwähnt.

Vom rüden Stil

Die Wahl der richtigen Worte ist nicht leicht, und es kann daher vorkommen, daß sündige Autoren irgendwann von einer höheren Macht gezwungen werden, sich für etwas zu entschuldigen, was sie reinen Herzens, manchmal sogar aus gutem Grund zu Papier gebracht haben.

Im *Standard* habe ich auf Seite 1, der Visitkarte jeder Zeitung, die ziemlich volkstümliche Wendung *»Da scheißt der Hund ins Feuerzeug«* gelesen. Offenbar in vorauseilender Abwehr von Protesten aus feineren Leserkreisen fügte der Autor vorsichtshalber in Klammern hinzu: *»Das steht im Duden, also dürfen wir im ›Standard‹ auch.«*

Es ist dies vielleicht eine richtungsweisende Praktik, die mir Mut macht, mich mit dem zu befassen, was gewissermaßen die Voraussetzung für die oben beschriebene Tätigkeit des Hundes darstellt.

Immerhin finden sich in Band 11 des Duden auch Wendungen wie *Arsch mit Ohren; jemandem in den Arsch kriechen; sich in den Arsch beißen* oder *Morgenstund hat Blei im Arsch.* Aber auch der Duden weiß, was er dem zivilisierten Menschen schuldig ist, weswegen er meist die Quelle für das Unaussprechliche bekanntgibt. Es handelt sich sehr oft um berühmte Schriftsteller, wie z. B. Walter Kempowski *(»Das soll meinen Arsch nicht kratzen!«)* oder Johannes Mario Simmel *(»Dir werde ich den Arsch aufreißen, du beschissener Dreckskerl!«).*

Die Zeiten, als Autoren Unwillen mit *Götz-Zitat* umschrieben, sind vorbei. Sie schreiben einfach in Klammern *Duden* hin, und es gibt keine Diskussion mehr über rüde Stilübungen.

Der Adventschock

Man möchte nicht für möglich halten, was der Mensch alles erträgt. Eines Tages, es ist später November, erhalte ich eine niederschmetternde Mitteilung meiner Frau. Das Fürchterliche daran ist, daß sie ohne jede einleitende Vorwarnung (*»Bitte, bleib jetzt ganz ruhig ...«* oder ähnliches) kommt. Nein, sie sagt einfach: *»Übrigens, heuer mach' ich für Weihnachten keine Vanillekipferln!«* Und: *»Es ist mir zu mühsam, immerhin habe ich sonst auch noch was zu tun.«*

Da ich weiß, daß das nicht wenig ist, würge ich ein tapferes *»Verstehe!«* hervor und tue so, als ob meine Welt in Ordnung sei. Heimlich informiere ich die Kinder über den Adventschock, meine Tochter, die Gute, bietet mir sogar an, wieder bei uns einzuziehen, um mir in diesen schweren Tagen ganz nahe zu sein. Ich bin sehr gerührt, lehne aber ab, weil eine so auffallende Aktion ihre Mutter womöglich unter Druck setzen könnte.

Während trübsinnigen Herumhängens im Ohrensessel lasse ich die herrlichen Vanillekipferljahre an mir vorüberziehen. Lerne, daß man angenehme Gerüche auch gedanklich herbeischnuppern kann, hadere trotzdem mit der glücklosen Gegenwart und habe eine Vision: Im ganzen Land wird plötzlich kein Vanillekipferl mehr gebacken. Zehntausende Frauen befreien sich von der Last, mit gebeugtem Rücken stundenlang zu kneten, zu wuzeln, zu formen, vor dem Backrohr zu lauern, einzuzuckern und zuletzt zusehen zu müssen, wie das Endprodukt blitzartig und gedankenlos vermampft wird. – Gleich geht's mir besser. Nicht sehr viel, aber doch.

Mediale Kettenreaktion

Das ist die Geschichte einer österreichischen Medien-Kettenreaktion aus dem Jahr 1997. Tagelang wußte niemand, wie sie enden würde.

1

Ein Medienberater des Medienministers (= Bundeskanzler) hat die grandiose Idee, Franz Vranitzkys heimische Silvesterparty (einziger Gast: Gattin Christine) zum Pressetermin zu machen.

2

Tags darauf meldet die Krone auf Seite 1 unter einem Bild mit dem salatmischenden Kanzler: *»Silvester-Koch Vranz: Trüffeln und Zander!«* Und ergänzt, daß Vranitzky *»ein fulminantes Silvester-Menü kochte.«* Aber im *KURIER* sagt Ro Raftl: *»Bitte, gekocht hat er nicht. Aber Salat gemischt und Fisch ins Rohr zum Wärmen geschoben und den Silvestertisch gedeckt.«*

3

Tags darauf richtet Günter Traxler im *Standard* seinen *Blattsalat* an und wirft mit mildem Spott die das Land bewegende Frage auf: *»Hat er nun gekocht oder nicht?«*

4

Reflexartig entlarvt daraufhin *Täglich Alles* im Rahmen seines im Zwei-Tage-Rhythmus laufenden Langzeit-Menüs *Magenstrudel für den Kanzler* diesen als *»Silvesterkasperl.«* Die Leser erfahren außerdem, daß die Kochaktion *»als Schwindel enttarnt wurde.«* – Die Tonart wird also härter.

5

Die folgenden Tage werden von den *Salzburger Nachrichten* offenbar zu intensiven Recherchen genützt. Der Kolumnist *Steinkauz* findet heraus, daß *66 Gramm Trüffeln 1238 Schilling und 33 Gramm 643 Schilling* kosten. Daraus folgert er: *»Das ist der Stoff, aus dem die Träume eines Populisten sind: Der Chef einer Arbeiterpartei, der zu Silvester nicht mit Karpfen und Erdäpfelsalat zufrieden ist, sondern Trüffeln speist.«* – Die Sache wird somit ernst, denn der Autor ortet in der Öffentlichmachung des Silvesterschmauses *»politische Naivität sondergleichen.«*

6

Zwischenvision: Haider zwingt den Kanzler zum Rücktritt, dessen Medienberater muß auswandern, und das Trüffelschwein wird geschlachtet.

7

Am 11. Tag nach den angeblich haubenverdächtigen Kochleistungen des Kanzlers korrigiert die *Krone* die eigene Urmeldung im innenpolitischen Teil (der Kanzler war nicht Koch, sondern nur Aufwärmer). Am 14. Tag kredenzt die *Presse* noch eine Glosse als Nachspeise. Ein gewisser Sättigungsgrad ist eingetreten.

Geistreiches

Die legislative Kopfarbeit verläuft manchmal interessant. Die Versicherungsanstalt der österreichischen Eisenbahnen klärt Pensionisten in der Fußnote eines Verständigungsschreibens über Folgendes auf:

»*Mit Wirksamkeit ab 1. 1. 2002 wurde das Kriegsgefangenenentschädigungsgesetz erweitert. Anspruch haben nunmehr auch – bei österreichischer Staatsbürgerschaft – Personen, die im Verlauf des Ersten Weltkrieges in Kriegsgefangenschaft waren.*« – Wenn also zum Beispiel ein 6jähriger Soldat der k. u. k. Armee 1918 aus der Kriegsgefangenschaft entlassen wurde, hat er jetzt als 90jähriger endlich Anspruch auf Entschädigung.

*

Der Satz »*Finz ist geistig fitter als seine 58 Jahre*« ist allein schon sprachlich gesehen eine Wucht. Sein Urheber, der Geschäftsführer der Wiener ÖVP, Norbert Walter, 34 Jahre alt, wies sich in *Format* auch sonst als Kopfarbeiter und Alltagsphilosoph aus: »*Nicht jeder ist geistig so alt, wie auf dem Taufschein steht.*« – Wie wahr. Der Übergang zur Vergreisung kann übrigens sogar ganz ausbleiben. Es ist wie mit der Altersweisheit, für die es einer gewissen Basis bedarf.

*

Die Vizebürgermeisterin von Purkersdorf hat sich im Frühjahr 1997 etwas einfallen lassen. Per Flugblatt (»*Persönliche Einladung*«) bat sie das Volk auf den Hauptplatz zu *Schnapsbrennen + Verkostung*. Der Reinerlös der Aktion wird für den Betrieb des Notarztwagens verwendet. – Eine richtungweisende Verklammerung.

*

Logisches Denken ist im Gerichtswesen eine wichtige Voraussetzung für ordnungsgemäße Verfahrensabwicklung. In einer Exekutionssache teilt das Bezirksgericht Salzburg dem Anwalt der betreibenden Partei mit: »*Weitere Vollzugsversuche dzt. nicht erfolgversprechend. 1. Verpfl. seit Jahren verstorben.*« – Man wird halt einfach abwarten müssen, was die Zukunft bringt.

Überwachungsstadt

Der Polizeipräsident von Wien hat gesagt: »*Der Bürger erwartet von uns Kriminalitätsbekämpfung und nicht, daß wir Strafzettel verteilen.*«

Der Mann hat vielleicht Nerven! Eine solche Einstellung bringt ja ein ganzes System ins Wanken. Denn immerhin sind die jährlich von Parksündern eingezahlten Millionen eine gesunde Basis für das Funktionieren des kommunalen Betriebes. Der Alptraum aller Finanzstadträte war ja bisher, daß plötzlich kein Mensch mehr falsch parkt, wodurch ein gigantisches Budgetloch entstünde. Das Gipfel-Treffen (zwischen Verkehrsstadtrat und Polizeipräsident) zur Behebung der Parksheriff-Misere war somit das mindeste, was zu tun ist.

Die entscheidende Frage ist, wer wo was überwacht bzw. wer wo warum abkassieren soll. Und so wurde nun ein Modell erarbeitet. Das wird aber nicht reichen, denn die Erfahrung lehrte ja, daß bloße Parkraumüberwachung, egal durch wen, keine Garantie für gesicherten Geldfluß Richtung Rathaus ist.

Zu fordern ist daher die Überwachung der Überwacher. Jeder Überwacher erhält einen Schatten, der seinerseits von einem Überwacher überwacht wird usw. usw. Ich gebe zwar zu, daß es dadurch zwischen den Überwachern zu Mißtrauen und Reibungen kommen könnte, aber Wien muß einfach die erste Überwachungsstadt werden. Immerhin geht es um sehr viel Geld, das bekanntlich schon verplant wird, bevor es noch da ist.

Erst wenn Tausende Überwacher im ruhenden Verkehr ruhen, wird in die Herzen der Abkassierer Ruhe einkehren.

Begehbarer Zilk

Meine Befürchtung, Helmut Zilk würde sich nach seinem Abtritt als Bürgermeister von Wien womöglich ins Privatleben zurückziehen, erweist sich glücklicherweise immer wieder als falsch. Immerhin hatte Zilk selbst im Zuge seines Rathaus-Auszuges die fürchterliche Drohung ausgestoßen, fortan nur noch auf Parkbankerln sitzen zu wollen, um dort mit anderen Pensionisten gemütlich zu plaudern.

Stattdessen ist er ständig präsent, und doch grüble ich seit langem darüber, welche Attraktion mithelfen würde, eine endgültige, flächendeckende Verzilkung Österreichs zumindest einzuleiten. Es kann doch nicht damit getan sein, daß ein Mann wie er im Weltzentrum des G'spritzten immer nur blitzlichtartig in Erscheinung tritt.

Auf das Bleibende, das stets Sichtbare kommt's an.

Die Chance, den berühmten Rathausmann gegen eine Zilk-Figur zu tauschen, wurde z. B. bereits versäumt. Aber das wäre ohnehin zu mickrig gewesen. Was mir vorschwebt, ist der Bau eines Helmut-Zilk-Dokumentationszentrums.

Ein gigantisches Monument des Multimedienmenschen müßte es sein, ein begehbarer Zilk sozusagen. Drinnen flirrt es von den Bildschirmen – alles, was er je gesagt oder mit Gattin Dagmar im Duett gesungen hat, ist abrufbar, Tausende Auftritte blieben ewig präsent. Vielleicht sogar die Selbstgespräche.

Einen angemessenen Standort für das Zilkeum wüßte ich auch schon. Dort befindet sich derzeit zwar noch die Staatsoper, aber das darf kein Problem sein. Zilk müßte halt einmal in eigener Sache aktiv werden. Ausnahmsweise.

Aversionen

Die Welt der Arbeit ist voller Tücken. Jahrelanges Arbeiten führt z. B. oft dazu, daß viele Arbeitende eigentlich gar nicht mehr arbeiten mögen. Besonders im Staatsdienst erfreute sich daher die Frühpension größter Beliebtheit. So gesehen ist es kein Wunder, daß einst ein ÖBB-Lokführer Schlagzeilen machte, weil er darauf bestand, bis zur Vollendung seines 60. Lebensjahres arbeiten zu wollen.

Der Frühpensionsneigung wurde angeblich schon 1997 durch ein Sparpaket der Regierung ein Riegel vorgeschoben, aber das heißt natürlich noch nichts. Was nützt es schon, wenn die Gesundheit nicht mitspielt.

Wie ich aus ärztlichen Kreisen höre, beginnt sich eine gefährliche Beamten-Seuche auszubreiten. Die Krankheit heißt *Arbeitsplatzaversionsneurose* und kann ungefähr so verlaufen: Ein Staatsdiener steigt morgens mit leichtem Magenkribbeln ins Auto. Bis zum Eintreffen auf dem Amtsparkplatz wächst es sich zu einem nur schwer zu ertragenden Bauchschneiden aus. Vor der Bürotür bleibt ihm die Luft weg, angesichts des eigenen Schreibtischs erfolgt sofortiges Erbrechen.

Der Leidende geht zum Arzt, der schickt ihn zu einer psychotherapeutischen Behandlung. Ergibt sich nach einem halben Jahr keine Besserung, heißt die Diagnose *unheilbare Arbeitsplatzaversionsneurose,* und der Beamte kommt in den hundertprozentigen Pensionshimmel.

Gut möglich, daß die Zurückbleibenden bald Aversionen gegen die Arbeitsplatzaversionsneurose zu entwickeln beginnen und selbst von ihr befallen werden.

Volk der Brasiler

Die Leserin Friederike H. aus Wien sah im Fernsehen ein Fußballspiel und fragt nun an, warum die Staatsbürger von Lettland *Letten* und nicht *Lettländer* heißen. Und nach welcher Logik überhaupt wir irgendwelche Staatsbürger so nennen, wie wir sie nennen. Ihr gefiele zum Beispiel im Falle von Burgenland bzw. Grönland die Bezeichnung *Burgen* und *Grönen* besser.

Mich beschäftigt diese Frage auch, denn seit vor geraumer Zeit einer der unvergleichlichen Sportreporter des ORF die Zuschauer mit der Wendung *Brasiler* überraschte, habe ich zumindest innerhalb der eigenen Familie den Einwohnerbezeichnungsliberalismus ausgerufen. Die nun schon erwachsenen Kinder kennen praktisch nur noch *Belger, Portugaler, Dänemärker, Frankreicher, Keniatoren, Bornierte, Großbritanner, Kanader, Kubasen, Tirolen, Indier, Costaricesen* oder *Bophuthatswaninger.*

Der von mir aus aktuellem Anlaß konsultierte Wiener Sprachgelehrte Univ.-Professor Dr. Manfred Mayrhofer mochte sich zu dieser Sprachregelung nicht äußern, weil er ein seriöser Mann ist. Grundsätzlich meinte er, die Sache sei schwierig, weil eine automatische Bildung so gut wie unmöglich sei. Oft hänge sie mit der Sprache des betreffenden Landes zusammen. Analogien und Gegenbeispiele fänden sich immer. Sein Kernsatz lautet jedenfalls: Wer nach der Regel bilde, blamiere sich regelmäßig.

Das merke ich mir – so wahr ich ein geborener Steiermärker bin.

Wo Gott wohnt

Ich glaube, die Öffentlichkeit macht sich ein falsches Bild von uns Journalisten. Viele meinen, wir säßen nur mieselsüchtig in unseren Redaktionen herum und hätten nichts Besseres zu tun, als auf das Gute, Schöne und Wahre planlos verbal hinzudreschen.

Die Wahrheit sieht anders aus, zu ihr vorzudringen ist allerdings überhaupt nur möglich, wenn Journalisten Journalisten interviewen. Jetzt ist es zum Glück wieder einmal soweit, Angelika Hager sprach für *tv media* mit Helmut A. Gansterer, vorm. Chefredakteur und Herausgeber des *trend.*

Was dabei herauskam, ist grandios, weil Gansterer in scheinbarer Ichbezogenheit raffiniert Allgemeingültiges über unseren Berufsstand unters Volk bringt. Zum Beispiel: *»Ich bin auf die Welt gekommen, um die Menschen mit meinen Einfällen zu beglücken.«*

Sämtliche Kollegen im Land werden begeistert nicken und noch begeisterter zustimmen, wenn Gansterer sagt: *»Ich bin wie eine Kirche auf einem Berg. Wegen mir wird der Berg nicht höher, aber viel schöner.«*

Andrerseits geht er aber zu weit. Enthüllungen wie *»Obwohl ich es immer noch als Skandal empfinde, für das, was ich so gerne tue – nämlich Buchstaben herschenken –, so viel Geld zu bekommen«* hören die Buchstabenherschenker des Landes gar nicht gern. Ansonsten geht's ihnen aber schon wie ihm: *»Es wird mir ein Vergnügen sein, zu zeigen, wo Gott wohnt!«*

Helmut A., wir danken dir! Es mag eitel klingen, aber es ist so: Der Herr hat in seiner unermeßlichen Güte die Gansterers auf das gemeine Volk herabfallen lassen.

Zurückdreher

Es müssen für Politiker phantastische Zeiten gewesen sein: Als der ORF noch *Österreichischer Rundfunk* hieß, wurden Reporter-Exoten, die irgendwie zu einem Minister vordrangen, von dessen Sekretär ein Zettel überreicht, auf dem stand, was die Reporter fragen dürfen.

Dann, nach dem Rundfunkvolksbegehren, wurde von politischer Seite registriert, daß die ORF-Journalisten allmählich durchzudrehen begannen. Keckes Herumfragen, stures Nachhaken, Aufdecken merkwürdiger Vorgänge und ähnliche Unappetitlichkeiten rissen ein.

Da ist es denn auch nur ein schwacher Trost, daß die Politiker auf der größten Volks-Zwangsbeglückung der 2. Republik beharren: Die *ZiB 1* zeitgleich auf beiden Kanälen. Ein Welt-Unikum.

Irgendwie tun sie mir leid. Menschen an der Macht, die sehr oft aus falscher Überzeugung oder – schlimmer – wider besseres Wissen handeln oder sprechen (Thomas Bernhard nannte sie *Blickverweigerer),* treffen auf Menschen, die das Unangenehme gerne aussprechen, wenigstens ansprechen möchten. Das kann nicht gutgehen.

Wenn dazu noch politische Einzelexemplare herumgeistern, die mit Neigung zur totalen Selbstüberschätzung, wenn nicht sogar zu Ansätzen von Größenwahn geradezu elefantenartig im Nachrichtenwesen herumtrampeln, ist schon wieder Mitleid angebracht. Wer hilft den Dreinrede-Ingenieuren aus ihrem Dilemma? Wer dreht das Rad zurück? Erst wenn der vorgelegte Fragen-Zettel wiederkommt, wird ihre Welt wieder in Ordnung sein.

Die Königsidee

Das Wirtschaftsforschungsinstitut ließ Betrübliches wissen: Heimische Hoteliers rechnen auch 1997 wieder mit Umsatzrückgängen. – Tags darauf erreichte uns aus Kanada die Frohbotschaft von der Krönung König Denys' I. Sein Reich erstreckt sich zwar nur auf eine Gemeinde, aber man verspricht sich von der Minimonarchie größte Fremdenverkehrsimpulse.

Na?

Die solide Basis ist ja schon vorhanden. Eine Landesfürstin und acht Landesfürsten regieren unsere herrlichen, mit prachtvollen Schlössern vollgestopften Länder, dazwischen wimmelt es vor Prinzessinnen und Prinzen von Wein- bis Fasching-. Da wäre es doch zur Fremdenverkehrsmonarchie wirklich nur noch ein kleiner Schritt.

Ich stelle mir z. B. vor, wie phantastisch die Krönungszeremonie von *Erwin I. von Niederösterreich* ablaufen könnte. Das ganze Land wäre auf den Beinen, zöge er mit Weintraubenkrone und kostbarem Ötscherbärenfellmantel in die neue Residenzstadt Königstetten ein, die Bürger jubelten, weil sie ab sofort auch ganz offiziell Untertanen sein dürften, die Kinder hätten schulfrei, die Beamten müßten nie wieder arbeiten, und die *Ritter der österreichischen Käsetafel* sängen mächtige Choräle. Ähnliches ist natürlich in allen Provinzen des Reiches denkbar. Österreich wäre das Image des Operettenstaates für immer los, ein devisenträchtiger Touristenstrom unvorstellbaren Ausmaßes ergösse sich über die neuen Königreiche.

Und *Thomas I. zu Wien* wär's auch recht, weil ein Kaiser nicht abgewählt werden kann.

Parksünders Alptraum

Einparken ist nicht jedermanns Sache, besonders im Winter. Herr Karl aus Wien schaffte es dennoch irgendwie, sein Kleinauto zwischen zwei eisige Schneehaufen zu plazieren, allerdings stand er mit dem linken Hinterrad zuletzt auf dem Gehweg. Nicht sehr, aber doch – es waren genau vier Zentimeter.

Der sonst brave Bürger Karl beließ es dabei, aber er hatte, weil er eben ein braver Bürger ist, eine schlechte Nacht. Es plagte ihn ein Alptraum:

Zunächst sah er nur zwei Parksheriffs, die vor seinem Auto standen und mit den Köpfen wackelten, dann ging alles plötzlich ganz rasch. Sechs kräftige Beamte der MA 67 stürzten sich auf ihn, rissen ihn vom Arm seiner Frau, zerrten ihn in einen Arrestantenwagen und brachten ihn auf direktem Weg zu einem Schnellrichter. Der verurteilte Karl zum Tode und erwähnte, daß in Anbetracht der Schwere des Vergehens der Bürgermeister selbst die Enthauptung vornehmen werde. Im selben Moment erschien schon Michael Häupl. Scheinbar gemütlich, also wie so oft mit beiden Händen im Hosensack, trat er an die Maschine, um mit dem linken Fuß lässig die Mechanik des Fallbeils auszulösen. Als dieses im Heruntersausen war, erwachte Herr Karl mit einem Aufschrei und sprang wie von Furien gehetzt aus dem Bett.

Nur notdürftig bekleidet verließ er sein Wohnhaus und rannte zu seinem Auto, wo indessen reale Parksheriffs tätig geworden waren. Glücklich sank Herr Karl zu Boden Ist ja auch schön, wenn einer weiß, daß man in dieser Stadt für ein so schweres Verbrechen mit hohen Geldstrafen eigentlich recht glimpflich davonkommt.

Der freundliche Mensch

Bei unserer lieben Bahn wird strukturell viel herumexperimentiert, denn eines Tages soll sich alles zum Guten wenden. Man kann sagen was man will, aber jetzt schon werden im Kundendienst interessante Wege begangen.

Es ruft z. B. an einem Freitag ein Journalist (die wollen ja immer alles genau wissen) aus Mannersdorf im Bahnhof Götzendorf/Leitha an und will wissen, wann am Samstag ein Zug von Götzendorf nach Wien fährt.

»Das weiß ich nicht«, sagt der ÖBB-Mann am Telefon. Damit wäre normalerweise der Kontakt Volk – Bahn beendet. Aber heutzutage ist eben alles besser geworden. Statt einfach den Hörer aufzulegen, gibt der ÖBB-Mann dem Anrufer einen Tip: *»Neben der Kasse im Bahnhof befindet sich eine Tafel, da steht alles drauf. Kommen S' einfach rüber, dann sparen S' Ihna die Telefonkosten.«*

Die plötzlich aufgetauchte Chance zu einer kommunikativen Vertiefung läßt sich der ÖBB-Kunde nicht entgehen. Und er fragt: *»Gibt's einen Bus von Mannersdorf nach Götzendorf?«*

Was der gute Mann nicht ahnen kann, erfährt er jetzt: *»Über Busse geben wir keine Auskunft.«* Aber auch da hat der Beamte einen guten Rat: *»Steigen S' einfach in an Bus ein, der freundliche Fahrer wird Ihnen an Fahrplan aushändigen.«*

Während der Journalist noch darüber rätselt, wie man am besten in einen Bus einsteigt, von dem man nicht weiß, wann er fährt, geschieht die Kundendienst-Sensation. Es spricht der Mann am Telefon: *»Weil i a freundlicher Mensch bin, sog i Ihna: es fohrt am Samstag ka Bus.«*

Insgesamt hat das was, das über Freundlichkeit weit hinausgeht.

Frohe Ostern!

Wenn nach einem uralten Gesetz in der *Krone* anstelle einer barbusigen Badeschönheit das Mörike-Gedicht *»Der Hase und das Ei«* erscheint, ahnen wir: Ostern ist nicht mehr weit. Und so wie der Advent neuerdings weniger die Zeit der inneren Einkehr, sondern vielmer die der Einkehr in die Punsch-Hütten ist, so hat auch Ostern seine zeitgemäßen Merkmale.

Ehrlich gesagt, will ich gar nicht wissen, woher die angeblich 150 Millionen Ostereier kommen, die in Österreich zu den Feiertagen irgendwo versteckt werden oder sonstwie gemütlich herumliegen. Hauptsache, sie sind da. Denn Ostern wurde längst zu einem Fest der unkontrollierten Nahrungsaufnahme. Das ist natürlich einleuchtend, weil ja die Fastenzeit, in der nicht gefastet wird, zu Ende geht. Und wann sonst sollten logische Ergänzungen zum Hühnerei wie Liköreier und andere Klebrigkeiten millionenfach in den Handel und von dort ins künstliche Gras kommen?

Zum Glück hagelt es von allen Seiten Oster-Angebote. Vom Oster-Schinken übers Oster-Bock bis zu den Oster-Patschen. Es ist ja äußerst wichtig, gut versorgt zu sein, und außerdem überbringt uns *tv media* jedes Jahr die Frohbotschaft: *»Das beste Oster-Programm seit der Erfindung des Fernsehens.«* Wer will da noch fortfliegen oder auf Oster-Autoreise gehen (obwohl der Oster-Stau samt Oster-Unfall auch zum Oster-Leben gehört)? Noch dazu bei womöglich miserablen Oster-Wetter?

Nein, wir bleiben lieber essend und trinkend im Oster-Fernsehsessel liegen. Das Fest Ostern hat bekanntlich froh zu sein.

Kulinarisches

Der *Falter* empfiehlt seinen Lesern das Wiener Restaurant *»Steirerstöckl«*, warnt aber zugleich: *»Das höhere Bürgertum liebt dieses Lokal, weshalb man entweder Tisch reservieren oder dann kommen sollte, wenn das Bürgertum nicht kommt. Zum Beispiel am Nachmittag.«* – Die Frage ist, ob sich das *Falter*-Stammpublikum auf den Rat verlassen kann. Was ist, wenn plötzlich das höhere Bürgertum am Nachmittag auch nicht mehr arbeitet?

*

Plakate haben ihren Reiz, wie dieses der Wiener Fleischwarenfabrik Trünkel: »Schweinsgulasch mit Paprikaschotten.« – In einer Stadt, in der auf den Speisekarten der Wirte »Schweinswiener« steht, ist eben alles möglich.

*

Der etwa füllige Schauspieler Gerald Pichowetz, der im »Kaisermühlenblues« einen Behinderten als Halbtrottel darstellen mußte, verriet der *Ganzen Woche* seine Lieblingsspeise: *»Für Cremeschnitten mit Puddingcremefüllung, dafür könnte ich sterben.«* Drei oder vier Stück vertrage er auf einen Sitz, ohne daß ihm dabei schlecht würde. – Also, das glaube ich ihm nicht. Es müssen mehr sein.

*

Unter Angebot des Tages findet sich im »Dorfbeisel« am Leopoldauer Platz in Wien auch »Krennfleisch mit Salzkartoffeln.« – Es handelt sich hiebei offenbar um eine versteckte Werbebotschaft, daß die Gäste nach regelmäßiger Konsumation dieser Köstlichkeit irgendwann so gut aussehen wie der Bischof von St. Pölten.

*

Lotte Tobisch, österreichisches Symbol der Abendunterhaltung, ist naturgemäß auch in kulinarischen Fragen eine Instanz. So wurde sie von *Täglich Alles* zu Gänselebereinfuhr und Stopfmast befragt. Die Arme ist hin- und hergerissen, denn einerseits täten ihr die Tiere leid, andererseits sei es halt so, daß Gänseleber besonders gut schmecke. Jedenfalls weiß sie eines genau: *»Von einem mir bekannten Tier würde ich die Leber nie essen.«* – Darin liegt vielleicht generell die Lösung des Problems. Es kann ja nicht so schwer sein, den prominentesten Gänseleberliebhabern des Landes auf Zuchtfarmen jede einzelne Gans persönlich vorzustellen.

*

In den Stern-am-Haubenhimmel-Beobachtungsabteilungen der Zeitungen herrscht Uneinigkeit: Während die *Krone* den Haubenhimmel-Stern Gerer als *Küchen-Mozart* bezeichnet, behauptet der *KURIER,* der Haubenhimmel-Stern Wörther sei der *Mozart am Herd.* – Schwierig wird es aber erst, wenn die verbleibenden Haubenhimmel-Sterne, all diese Terrinen-Päpste, Trüffel-Hohepriester und Knödel-Rastellis, ebenfalls Mozarts werden. Da die journalistische Adoranten irgendwann nicht mehr weiter wissen werden, kann passieren, daß Köche irgendwann überhaupt nur noch Köche genannt werden. Eine unappetitliche Vorstellung.

*

Unter dem Titel *»Aufbruch in die Freiheit«* lockt Kärnten nach Kärnten. Zum Beispiel mit einer *»geführten Wanderung zum Urschrei.«* Auf der Himmelreichalm sollen sich Wanderer und vielleicht besonders Wanderin über eine *»Naturburschenjause«* freuen, außerdem erwartet sie der Kurs *»Jausnen lernen aus einer Hand.«* Ob das die eigene ist oder eine fremde, wird sich im Zuge der kulinarischen Alpinausbildung herausstellen.

Ottakringer Geheimnis

Manchmal sitzt der Bürger einfach da und denkt sich: Unergründlich ist nicht nur das Leben, sondern auch das Treiben unserer Polizei. Obwohl in diesem Land keine Geheimpolizei tätig ist, begibt sich mitunter doch Geheimnisvolles.

Seit die Überwachung des ruhenden Verkehrs an die tüchtigen Parksheriffs des Rathauses abgetreten wurde, sieht man kaum noch einen Polizisten im ruhenden Verkehr mitruhen. Endlich können sich die Beamten dem ebenfalls sehr einträglichen Verkehr widmen und zum Beispiel zu unser aller Schutz Autos mit dreckigen Nummerntafeln aufhalten.

Doch zurück zum Geheimnisvollen. Vor einigen Monaten habe ich den wahrscheinlich gefährlichsten Punkt im Wiener Straßennetz entdeckt. Er befindet sich in Ottakring, nämlich schräg gegenüber dem Haus Wattgasse Nummer 15. Ich fahre dort täglich vorbei und beobachte die unermüdlichen Verkehrskontrollen durch Kleinrudel von Polizeibeamten und -innen. Ob in der Früh, am Abend oder in der Nacht – gegenüber dem Haus Wattgasse 15 einen oder zwei Tage keine Uniformierten mit der Kelle zu sehen, grenzt schon fast ans Exotische.

Natürlich überlege ich schon lange, worin das Geheimnis dieses scheinbar ganz normalen Ortes bestehen mag, warum er auf Polizisten eine magische Anziehungskraft ausübt. Aber wer weiß, vielleicht verfluchen sie ihn innerlich bereits. Wenn das stimmt, hätten sie wenigstens hinsichtlich ihres Anmarschweges Glück im Unglück. Denn günstigerweise befindet sich das Polizeikommissariat im Haus Wattgasse 15.

Männersache

In 58 Prozent der Haushalte werden defekte Glühbirnen ausschließlich vom Mann ausgewechselt, während sich nur 22 Prozent der Frauen regelmäßig an diese gefährliche Tätigkeit heranwagen. Soweit eine Umfrage namens »Wer macht was im Haushalt?«

Das beweist, wie unentbehrlich die Männer sind, zumal die Schwierigkeit des Glühbirnenwechselns allgemein unterschätzt wird.

Wenn mich z. B. meine Frau *Werner!* ruft, obwohl ich ganz anders heiße, ist das ein Signal größter Wertschätzung. *Werner* kommt von *Siemens,* und der war bekanntlich ein großer Elektrotechniker. Bei *Werner!* lasse ich augenblicklich alles liegen und stehen, denn nun beginnt ein in jahrelanger Übung eingespieltes Ritual: Die Kinder, soferne zufällig auf Elternbesuch, strömen herbei, meine Frau befindet sich bereits am Tatort – mit einer Hand die Haushaltsleiter tragend, in der ausgestreckten Rechten liegt schon eine der vorsorglich von ihr eingekauften Glühbirnen. *Gummihandschuhe!* rufe ich knapp, worauf der Erstgeborene enteilt, um diese herbeizuschaffen, während seine technisch begabtere Schwester die Anweisung *Sicherung raus!* erfüllt. Zu dritt halten sie dann die Leiter fest, die ich mutig erklimme. Dann wird herausgeschraubt, dann (ohne Erholungspause) behutsam hineingeschraubt, dann weggeräumt (von Frau und Kindern).

Nach solcher Anstrengung (und das fünf- bis zehnmal im Jahr!) kommt eben den meisten Männern die Kraft für andere Haushaltstätigkeit abhanden. Doch immerhin: 7 Prozent putzen schon ganz allein das Häusl.

Von der Gutwilligkeit

Juli 1997. – Dem Bischof von St. Pölten standen zwar sichtbar die Haare zu Berge, dennoch sagte er milde in des Fernsehreporters Mikrofon: *»Es ist schon genug über die Sau gesprochen worden.«* Kurt Krenn meinte damit natürlich niemanden bestimmten, sondern die Sau, die das Land bewegt. Und er fügte hinzu: *»Es ist kein besonders böses Wort – es gibt schlimmere Worte.«*

Sein Wort in Gottes Ohr. Das Volk denkt ja auch so ähnlich – die semantische Diskussion zur angeblichen Behauptung des österreichischen Außenministers, der deutsche Bundebankpräsident sei eine richtige Sau, ist längst fällig. In einem Leserbrief an die *Salzburger Nachrichten* heißt es: *»Bei guwilliger Interpretation ist das vielleicht sogar bloß die wienerische Vulgärfassung des alpenländischen ›Hundes‹. Auf einen Gegner gemünzt, soll dieser Titel oft ein – anerkennender! – Ausdruck für dessen Schläue, Überlegenheit, Gewieftheit sein«.* – Blöderweise kann sich Außenminister Schüssel darauf nicht berufen, weil er ja sagt, daß er nicht *»richtige Sau«* gesagt hat.

Aber falls er es doch gesagt hat, dann ist im obigen Sinn zwischen mords Hund und Hund auf der Geig'n einiges möglich. Beim Hund müßte man freundlicherweise deshalb bleiben, weil unsere Umgangssprache hinsichtlich der Sau unbarmherziger ist. Saubartl ist noch das harmloseste von 49 im Österreichischen Schimpfwörterbuch angeführten Sau-Beispielen.

Im übrigen ist das alles eine Riesengemeinheit, zumal das Schwein unter Auskennern als besonders kluges und sauberes Tier gilt.

Vielleicht war es überhaupt so, daß unser Außenminister als Kämpfer gegen das Sau-Vorurteil auftrat und jetzt nur aus Bescheidenheit sagt, daß er nichts gesagt hat.

Der Nachtmensch

In meinem unermüdlichen Kampf für unterdrückte Randfiguren unserer Gesellschaft (Fußgänger, Inlandsurlauber usw.) wende ich mich heute dem Nachtmenschen zu.

Nachtmenschen sind arme Teufel, weil ihre Eigenheiten von der Restmenschheit ignoriert bzw. sie selbst als Tagediebe geächtet werden. Entweder weil sie erst um 10 Uhr oder noch später aus dem Bett kriechen und logischerweise just dann nicht schlafen wollen, wenn das im herkömmlichen Alltagsleben vorgesehen ist.

Einer der schlimmsten Orte für den Nachtmenschen ist das Spital. Dort hängt sich gleichsam eine Personal-Hundertschaft an die Zeiger der inneren Uhr des Nachtmenschen, um diese gewissermaßen gewaltsam umzustellen.

Der NM-Tagesrhythmus wird völlig gebrochen. Zur Frühstückszeit gibt's plötzlich das Mittagessen, statt der Jause das Abendessen, und wenn er am Zenith seiner Wachheit steht, drehen sie ihm das Licht aus bzw. wenn er am tiefsten schläft, wird er zwecks Bettwäsche-Wechsels aufgescheucht. Ich bin sicher, daß eines Tages etwas Fürchterliches geschehen wird. Schon sehe ich vor mir, wie ein NM-Patient im Affekt einer harmlosen Krankenschwester ein Büschel Haare ausreißt, weil sie ihm ohne Vorwarnung um sechs Uhr früh ein eiskaltes Fieberthermometer in die Achselhöhle geschoben hat.

Allgemein gesehen wird sich die ganz große NM-Akzeptanz in diesem Jahrtausend wohl nicht mehr einstellen. Vorläufig genügt es den Nachtmenschen ohnehin, daß man sie überhaupt leben läßt.

Der Morgenmensch

Es mußte so kommen. Meine Gedanken zum Nachtmenschen an sich (»unterdrückte Randfigur unserer Gesellschaft«) ließen viele Morgenmenschen nicht ruhen. Das hat aber ausnahmsweise nichts mit ihrer Natur der Frühaufstehenslust zu tun, sondern mit Gerechtigkeit.

Ja, sie fordern Gerechtigkeit, denn sie sind davon überzeugt: Der Nachtmensch genießt in der Gesellschaft höhere Akzeptanz als der Morgenmensch. Der, dem am frühen Abend die Äuglein zufallen, gelte als Fadian, ja sogar als Störenfried des abendgesellschaftlichen Treibens.

Morgenmensch Dr. Susanne W. aus Wien-Landstraße fühlt sich z. B. als Ausgeschlossene und sagt: *»Wann beginnen Bälle oder Theateraufführungen? Wann bilden sich gemütliche Freundesrunden? Wann werden wirklich gute Filme im Fernsehen gesendet? Gar nicht reden möchte ich von den vielen verpaßten oder todmüde miterlebten Veranstaltungen in diversen Urlaubsorten.«*

Dagegen ist natürlich schwer etwas zu sagen. Und noch schwerer wird's, wenn es darum geht, daß Morgenmenschen angeblich scheel angeschaut werden, wenn sie (Gleitzeit) relativ früh ihre Arbeitsplätze verlassen. Es kann ja logischerweise kein Nachtmensch gesehen haben, daß sie schon tätig waren, weil er selbst noch in erquickendem Schlummer lag.

Wenn es wahr ist, daß sich Morgenmenschen laufend dem Spott ausgesetzt sehen, dann ist der Leser-Wunsch *Widmen Sie uns bitte eine Gedenkminute!* noch das geringste, was zu tun wäre. Ich werde daher demnächst einmal um 5 Uhr aufstehen.

Des Klebers Lust

Wenn es um komplizierte, technische Genialität voraussetzende Tätigkeiten im Haushalt geht, gibt es für mich kein Halten. Allerdings gebe ich zu, beispielsweise kein wirklich großer Schrauber zu sein.

Das hat mehrere Gründe, darunter auch die, daß in meinem Haushalt die passenden Schrauben nie vorrätig sind und daß von mir irgendwo irgendwie Angeschraubtes zuletzt immer schief sitzt. Heutzutage ist es aber glücklicherweise so, daß vieles, was angeschraubt werden müßte, auch geklebt werden kann. Der Handel bietet phantastische Superkleber für jedes Material an – ihre Anwendung ist eigentlich watscheneinfach.

Am besten, so meine Erfahrung, wirken sämtliche Kleber auf dem Werkstoff Haut. Zusammengeklebte Fingerkuppen halten bei entsprechender Anwendung garantiert jahrelang und können wahrscheinlich überhaupt nur operativ getrennt werden.

Interessanterweise ist die Wirkung von Superklebern aber ausgerechnet an den Sollstellen problematisch. Zwei von mir kürzlich an die Badezimmertür geklebte Haken zum Aufhängen von Morgenmänteln hielten bombensicher. Ihr Eigengewicht ließ sie keinen Millimeter rutschen, und dem Gewicht der Morgenmäntel widerstanden sie auch gute zwei Stunden.

Seither leben wir mit den Superkleberrückständen, die bekanntlich das einzige sind, was ewig hält. Die gut sichtbaren gelblichen Patzen finden sich unterdessen über die ganze Wohnung verstreut – einfach zum Gernhaben. Begabte Schrauber ahnen gar nicht, was ihnen da entgeht.

Das Satziputzi

In der österreichischen Amtssprache nimmt der Langsatz eine hervorstechende Position ein. Generationen von Beamten feilen an ihm, was dabei herauskommen kann, fällt oft in den Bereich des Kunstwerkes. Wie z. B. dieser, entstanden im Magistratischen Bezirksamt Wien-Alsergrund:

»Sie haben als handelsrechtlicher Geschäftsführer und somit zur Vertretung nach außen Berufener der (...) zu verantworten, daß diese Gesellschaft am (...) in ihrem Kaffeehaus in Wien (...) insoferne nicht vorgesorgt hat, daß Lebensmittel nicht durch äußere Einwirkung hygienisch nachteilig beeinflußt wurden, obwohl das nach dem Stand der Wissenschaft möglich und nach der Verkehrsauffassung zumutbar war, als die in der Küche von der Küchenkraft (...) beim Hantieren mit Lebensmitteln getragene Küchenschürze, rechteckig, ca. 75 x 85 cm groß, ehemals weiß, aus Baumwolle, mit zwei ca. 80 cm langen Bändern, extrem stark verschmutzt und äußerst unappetitlich war, da die Bauchgegend und der Hüftbereich großflächig grünlich bis dunkelgrau verschmiert sowie die Schürze an der unteren Ecke mit rostbraunen Flecken verunreinigt war sowie auch muffig, dumpf, etwas nach Gewürzen (Küchengeruch) roch, wobei durch die Unterlassung des gründlichen Waschens dieser Schürze, das nach dem Stand der Wissenschaft möglich und nach der Verkehrsauffassung zumutbar gewesen wäre, die Möglichkeit bestand, daß durch die bereits vorhandene mikrobielle Verunreinigung und Anreicherung von koagulase-positiven Staphylokokken, somit durch Übertragung von Schutzpartikeln eine hygienisch nachteilige Beeinflussung der Lebensmittel begünstigt hätte werden können.«

Diese 177-Wörter-Strafverfügung ist für mich das Satziputzi des Jahres, wozu dem Verfasser zu gratulieren ist. Man sollte ihm die wegen der Dreckschürze verhängte Geldstrafe von S 3000 gutschreiben. Meinetwegen in Form einer Satz-Zulage.

*

Dazu hat sich mir gegenüber später Prof. Adolf Frohner geäußert. Der Maler will die Schürze kaufen und sie mit dem Satziputzi in einem Museum zeigen. – Eine interessante Idee. Vielleicht läßt sich sogar der Satz-Schöpfer selbst für ein paar Tage in einer Vitrine ausstellen.

Vorschreiber der Nation

August 1997. – Journalisten haben in der Bevölkerung ein ziemlich mieses Image, was irgendwie gemein ist. So bemühen sie sich glücklicherweise ständig um Schadensbegrenzung, indem sie am liebsten über sich selbst berichten. Das interessiert zwar die Leser nicht, aber uns freut es wenigstens.

Diese Woche hat z. B. das von der *News*-Gruppe herausgegebene Fernsehmagazin *tv-media* ein Ranking erstellt, in dem alle Lichtgestalten der Medienszene ihren Platz fanden. Demnach darf sich *News* künftig Österreichs beste Redaktion nennen, wozu ich herzlichst gratuliere. Der internen Begründung der *News*-Gruppe kann man sich ja schwer entziehen: *»Die News-Redaktion schreibt Woche für Woche den Gesprächsstoff vor.«*

Daß sich an diese Vorschreibung nicht alle Medien im deutschsprachigen Raum halten, ist eine Hinterfotzigkeit sondergleichen. So nahm sich z. B. die *Süddeutsche Zeitung* die Freiheit, ein aufsehenerregendes Interview mit Hillu Schröder zu führen, sodaß *News* nichts anderes übrig blieb, als es eine Woche später nachzuschreiben. Aber wenigstens erweckte die Aufmachung den Eindruck, als handle es sich um eine der üblichen *News*-Vorschreibungen.

Trotzdem ist mein Mediengefüge ein wenig ins Wanken geraten, denn im *editorial* von *News* fand ich über den Superlativ-Befund aus dem eigenen Haus kein Wort. Nicht einmal: *»Das Newsgruppe-Produkt tv-media hat dem Newsgruppe-Produkt News erstmals bestätigt, daß alles, was ›News in News über News sagt, bisher unter falsche Bescheidenheit einzuordnen war.‹«*

Von den Hermen

Im *Falter* schreibt Hermes Phettberg, er wünsche aus gutem Grund, *»ein großes Kunstprojekt zu sein.«* Damit verbunden wäre selbstverständlich *»eine TV-Liveübertragung in alle Netze der Erde.«*

Dazu fällt mir ein, daß ich ihn einmal (als er mich zu einer ULP-Kolumne verführen wollte) fragte, wieso er sich denn ausgerechnet Hermes Phettberg nenne. Und Josef Fenz sprach: *»Phettberg entstand, als ich bei den Weight-Watchers war, Hermes einfach so.«*

Dazu ist anzumerken: Erstens wird er als *Phettberg* ein erklärter Gegner der Rechtschreibreform sein, zweitens zweifle ich am Zufall *Hermes.*

Der Göttersohn ist ja den Freunden der griechischen Mythologie für mehrerlei bekannt. Zum Beispiel hatte er schon als Neugeborener die Rinderherde seines Bruders Apollon gestohlen, einige Tiere sogar geschlachtet und aufgegessen, ehe er sich mit unschuldiger Miene in seine Wiege zurückverfügte und selbst Zeus gegenüber alles keck abstritt.

Michael Köhlmeier hat in seinem Roman *Telemach* für Hermes u. a. folgende Synonyme gefunden: Hermes, der Wendige und Verschlagene, der Gewitzte, der Wortverdreher und Textausleger, der Experte im Seelenfang.

Vom göttlichen Tausendsassa Hermes wisse er nichts, beteuert der Wiener Hermes. Vielleicht ist der Koloß ein Flunkerer, vielleicht ist es daher eine glückliche Fügung, daß Phettberg bei der Namenssuche nicht auf Polyphemos verfiel. Denn der war immerhin Menschenfresser. Unser Hermes ist zum Glück nur fernsehgeil.

Esoterik-Walter

Der Plan des liebenswürdigen Talkers Walter Schiejok, aus dem ORF die größte Esoterik-Zentrale Mitteleuropas zu machen, ist bekanntlich vereitelt worden. *Schiejok täglich* endete im Dezember 1997 für immer, aber wenigstens hat der Burgenländer tiefe Spuren hinterlassen.

Das Volk hat auf allerlei Lust bekommen, egal ob es sich um neues Denken, ganzheitliche Gesundheit, spirituelle Erfahrungen, Schamanentum oder indische Weisheiten handelt. Niemand weiß zum Beispiel, wieviele Österreicher das Weihnachtsfest mit Paramahansa Yogananda verbringen und daher im neuen Jahr mit einem neuen Weltverständnis beginnen.

Schiejok selbst wird jetzt mehr Zeit haben, und sich vielleicht bald mit einem *Die Fünf Tibeter Duft-Set* ins Pannonische zurückziehen, um das große Esoterik-Lexikon *Von Mata Amritanandamayi* bis *Kathi Zechner* zu schreiben. Oder zumindest irgendwo eine Bach-Blüten-Anstalt mit angeschlossenem Hildegard von Bingen-Zentrum zu gründen.

Ich hatte ja schon lange den Verdacht, daß Walter Schiejok in Wirklichkeit ein Wunderheiler ist. Jedenfalls hat er viele Menschen davon geheilt, sich über *Schiejok täglich* zu wundern. Sie vollzogen stattdessen wahrscheinlich einen Wandel durch Einsicht, erkannten vielleicht sogar die innere Heilkraft des Vergebens und fanden erfreut zur eigenen Tiefe.

So geht er denn hin, unser Walter. Reich an einem transzendentalen Erfahrungsschatz über die magischen Mechanismen im ORF. Und die stehen immerhin nicht einmal in den Sternen.

Zeitgemäße Sinnfindung

Von den lichten Höhen des Küniglbergs drang eine hübsche Geschichte bis zu mir vor. Da wollte ein ORF-Mitarbeiter einen Gesprächstermin bei einem der vielen mächtigen Chefs, aber es sah nicht gut aus. Mehrmals täglich bemühte sich der Mann – allein der Chef weilte ständig in wichtigen Besprechungen, nicht einmal telefonisch war an ihn heranzukommen.

Nach eineinhalb Wochen riß dem Bittsteller die Geduld. Obwohl sich ihm die Chefsekretärin mutig in den Weg warf, stürmte er einfach das Chefzimmer. Er fand den Mächtigen im Chefsessel vor, von dem aus er sich mit höchster Chefkonzentration und der nötigen Geduld dem Computerspiel *Solitär* widmete.

Dafür habe ich größtes Verständnis, denn die zeitgemäße Form der guten alten Patience ist heutzutage unverzichtbarer Bestandteil des Arbeitslebens. Freundlicherweise liefern die Computerhersteller ein kleines Spielesortiment sozusagen frei Haus, wodurch Tausende Menschen, die täglich vor Bildschirmen sitzen müssen, einen neuen Lebenssinn gefunden haben.

Wer nicht *Solitär* spielt, ist ein Außenseiter der Bürogesellschaft. Immerhin kann man dabei brennenden Auges so herrlich an nichts denken, während die Arbeit ruht. Trotzdem muß kritisch angemerkt werden, daß die Spielerei noch immer nicht organisiert stattfindet. Mein Vorschlag, ganztägige *Solitär*-Betriebsmeisterschaften mit fetten Siegerprämien durchzuführen, verhallte z. B bei unserem Chefredakteur im Nichts. Vielleicht spielt auch er lieber allein, man weiß ja nie.

Die Unterhalter

Ich glaube, daß die Journalisten vor allem dazu da sind, die Rest-Menschheit zu unterhalten und in Erstaunen zu versetzen. Dabei ist egal, ob sie das vorsätzlich tun oder ob es sich einfach ergibt.

Besonders interessant wird es dann, wenn Journalisten über Journalisten schreiben, was immer häufiger vorkommt, weil sie ahnen, daß die Leser ganz gierig darauf sind, Prickelndes über diese modernen Helden des Alltags zu erfahren.

Manchmal gelingt sogar ein Unterhaltungs-Doppelschlag. Das Magazin *trend* hat z. B. den Herausgeber des Magazins *News* (Wolfgang Fellner) porträtiert. Im anekdotischen Teil wurde auch erzählt, was sich bei einem Betriebsausflug im Dom von Florenz ereignet haben soll. *trend:*

Als dann sein Handy bimmelte, hockte sich Fellner bar jeder bildungsbürgerlichen Attitüde in den Beichtstuhl, um mit seiner in Wien verbliebenen Sekretärin zu telefonieren. Als diese ihn nach seinem Aufenthaltsort fragte, gab Fellner eine ehrlich gemeinte Antwort: *»Ich glaube, im Dom von Pisa.«*

Daraufhin erschien im nächsten *trend* eine von den Anwälten Zanger & Pilz eingebrachte Gegendarstellung. Unter sieben (ähnlich lustigen) Punkten befindet sich auch die Causa Florenz:

Wolfgang Fellner hat nicht im Beichtstuhl des Domes von Florenz telefoniert. Wahr ist vielmehr, daß an der Stelle, wo Wolfgang Fellner im Dom von Florenz stand, gar kein Beichtstuhl ist. Es ist unwahr, daß Wolfgang Fellner aus dem Dom von Florenz mit seiner in Wien verbliebenen Sekretärin gesprochen hätte. Diese Sekretärin befand sich vielmehr direkt neben ihm unter dem Kuppelgerüst des Domes. Wolfgang Fellner hat während eines Telefonates, das ihn im Dom von Florenz erreichte, weil er irrtümlich vergessen hatte, sein Handy auszuschalten, wörtlich zu seinem Gesprächspartner gesagt: *»Du, ich bin gerade im Dom von Florenz – rufe mich bitte später an.«*

trend hätte das, medienrechtlich gesehen, gar nicht so veröffentlichen müssen. Aber die wissen eben, wozu wir da sind.

Rätselhaftes

Das langjährige, seriöse Befassen mit dem Koffer als ein Wort für vieles beschert mir nicht nur Volksbildungsvorteile, sondern auch Rätselhaftes. In einer Baugruben-Reportage des *Standard* steht: *»Ein beaktenkofferter Mann eilt mit aufgestelltem Kragen die Stiege zum Holzsteg hinauf.«*

Prompt fragte der Leser Mag. Helmut B. verwirrt bei mir an. Ob es nicht heißen müßte: a) Ein aktenbekofferter Mann b) Ein bemannter Aktenkoffer c) Ein kofferbemannter Akt d) Ein aktenbemannter Koffer. – Also b) und c) schließe ich mit großer Wahrscheinlichkeit aus (aufgestellter Kragen?), a) oder d) könnte stimmen. Ganz sicher ist überhaupt nur, daß ein Zeitungskoffer im Spiel ist.

*

Im Zuge einer Kirchendiskussion sagte Bischof Kurt Krenn: *»Der Dialog stinkt mir!«* – Später ging er zum eigenen dictum ins Detail: *»Das Wort Dialog stinkt mir, nicht die Sache.«* – Dem wohnt große Rätselhaftigkeit inne. Wie werden wir je erfahren, was Krenn an der Anordnung von 6 harmlosen Buchstaben so stinkt? Macht nichts. Da er ja nichts gegen den Dialog als Sache hat, soll er ihn halt in Zukunft *Lodiag, Digalo* oder *Gadoli* nennen. Wir wissen dann schon, was er meint.

*

Wir kennen unzählige ungelöste Posträtsel, hier ein gelöstes: Wenn eine Briefzustellung vom 15. in den 21. Bezirk nur 13 Tage dauert, warum dauert dann eine von Hamburg an dieselbe Wiener Adresse 17 Tage? Das kommt, weil Postboten aus Hamburg derzeit noch nicht in einem Zug bis Floridsdorf durchmarschieren können, während Postboten aus dem näheren Fünfhaus langsamer gehen müssen, weil sie sonst angeblich mit der Gewerkschaft Probleme bekommen.

*

Vielleicht gibt es Jägersgattinen, die darüber rätseln, daß ihre Männer manchmal ohne Beute aus dem Tann heimkehren. Ein Inserat aus der Jagdzeitung *Weidwerk* könnte sie auf die richtige Fährte bringen und zugleich das Problem lösen. Es zeigt einen Hochsitz und daneben steht: *»Schlafen Sie gelegentlich beim Nacht-Ansitz ein? Der Wild-Sensor wacht für Sie!«*

*

Der *Standard* berichtet: *»Der chilenische Ex-Diktator Augusto Pinochet ist nach unbestätigten Angaben weder geistesschwach noch verrückt.«* – Das ist rätselhaft, zugleich aber auch eine Angabe, die man jederzeit über jedermann unwidersprochen machen darf. Auch über Journalisten.

*

Nach einem Verkehrsunfall berichtet der *KURIER,* daß nun von den Beteiligten *»Urin- und Harnproben untersucht werden.«* – Aber welche zuerst?

Schwere Prüfung

Noch wird man zwar auf Wiens Straßen nicht so intensiv angebettelt wie in anderen europäischen Großstädten, aber es wird schon noch werden.

Bettler gehören zu den ganz armen Teufeln, denn sie haben nicht nur nichts, sondern müssen auch ihre Würde als Mensch gleichsam begraben. Und sie gelten als Lästlinge. Nicht umsonst definiert Ambrose Bierce in »Des Teufels Lexikon« die Bettler so: *Grimme Plage, die das Schicksal den leidenden Reichen auferlegt.*

Für die Besitzenden kann jedoch eine gewisse Vorsicht bei der Begegnung mit dem Bettler nicht schaden. Wir kennen ja aus der Märchen-, Sagen- und Legendenwelt interessante Beispiele von falschen Bettlern. Also von Königen oder Kalifen, die sich als Bettler tarnten, um die Großherzigkeit ihrer Mitmenschen zu prüfen. Diese wurden dann belohnt oder bestraft. Je nach dem.

Vielleicht ist jener Wiener Bettler, der gerne mit seinem Hund in der U-Bahn-Station Karlsplatz sitzt, in Wirklichkeit ein steinreicher Prinz, dessen Füllhorn sich eines Tages über irgendeinen besonders großherzigen Wiener ergießen wird.

Er hat sich jedenfalls für die Spender eine harte Prüfung ausgedacht. Es ist nämlich so, daß der Bettler einen kleinen Zettel in der Hand hält. Wer vor ihm steht, kann allerdings die Notiz auf dem Papier noch nicht lesen. Er muß sich erst runterbeugen, sich sozusagen verneigen, um zu erfahren: *»Hau wos eine Oida oda geh scheissn!«*

Wer daraufhin lieber nichts in die davor liegende Kappe wirft, hat vielleicht die Chance seines Lebens verpaßt.

Es karlt wieder

Jänner 1998. – Die Olympischen Winterspiele in Japan rücken näher, man merkt das an Zeitungsaufmachern wie »Wir mischen wieder mit!« *(Krone),* vor allem aber an verstärktem medialen Schranz-Aufkommen. Es karlt wieder.

Das Beruhigende ist ja: Karl Schranzens Olympia-Ausschluß vor 25 Jahren werden wir nie vergessen, weil uns gutherzige Sportjournalisten alle vier Jahre daran erinnern. Mindestens.

Es könnte sonst womöglich der Fall eintreten, daß niemand mehr bebend an jenen Februar-Dienstag zurückdenkt, als unser Karl vom Balkon des Bundeskanzleramtes in die Menge winkte. Österreichs größter Olympia-Sieger, der nie Olympiasieger war.

Jetzt droht dem Skihelden ohnehin ein bitteres Schicksal. Schon in ein paar Wochen wird der Satz *»Karl Schranz, letzter österreichischer Weltcup-Gesamtsieger«,* in keinem Sportbericht mehr vorkommen. Mein Gott, 28 Jahre hindurch haben wir uns so an ihn gewöhnt. Und jetzt das Aus! Weiß dieses Maier-Monster überhaupt, was es da anrichtet? (Obwohl: Man könnte nächstes Jahr wieder von vorne beginnen: *»Karl Schranz – ein Jahr vorletzter österreichischer Weltcupsieger«* usw. usw.)

Ich finde, es reicht doch schon, daß die noch und noch im Fernsehen gezeigten Siegesfahrten der Helden von einst im Vergleich zu den heutigen für den Betrachter immer komischer werden. Wir selbst sind es, die in den nächsten Jahren noch viel gutmachen können. Und so freue ich mich schon auf den 8. Februar 2022, wenn die Republikfeierlichkeiten *50 Jahre Sapporo-Karl zurück in Wien* in würdigem Rahmen ablaufen. Unser dann 83jähriger Karl wird in der Eden-Bar sitzen und frohlocken: *»In vier Jahren ist es wieder so weit!«*

Die Pechvögel

Der Wiener an sich ist ein grundehrlicher Mensch, und es könnte sein, daß die ungefähr 400 pro Tag ertappten Schwarzfahrer nur Pechvögel sind.

Weil in der Hauptstadt nichts dem Zufall überlassen bleibt, gibt es auch Pechvögel-Protokolle. Das heißt, im Mehrgebühren-Referat der Wiener Linien wird archiviert, was die Pechvögel zu sagen haben, um sich Strafen wegen Schwarzfahrens zu ersparen. Ihre Argumentation ist natürlich sehr unterschiedlich, wie folgende Beispiele zeigen:

»Da ich zu Christus gefunden habe, würde ich nie ohne Fahrschein fahren. Sie sehen darin den Beweis, daß ich unschuldig bin.«

»Weil ich sonst zur Arbeit zu spät gekommen wäre, bin ich mit der U-Bahn gefahren, sozusagen in Notwehr, das kann doch nicht strafbar sein.«

»Der Hund gehört überhaupt nicht mir, er ist mir während der Fahrt zugelaufen.«

»Ich habe im Krieg für Österreich mein Leben riskiert, und jetzt wollen Sie im Ernst von mir einen Fahrschein für zwei Stationen!?«

»Ich wollte gar nicht mit der U-Bahn fahren. Irgendwie bin ich in eine Menschenmenge geraten, die mich weitergeschubst hat. Als ich dann wieder zu mir gekommen bin, war ich in der U-Bahn und der Kontrollor stand vor mir.«

»Mein 2jähriges Kind klebte an der Scheibe fest und ich konnte es nicht lösen. Daher versäumte ich die Kurzstreckengrenze und fuhr zu viel.«

Es sind dies ergreifende Pechvögel-Schicksale, und man versteht, warum manchen sogar die Nerven durchgehen. So vermerkte ein Kontrollor in seiner Meldung: *»B. gab an, ich solle scheißen gehen! Ich machte ihm keinerlei Zusagen!«*

Das Flugobjekt

Die Damenhandtasche an sich gehört zu den interessantesten Objekten überhaupt. Je gewaltiger ihre Dimension, desto größer das Inhaltsrätsel für die Männerwelt. Über ihre Eigenschaft als Flugobjekt wissen wir aber auch recht wenig.

In unserer geliebten Staatsoper ist es zu einem merkwürdigen Zwischenfall gekommen. Eine Dame, die etwas zu spät dran war, hastete in der Dunkelheit die steilen Stufen der Galerie hinunter. Dabei verstolperte sie sich, stürzte dem Sicherheitsgeländer entgegen und landete unsanft. Aber ihre Handtasche flog weiter – in hohem Bogen über die Brüstung.

Man glaubt gar nicht, was einem Menschen in einer solchen Schrecksekunde alles durch den Kopf geht. In Erwartung des fürchterlichen Aufschreies eines im Parkett Getroffenen sah die Verunglückte schon die Zeitungsschlagzeile vor sich: *Opernfan von abstürzender Damenhandtasche erschlagen.* Aber es blieb ruhig. In diesem Moment größter Ungewißheit trat ein Billeteur an die Besucherin heran, und weil solche Leute immer den Blick fürs Wesentliche haben, sagte er von oben herab: *»Da können S' ned sitzen bleiben!«* – *»Das möchte ich auch gar nicht«*, antwortete sie lakonisch, und bebte weiter dem Eintreten irgendeiner Tragödie entgegen.

Dann Aufatmen. Es stellte sich nämlich heraus, daß sich die Tasche im Beleuchtungskörper an der Brüstung verfangen hatte. Sie konnte also von der Galerie aus mühelos geborgen werden.

Im Falle eines Unglücks wäre vielleicht erstmals der vollständige Inhalt einer Damenhandtasche vor Gericht ausgebreitet worden, und wir wären etwas klüger. Aber so ist es jedenfalls besser.

Kurtis Begegnung

Manchmal denke ich darüber nach, welcher außergewöhnlicher Voraussetzungen es bedarf, um ein berühmter Österreicher zu werden. Durch Zufall kam ich nun einen Schritt weiter.

Es hat nämlich der Bischof von St. Pölten, zweifellos eine Berühmtheit, dem Magazin *Modern Times* ein Interview gewährt. Dabei wurde er auch gefragt, wann ihm zum ersten Mal in seinem Leben der Liebe Gott begegnet ist.

Kurt Krenn: *»Ja, das war eigentlich schon sehr früh. Das war bei jenen Gedanken, die jeder Mensch hat, wenn er über Anfang und Ende der Welt und des Menschen nachdenkt.«*

Und der heutige Kirchenvater kann sich auch noch ungefähr erinnern, wie alt er zum Zeitpunkt der ersten Begegnung war. Krenn: *»Zwei, drei Jahre.«*

Das gefällt mir, und ich stelle mir folgendes vor: An einem Sommertag des Jahres 1938 sitzt Klein Krenn, grad erst zwei geworden, in seinem Kindersessel und klopft bedächtig mit einem Löfferl auf den Tisch.

Da tritt Mutter Krenn in den Raum und ruft mit leichtem Vorwurf: *»Kurti, iß endlich den Spinat auf!«*

Und Kurti sagt: *»Deine Sorgen möchte ich haben! Immerhin denke ich soeben über Anfang und Ende der Welt und des Menschen nach.«*

Frau Krenn muß klug genug gewesen sein, um einzusehen, daß man ein Kind während eines doch irgendwie komplizierten Gedankenprozesses besser nicht stört. Das ist wichtig für die geistige Entwicklung, außerdem weiß jede Mutter, daß man Spinat auch aufwärmen kann. Sie ließ ihn einfach weiterdenken. Und so wurde ein berühmter Bischof aus ihm.

*

In den Tagen nach Erscheinen dieser Kolumne erhielt ich zahlreiche Anrufe, vor allem von Hausfrauen. Ob ich denn nicht wüßte, daß es ungesund sei, aufgewärmten Spinat zu essen. Na gut, das weiß ich jetzt. Eine Dame am Telefon gab mir allerdings zu denken. Sie vermutet, daß Kurt Krenn überhaupt nur so ist, wie er ist, weil er immer aufgewärmten Spinat gegessen hat.

Stille Freude

Ich befinde mich in einer Phase des Frohsinns, denn in den letzten Tagen dieses Jänners 1998 gab es ungewöhnlich viele interessante Ereignisse und gute Nachrichten.

Im Staat Washington wird für 200 verbliebene einer vom Aussterben bedrohten Eichhörnchen-Art um 25 Millionen Schilling eine Brücke zum Überqueren einer Autobahn gebaut. – Günther Nenning erzählt in der *Krone,* daß Hillary Clinton *»aus Stahl ist«,* und verrät daher: *»Ein bisserl versteh' ich schon, daß Bill seine Pantscherln hat.«* – Der Beschluß der Kölner Karneval-Chefs, nackte Busen vom Rosenmontag-Umzug zu verbannen, soll ein gerichtliches Nachspiel haben. – In Boston fand der erste Kurs für Mund-zu-Mund-Beatmung für Hunde durch Menschen statt. – Bundeskanzler Klima hat für die ORF-*Kunststücke* einen jungen Videokünstler interviewt, und während dieser Realsatire mehrmals *»Verstehe, verstehe!«* gesagt. – Der *Standard* ortete bei einem Test über Arterienverkleber einen Innsbrucker Fleischhauer, dessen Leberkäse *»absolut haubenverdächtig«* ist. – Die vorolympischen Wortbildmeisterschaft des Fernseh-Sports *(»Werden wir stolz in den Medaillenspiegel schauen dürfen?«),* läßt hoffen, daß noch viel Genialeres auf uns zukommt. – Eine Hellseherin referierte für den ORF über die Olympiabefindlichkeit österreichischer Slalom-Stars, und wir wissen daher jetzt schon, daß z. B. Thomas Sykora *»vor dem 2. Durchgang sehr nervös sein wird.«* – Und schließlich enthüllte *Täglich Alles* dies: *»Die Kasnudel soll Japan im Sturm erobern!«* – Man dankt und freut sich still.

Wirkliche Korrektheit

Begegnung des Bürgers mit der österreichischen Amtsperson. Heute lernen wir, was wirkliche Korrektheit ist.

Die Vorgeschichte: Eine Wienerin, die wieder heiraten möchte, wird amtlicherseits darauf aufmerksam gemacht, daß auf ihrer 19 Jahre alten Scheidungsurkunde ein Stempel fehlt.

Die Frau rüstet sich mit allen denkbaren Papieren aus und macht sich an einem Montag auf den Weg ins Bezirksgericht Innere Stadt, Riemergasse. Dort ereignet sich, was fixer Bestandteil des österreichischen Amtsweges ist – man wird ein bißchen herumgeschickt. Aber jeder Irrweg führt irgendwann zum Ziel. So auch dieser.

In ihrem Zimmer klärt eine Frau Magister die Petentin über das Stempel-Versäumnis auf, bedauert aber zugleich, heute leider nicht tätig werden zu können: Parteienverkehr nur dienstags und donnerstags.

Dienstag. Die Petentin fährt noch einmal in die Riemergasse, und es kommt zu einer schätzungsweise siebensekündigen Amtshandlung: Die Frau Magister öffnet eine Lade, holt einen Stempel heraus und drückt ihn auf die Scheidungsurkunde. Fall erledigt, guten Tag.

Nun könnte es natürlich sein, daß jemand meint, die Amtshandlung hätte doch auch ohne weiteres schon während der Belehrung am Montag stattfinden können. Ich sage: Gott behüt', nein!

Womöglich wäre der Übergriff zur Beamten-Gewerkschaft durchgesickert, die Konsequenzen sind nicht auszudenken. Aber es ist eh alles gut ausgegangen. So viel zur wirklichen Korrektheit.

Rekorde

Bei der 18. Weltmeisterschaft im Melonenkern-Weitspucken siegte eine 22jährige Studentin aus Frankreich, aber – und das ist das Bemerkenswerte – sie verfehlte den bestehenden Weltrekord von 10,46 Metern um sagenhafte 2,93 Meter. In der Welt des Sports ist eine solche Differenz eine Welt.

Ich frage mich, wie geht ein rekordsüchtiger Mensch mit einem Sieg um, der eigentlich eine Niederlage ist? Man muß immerhin bedenken, daß die wichtige Meldung von der Nichtverbesserung des Weltrekordes in allen Zeitungen zu lesen war, also um den Erdball ging. Ich fürchte, es muß sehr wehtun.

Derzeit ist Melonenkern-Weitspucken noch nicht so populär wie Ziegeltragen, Bettenschieben oder Pfahlsitzen. Niemanden darf das wundern, was ist schon eine melonenkernspuckende Französin gegen einen pfahlsitzenden Ostfriesen, der im Juli 1997 nach 60tägigem Verweilen von seinem Sportgerät stieg und von Tausenden Pfahlsitzen-Fans enthusiastisch gefeiert wurde. Aus Deutschland drang die Kunde zu uns, daß es eine solche Begeisterung nicht mehr gegeben hat, seit 1983 das Brüderpaar Dornblut aus Gütersloh den Weltrekord im Weintraubenweitwurf (90,5 m) aufstellte. Einer warf die Weintraube, der andere fing sie mit dem Mund auf. Großartig.

Im Rekord liegt viel Lebenssinn, der Alltag ist ohnehin langweilig genug. Vorsicht ist dennoch geboten. Ein Akademiker aus Kalifornien, der in zwei Minuten 17 Bananen aß, will seither angeblich nicht mehr von seinem Baum herunter.

Die Namensfrage

Seit drei Monaten habe ich einen neuen Nachbarn, von dem ich auch bei geschlossenen Türen und Fenstern immer weiß, wann er zu Hause ist. Seine Eltern haben dem lieben Kerl den Namen *Samuel Hyronimus* gegeben, und ich denke mir: Vielleicht fällt er deswegen den ganzen Tag akustisch ein wenig aus der Rolle. Andrerseits hat mir die Mutter von Samuel Hyronimus, eine grundgütige Person, stolz erzählt, daß der Kleine jetzt manchmal schon eine Stunde durchschläft.

Im übrigen teilt sie meine Theorie nicht. Die allerjüngste Generation würde noch einmal froh darüber sein, daß die Zeiten endgültig vorbei sind, in denen brutale Eltern ihre Kinder z. B. als Herbert Karl Otto ins Leben schickten.

Wahrscheinlich hat sie recht, abgesehen davon muß man ja auch ein bißchen an die Eltern denken, die bei der Namensauswahl auch die eigene Reputation nicht vergessen dürfen. Hinter der scheinbar harmlosen Frage *»Und wie heißt die Kleine?«* steckt ja oft mehr als wir ahnen. Ich weiß von einem Wiener Filmregisseur, der dann beiläufig *»Emma Barbarella«* antworten darf, während ein anderer überhaupt mit einem *Sindbad* als Zweitname auftrumpfen kann. Die Tochter eines guten Freundes, soeben Mutter geworden, entschied sich für *Anouk Lucia* – vergleichsweise langweilig.

Auffallend ist, daß die jungen Mütter und Väter offenbar noch nicht den Mut gefunden haben, auf die herkömmlichen Erstnamen ganz zu verzichten. So wie jener Fußballfan, der vor ein paar Jahren seinen Sohn *Einszunull* nennen wollte, was aber von einem kleinlichen Standesbeamten abgelehnt wurde.

Der Aufschrei

Alle paar Tage kommt es im Land zu einem Aufschrei. Da ist es die Zinnpest in der Kapuzinergruft, dort die fragwürdige Qualität der Knackwurst. Keiner von uns kann am Aufschrei vorbei.

Die Folgen des Aufschreis haben durchaus etwas Einheitliches an sich. Zuerst schütteln die unbeteiligten Menschen verständnislos den Kopf, dann geben irgendwelche Fachleute Erklärungen ab, und zuletzt ändert sich so gut wie gar nichts.

Das spielt aber keine Rolle, weil der nächste Aufschrei nicht lange auf sich warten läßt. So leben wir von Aufschrei zu Aufschrei und dämmern dazwischen halt irgendwie unbeteiligt vor uns hin.

Langsam habe ich den Verdacht, daß die Aufschreier nur lieb zu den Medienmenschen sind, weil diese bekanntlich ständig nach Neuigkeiten suchen. Übernehmen sie den Aufschrei in gebührender Form, setzen sie sich zwar regelmäßig dem Vorwurf der Aufbauschung aus, aber auch das unterliegt dem Prozeß der Vergänglichkeit.

Mein persönlich liebster Aufschrei ist der Lebensmittel-Aufschrei. Egal, ob die Prüfer verdorbenes oder gerade noch genießbares Fleisch in Supermarktketten aufspüren oder ob sie beim großen Knackwurst-Test Betrübliches herausfinden. In jedem Fall wird anschließend allerlei gefordert, und das war's dann. Das Lustige ist nämlich, daß man nie erfährt, wer die Schurken in dem Stück sind bzw. was mit ihnen passiert.

Aber wer weiß, eines Tages könnte es sogar zu einem Aufschrei wegen Sinnlosigkeit des Aufschreis kommen.

Sportliches

Der ORF-Sport, dessen Abwesenheit von der internationalen Live-Bühne gespenstische Züge annimmt, verwöhnte die Zuschauer beim Fußballspiel Österreich gegen Schweiz mit einer Aufzeichnung vom Ausfall der Flutlichtanlage im Wiener Stadion. Der Moderator sagte vorher: *»Wir können's Ihnen in Zeitlupe zeigen.«* Und so geschah es. Das Finsterwerden in Zeitlupe war ein Lichtblick, somit auch ein echtes Lebenszeichen des ORF.

*

Der Fußballspieler, die Hände vor dem Unterleib, ging zu Boden, sein Gesicht war schmerzverzerrt, und der TV-Reporter belehrte die Zuschauer, der Schuß hätte *»das wichtigste Organ des Mannes«* getroffen. Eine interessante Bewertung. Ein anderes Organ, das sich im Kopf befindet, wurde von dem ORF-Mann in dem Moment jedenfalls nicht beansprucht.

*

Nach einem peinlichen 1:5 der deutschen National-Kicker gegen England fielen die Boulevardzeitungen beider Länder übereinander her. Britischem Hohn (*The Mirror* brachte eine Todesanzeige über den deutschen Fußball – mit einer Fotomontage der brennenden Handschuhen des Tormannes Oliver Kahn) stand teutonische Nobilität gegenüber. Denn *Bild* antwortete auf das Feuerwerk so: *»... wer jemals auf Mallorca einen aufgedunsenen, rot gebratenen Tommy-Sack erlebt hat, der kann sich vorstellen, wie er mit seiner BSE-Wampe um das Freudenfeuer tanzt. Man kann nur die Nase rümpfen (diese Art Engländer stinken auch hammelhaft).«* – Gut möglich, daß da dem Leser schlechter englischer Humor noch lieber ist.

Der küniglbergianische Lehrsatz ist zwar viel jünger als der pythagoräische, aber genauso unumstößlich. Er lautet:

Japaner + Slalom = Kamikaze

»Gö, Hansi?« (© Robert »Absolut« Seeger)

*

Der Ski-Plauderwastl des ORF sagte über einen gestürzten Abfahrer. *»Seine Verletzungen dürften schwerer sein als uns allen lieb ist.«* – Ja, so ist das. Offenbar sind uns allen bei Nicht-Österreichern nur harmlose Verletzungen lieb. Solche halt, die lediglich ein bisserl weh tun und zugleich die angenehme Begleiterscheinung haben, die Siegeschancen unserer Buam und Madln zu erhöhen. Der Satz *»Wenn er jetzt noch Zeit aufholen will, muß er unten schneller fahren!«* (gefallen in Kitzbühel) hat hingegen garantiert Ewigkeitswert, und die Rennläufer werden dem Plauderwastl für ihn danken.

*

Der Weltklasse-Tennisspieler Nicolas Kiefer sagte über seine vergeblichen Versuche, ein Match noch zu gewinnen: *»Ich habe mir den Arsch aufgerissen, doch es ist leider in die Hose gegangen!«* – Dem Wortbild wohnt eine befreiende Logik inne.

*

Peter Elstner, einer der großen Sport-Entertainer des ORF, sagte während einer Live-Übertragung über den Skilangläufer Rusiate Rogoyawa: *»Hier haben wir den Mann von den Fidschi-Inseln, aber man muß sagen – sonst tadellos!«*

Das tönende Fax

Ich glaube, das Volk wird immer frecher. Insbesondere die Obrigkeit bekommt das zu spüren, und es darf sich daher niemand wundern, wenn jetzt womöglich härter durchgegriffen wird.

Tatsächlich ist es ja so, daß z. B. der österreichische Landgendarm besonders bei seiner verantwortungsvollen Aufgabe der genauen Einhaltung von Sperrstunden in Wirtshäusern größter Gefahr ausgesetzt ist. Späte Zecher, die einfach nicht nach Hause gehen wollen, neigen ja gerne zur Angriffslust.

In Kärnten ist es vor ein paar Wochen zu einem betrüblichen Vorfall gekommen, der jetzt in einer Strafverfügung mit der Zahl 30462/1/98-IX seinen deutlichen Niederschlag fand: »Sie haben am 16. 01. 1998 gegen 2.50 Uhr in Ihrem Lokal ›Lisis Bistro‹ in Hunnenbrunn, Bundesstraße 2, Gde. Frauenstein, Bez. St. Veit/ Glan während der Amtshandlung mit Herrn Rev. Insp. Bruno Kalz hinter der Theke in Anwesenheit von vier Gästen einen Furz gelassen und zum Beamten gesagt: *Das war ein Fax für Dich.* Sie haben sohin den öffentlichen Anstand verletzt.«

Wegen dieser Verwaltungsübertretung wurde über den tönenden Faxer eine Geldstrafe von ATS 1000 verhängt.

Ungeklärt ist, ob die öffentliche Anstandsverletzung in dem vom Täter erzeugten Geräusch, in seiner Erläuterung oder in der Kombination aus beidem bestand.

Interessant ist nebenbei, daß sich die Behörde (Bezirkshauptmannschaft St. Veit) hinsichtlich der offenbar bösartigen Darmwind-Entweichung mit Furz eines Wortes bedient, das der Duden zwar kennt, aber in der Sprachbibel steht eindeutig: österr.: Schas

Ich finde: Flatus hätte der Amtswürde mehr entsprochen.

Nur das nicht, Brüder!

Vorsicht, die Ösis kommen! Unter diesem Titel präsentierte gestern die *Münchener Abendzeitung* ihren Landsleuten eine ganzseitige *Bedienungsanleitung zum richtigen Umgang mit unserem Lieblingsfeind.* Lustig.

Damit wäre eh schon alles gesagt, denn die Bedienungsanleitung bedient sich sämtlicher Klischees sowie altbekannter (unfreundlicher) Zitate berühmter Österreicher von Freud bis Bernhard. Aus all dem erkennt der Autor zum Beispiel: *Zwinge nie einen Österreicher, sich ein für allemal festzulegen. Eine Entscheidung zu treffen, das ist für ihn schlimmer, als wenn er sein Hunderl ermorden müßte.*

Na ja, Schwamm drüber! Alarmierend an dem Gesamtkunstwerk aus München sind hingegen die historischen Aspekte, und was der Bayer als solcher daraus ableitet. Mit unterschwelligem Stolz verweist er darauf, daß Wiener Stadtteile wie Hietzing, Penzing, Grinzing, Ottakring oder Hacking bayerischen Ursprungs sind – Chiemgauer Bauern waren es, die einst als Kolonisten in den Osten zogen.

Daraus folgt (für die *AZ*): *Der wahre Wiener ist, jessasna – ein echter Bayer.* Nein, Freunde, dieses Schrecknis gönnen wir euch nicht! Seit die Bayern vor ein paar Jahren in Anlehnung an den Wiener den *Münchner Schmäh* ausriefen (und dafür von der *Süddeutschen Zeitung* prompt eine aufs Dach bekamen), sind wir in Sachen bayerisch-österreichischer Bruderschaft höchst sensibilisiert. In einer Thomas Bernhard-Parodie hieß es nicht umsonst: *Lieber mit einem Eskimo in der Hölle als mit einem Bayern im Himmel.*

Der echte Bayer möge weiterhin in seinem Bierreich selig sein und sich meinetwegen als Nabel der Welt sehen. Aber er soll uns unsere Grauenhaftigkeit nicht mit gespielter Selbstironie wegnehmen wollen.

Kandidaten

März 1998. – Michael Frank von der *Süddeutschen Zeitung,* ein kluger Beobachter österreichischer Innenpolitik, entschied sich in einem ausführlichen Beitrag über die Bundespräsidentenwahl für den Titel *»Fehlanzeigen auf dem Moralpegel.«*

Ansonsten war es ein langweiliger Tag. Kein neuer Kandidat bewarb sich um das Amt in der Hofburg, und ich frage mich: Was treibt eigentlich Kaplan August Paterno?

Wir leben ja in der Zeit politischer Schrulligkeiten, in den Medien findet sogar eine Art Wettlauf statt: Wer schickt den bizarrsten Kandidaten in die Wahl? Vor sechs Jahren war alles noch seriös. In Waldheims letzten Tagen wurden ernsthaft große Österreicher wie Toni Sailer, Walter Schiejok oder Udo Jürgens vorgeschlagen. Nun bin ich mir nicht mehr so sicher, besonders seit Bela Rabelbauer die Arena betreten hat, wodurch das lustige Baumeisterehepaar zumindest kurzzeitig an Frohsinnsboden verlor.

Gastkommentatoren in *KURIER* und *Presse* votierten launig für Bischof Kurt Krenn bzw. versholprig für die Megaperle aus dem ORF. Der *Standard* warf ein ganzes Paket, bestehend aus Hermann Maier, Walter Schiejok (wieder dabei), Gerti Senger, Hansi Hinterseer und Gerhard Berger als aussichtsreiche Kandidaten auf den Markt. Und die Karikaturisten Zehentmayr und Deix entschieden sich für Udo Proksch bzw. einfache Quereinsteiger aus dem Volk (Predigerin, Arbeitsloser).

Ich glaube nicht, daß es das schon war. Nicht alles auf dem Moralpegel muß eine Fehlanzeige sein.

Bohrender Streß

Es ist natürlich nur eine Vermutung, aber sie könnte richtig sein: Fasziniert starrten Hunderttausende Fernseher auf ein Gebiß, und sowas kommt selten vor. Es lag einsam auf einem Tisch im Studio von *stern tv*, ein Zahnarzt führte vor, wie Karies durch Abkratzen entfernt werden kann. Ganz ohne Bohren, also ohne Schmerzen. Was sagt man dazu?

Hintergrund der spektakulären Demonstration ist die wissenschaftliche Leistung schwedischer Forscher, die eine Art Wunderpräparat entwickelten. Es soll in absehbarer Zeit auch in unseren Breiten zum Einsatz kommen. Schwedische Patienten, die ihr Gebiß noch nicht auf einen Tisch legen können, bzw. müssen, schwärmen nach schmerzfreier Behandlung, die interessierte Restmenschheit sollte in größter Vorfreude mitschwärmen.

Damit komme ich zu einer der bedauernswertesten Minderheiten des Berufslebens, den Zahnärzten. Man sagt, sie verdienen zwar sehr gut, aber keiner mag sie. Viel schlimmer noch: sie werden gefürchtet, manchmal vielleicht sogar gehaßt. Tagaus, tagein. Denn sie befreien uns ja von Schmerzen nur, indem sie uns vorher Schmerzen zufügen oder zumindest höchst unangenehme Gefühle vermitteln. Wir möchten ihnen daher oft am liebsten in die behandelnden Finger beißen oder uns sonstwie fürchterlich rächen.

Die Zahnärzte wissen das natürlich, und ich frage mich: Wie halten die den bohrenden Streß aus? Erst wenn sie ihre schrillen Bohrer wirklich für immer aus der Hand legen dürfen, werden wir sie lieben. Vielleicht.

Das Heer empfiehlt

Täglich stolpern wir über irgendeinen *terminus technicus,* und nicht immer läßt sich logisch herauslesen, worum es überhaupt geht. Ich glaube, daß z. B. die meisten Frauen mit dem Begriff *Gefechtsdienst* nichts anzufangen wissen. Wer je beim Bundesheer war, weiß natürlich, daß es sich dabei um die planmäßige Vorbereitung auf die Auseinandersetzung zwischen bewaffneten Kräften handelt. Trotzdem hört sich die Kombination aus *Gefecht* und *Dienst* irgendwie verwirrend an, aber zu den obersten Maximen einer guten Armee gehört ja auch Tarnen, Täuschen und Listigsein.

Damit kommen wir zur Gefechtsausrüstung, zu der selbstverständlich nicht nur Stahlhelm und Gewehr zählen. Heutzutage ist es sogar so, daß die Grundwehrdiener auch von zu Hause etwas zum Gefechtsdienst mitbringen dürfen. Am Schwarzen Brett der Wiener Karlskaserne ist unter *Empfohlene Gefechtsausrüstung* zu lesen, was das sein kann:

Kleiderbügel; Jausensackerln; Müllsäcke (60 und 110 l); Heft A6; kleiner Bleistift; Radiergummi; Spagat; schwarzes Textilisolierband; Imprägnierspray; Nägel (100 – 160 mm); Tarnstift; Schuhpasta; Strumpfhose (Damen).

Das läßt natürlich keinerlei Rückschlüsse auf bestimmte militärische Aktivitäten zu, und das ist wahrscheinlich das Raffinierte. Schon sehe ich vor mir, wie ein liechtensteinischer Spion verstört über dieser Liste brütet oder selbst höchste militärische Greise in anderen Nachbarländern in Ratlosigkeit versinken.

Wir hingegen ahnen, daß unsere Söhne beim Gefechtsdienst gut aufgehoben sind. Mit oder ohne Damenstrumpfhosen.

Aus dem Sozialstaat

Irgendwo in den Tiefen des Sozialstaates Österreich sitzt jemand und denkt sich etwas aus. Was dabei herauskommen kann, gibt am besten ein Telefongespräch zwischen einem Arbeitslosen und dem Arbeitsmarktservice (AMS) wieder.

Arbeitsloser: *»Ich würde gerne EDV-Kurse besuchen. Gibt's da eine Möglichkeit für finanzielle Unterstützung?«*
AMS: *»Im Prinzip schon, aber wir bekommen die Richtlinien erst Mitte Februar ...«*
Arbeitsloser: *»Na gut, ich mach' die Kurse auch so, ich zahl's mir halt selber.«* (Nennt auf Befragen die Büro-Organisation, bei der er die Kurse belegen will.)
AMS: *»Aber die machen doch nur Tageskurse ...«*
Arbeitsloser: *»Ja, und?«*
AMS: *»Um Gottes Willen, das dürfen Sie nicht! Sie dürfen nur Abendkurse besuchen!«*
Arbeitsloser: *»Warum?«*
AMS: *»Das ist ein Gesetz! Sie müssen ja von uns jederzeit erreichbar sein, wenn wir Ihnen einen Arbeitsplatz anbieten.«*
Arbeitsloser: *»Ich bin doch auch so nicht immer den ganzen Tag zu Hause. Ich gehe einkaufen, spazieren.«*
AMS: *»Sie müssen immer erreichbar sein, wenn wir Sie anrufen wollen.«*
Arbeitsloser: *»Und wenn ich kein Telefon hätte ...«*
AMS: *»... dann schreiben wir Sie an!«*
Arbeitsloser: *»Da könnte ich auch nicht sofort erscheinen. Wie bei einem Anruf, den meine Frau entgegennimmt, weil ich unterwegs bin ...«*
AMS: *»Gesetz ist Gesetz! Sie dürfen keine Tageskurse besuchen! In dem Fall kann es passieren, daß wir Ihnen die Arbeitslosenunterstützung streichen.«*

Ende des Gespräches. Alles klar. Warum soll man es auch jemandem leichtmachen, der auswärts lernen will, anstatt im Bett auf einen Anruf vom AMS zu warten.

Richtige Hetz

Noch nie waren die Ereignisse rund um die Wahl des Bundespräsidenten so lustig wie diesmal. Klestils Versteckerlspiel mit dem Baumeister am Kleinen Opernball hat mir zum Beispiel sehr gut gefallen. Auch der Transport der Unterstützungserklärungen ins Innenministerium (per Scheibtruhe, Fiaker und Menschenkette) hatte jenen Unterhaltungswert, den ein Volk einfach braucht. Schade, daß Koffer-Mann und Richter-Detektiv wegen mangelnder Unterstützung nicht liefern konnten, wer weiß, was uns Originelles entgangen ist.

Von den beiden kandidierenden Frauen sind keine humoristischen Einlagen bekannt. Seltsam.

Die Illustrierte *Wiener* hat etwas gemacht, das im Sinne der Realität ganz logisch ist: Werbeagenturen arbeiteten für *»Kandidaten, die uns gerade noch gefehlt haben«*, Kampagnen aus.

Die Slogans: *»Parteilos, unpolitisch, tierisch beinlich«* (Rex), *»Ihr habt sie Euch verdient«* (Vera), *»Ich wart' auf Dich«* (Hansi Hinterseer), *»Endlich ein Präsident ohne Frauengeschichten«* (Phettberg), *»Wer den Krenn nicht ehrt, ist das Würschtl nicht wert«* (Kurt).

Auch der Tonfall journalistischer Kommentatoren paßt sich der Situation an, was sehr erfreulich ist. Altmeister Hermann Polz notierte z. B. (als Gast in *profil)* über eine Tugend U amtierenden HBP: *»Als ihn das harte Unglück traf, untreu sein zu müssen, hat er es beispielhaft auf sich genommen und mit mannhaft gebrochener Stimme öffentlich eine Träne der Aufrichtigkeit zerdrückt und damit einen Kraftakt gesetzt, der geeignet wäre, von der Menschenrechtskommission als internationale Verhaltensnorm anerkannt zu werden.«*

Selbst wenn zuletzt alles beim alten bleibt, können wir reinen Herzens sagen: Das war uns die Hetz wert.

Gedankenüberschüsse

In unserem schönen Land ist nichts unmöglich, und so gab am Wiener Südbahnhof der Leiter des Kundendienstes vor einem Revierinspektor der Wiener Polizei letzten Freitag folgendes zu Protokoll:

Am heutigen Tag wurde am Bahnhof Wulkaprodersdorf, Burgenland, eine weibliche Person, verpackt in Packpapier und mit Schnüren umwickelt, als Paket aufgegeben. Die verpackte Person wurde mit dem Zug 2806 Eilzug, Triebwagengarnitur, um 8.01 Uhr, nach Wien Südbahnhof transportiert. Die Frau wurde am Bahnhof Wulkaprodersdorf durch einen Kollegen von ihr in den Zug getragen und auf den Boden gelegt.

So weit, so normal. Trotzdem kam es zu einer kleinen Aufregung, zumal einem Gepäcksgutladebediensteter etwas aufgefallen war. Aus dem Protokoll:

Dieser sah, daß es sich bei dem Gepäck um eine weibliche Person handelte, da die Schuhe sichtbar waren. In weiterer Folge wurde die Frau in die Gepäcksabteilung des Südbahnhofes gebracht. Der Paketpreis für die Frau betrug 90 Schilling. Das Paket war nach 2171 Herrnbaumgarten in Niederösterreich adressiert (Museum Nonseum). Das Paket wäre erst am 21. 3. 1998 angekommen.

Beim Paket-Inhalt handelte es sich übrigens um eine 43jährige Psychotherapeutin, geboren in Eisenkappel. Sie gab (laut Protokoll) an:

Ich wollte wissen, wie ich mich in einer Notsituation verhalte. Ich wollte sehen, ob ich als Gepäck aufgegeben werden kann, und wie ich meine Situation bewältige. Ich gehöre zu dem »Verein zur Verwertung von Gedankenüberschüssen.«

Die Frauenverschickung war (bis zur Verladung in den Zug) von einem ORF-Fernsehteam gefilmt worden, was keinem ÖBB-Beamten seltsam vorkam. Betrüblicherweise hatte man aber beim ORF darauf vergessen, bei den ÖBB eine Drehgenehmigung einzuholen. Diese sprach nun ein Veröffentlichungsverbot aus.

Des Polizei-Revierinspektors Schlußbemerkung lautet:

Da sich die beförderte Person aus wissenschaftlichen Gründen in eine Notsituation begab, war kein Grund für pol. Einschreiten nach dem UbG gegeben.

Mehr ist dazu auch wirklich nicht zu sagen.

*

Da das Lesepublikum gelegentlich mißtrauisch ist, sei angemerkt: Den *Verein zur Verwertung von Gedankenüberschüssen* gibt es tatsächlich. Er hat seinen Sitz in Herrnbaumgarten (Weinviertel), dort befindet sich auch das *Museum Nonseum,* in dem interessante Dinge wie *Der tragbare Zebrastreifen* u. ä. zu besichtigen sind. Es handelt sich um Österreichs Hochburg des puren Unsinns, dessen Grat zum Schwachsinn naturgemäß recht schmal ist. Viele werden sagen, die Vereinsmitglieder sind Narren. Möglich. Es wären mir aber noch die liebsten im ganzen Land.

Lernprozeß

Das Leben ist ein ständiger Lernprozeß. Manchmal sind es ganz einfache Dinge des Alltags, denen wir verständnislos gegenüberstehen. Hier kann jedoch die Studie ein wertvoller Helfer sein. Studien kosten zwar Geld, aber es ist gut investiert.

Das Frauenbüro bei der MA 57 hat z. B. eine Studie erstellt, die so heißt: *»Bitte warten! Haltestellen des öffentlichen Verkehrs in ihrem räumlichen Zusammenhang.«*

Aus ihr lernen wir unter anderem: *»Warten bedeutet, eine gewisse Zeit an einem Ort zu verbringen, ohne anderes Ziel, als diese Zeit zu überwinden. Erwartetes Ereignis ist bei einer Haltestelle immer das Einfahren der Straßenbahn oder des Busses.«*

Wer hätte das gedacht? Es ist ähnlich überraschend wie das Mysterium der Geleise: *»Die Geleise, die den Unterschied in der Linienführung zwischen Bussen und Straßenbahnen ausmachen, bewirken, daß die Straßenbahn weitgehend vorherbestimmten Linien folgt, die nur durch umfangreiche Bauarbeiten verlegt werden können. Die Linienführung von Bussen ist anpassungsfähiger.«* – Schön, daß wir darüber endlich einmal aufgeklärt wurden.

Auch unserem oft verzweifelten Grübeln über gewisse Erscheinungen im Haltestellenbereich setzt die Studie ein Ende: *»Uhren, die aufgestellt sind, oder an Geschäftsfassaden hängen, sind Orientierungsmerkmale in zeitlicher aber oft auch in räumlicher Hinsicht.«*

Nie werden wir alles wissen. Leider. Aber jeden Tag ein bißchen mehr – das ist doch was.

Der Erste Duscher

April 1998. – Ich glaube, daß der Präsidentschaftswahlkampf am Mittwoch früh in eine entscheidende Phase getreten ist. Wir Wähler wollen ja über die Kandidaten alles genau wissen, ehe wir uns entscheiden. Nun ist es natürlich so, daß man sich nicht auf jeden Informanten hundertprozentig verlassen kann. Wenn hingegen ein Betroffener direkt zu uns spricht, ist alles klar. Darauf können wir uns verlassen.

Was geschah also am Mittwoch früh? Der Favorit für die Wahl hat einem Privatradio-Reporter ein Exklusivinterview gewährt, und wir wissen nun definitiv: Thomas Klestil duscht nach dem Aufstehen. Ich gebe zu, daß ich Ähnliches immer schon vermutet habe, aber man freut sich halt, wenn die Bestätigung einer Vermutung von der einzigen kompetenten Person erfolgt. Unmißverständlich. Und man ist außerdem froh, daß UHBP selbst in der streßreichen Wahlkampfperiode die Zeit findet, uns fundamentale Dinge seines Alltagslebens mitzuteilen. Das macht nicht jeder.

Die plötzliche Dusch-Info ist umso bemerkenswerter, als ja bekannt ist, daß der Bundespräsident gegenüber den Journalisten zwei Jahre geschwiegen hat, und erst vor wenigen Tagen diese selbstauferlegte Prüfung für beendet erklärte.

Wir alle wünschen uns in der Hofburg einen reinlichen Menschen. Und so hat Klestil durch sein Brause-Outing gegenüber der Konkurrenz die Nase vorn. Seine Gegenkandidaten Knoll, Schmidt, Lugner und Nowak sind bisher nicht auf eine solche Idee gekommen. Sechs Jahre HBP-Erfahrung sind eben nicht zu unterschätzen.

Verblüffendes

Unter dem Titel *»Mond-Fakten«* berichtet Die *Ganze Woche* Verblüffendes: *»Am 21. Juli 1969, um 3.56 Uhr, setzte schließlich der Amerikaner Louis Armstrong erstmals seinen Fuß auf den Mondboden.«* – Nur sein Schutzanzug dürfte Uncle Satchmo daran gehindert haben, aus Freude ein Trompetensolo zu blasen. Das wird auch Namensvetter Neil auf Erden sehr bedauert haben.

*

Die *Presse* meldet: *»Japans größte Werbeagentur Dentsu muß den Eltern eines Mitarbeiters, der nach 80-Stundentagen Selbstmord begangen hatte, 23,7 Millionen S zahlen.«* – In Japan ist eben vieles möglich, aber bei der *Presse* auch, wenn der Tag lang ist.

*

Es ist erfreulich, daß viele österreichische Unternehmen ganz vorne mitmischen. Der *Standard* weiß sogar: *»Etwa 100 Unternehmen gehören zu den Top Five.«* – Mehr als 100 wäre natürlich noch erfreulicher, aber wir dürfen nicht unbescheiden werden.

*

Täglich Alles forderte in einem dramatischen Aufruf auf Seite 1: *»Österreich muß genfrei bleiben!«* – Es wird nicht leicht sein, denn manche Gene in manchen Österreichern geben uns jetzt schon genug aufzulösen.

*

In Spanien blieb eine Frau mit den Fingern im Geldfach eines Münzfernsprechers hängen, laut *KURIER* geschah danach Erstaunliches: *»Erst der Feuerwehr gelang es, die 20jährige Joana aus Palma, Mallorca, unter Tränen mit einem Vorschlaghammer zu befreien.«* – Das gefällt mir, weil ich bisher dachte, Feuerwehrleute sind abgebrühte und daher emotionslose Wesen.

*

Ein 33jähriger Grazer hat angeblich in der Ramsau ein Wohnmobil gestohlen, deshalb wird jetzt nach ihm gefahndet. Die *Kleine Zeitung* führt in der Personenbeschreibung auch an: *»Er fällt durch gutes Benehmen auf.«* – Der Mann ist so gut wie verhaftet – natürlich nur, falls die steirische Zustandsbeschreibung *Wildes Bergvolk hinter dem Semmering* keine Erfindung ist.

*

Aus der Hofreitschule berichtet *Die Ganze Woche: »Pferde müssen Budget sanieren.«* – Grasser kann sich also wieder beruhigt in die Privatwirtschaft zurückziehen.

*

Der *Standard* enthüllt: *»Kirche beharrt auf Ehebruch.«* – Wer weiß, was noch alles auf uns zukommt.

*

Der *KURIER* veröffentlichte ein interessantes Foto: Kleiner Orang Utan nimmt mit Löffel Nahrung auf. Drunter stand: *»In der Wanariset-Station lernen die Affenbabys, wie sie später einmal in der Wildnis zurecht kommen.«* – Diese befindet sich vielleicht an der Drau. Denn in einem *»Land, in dem Milch und Honig fließen«* (Kärntner Eigenwerbung), wachsen bestimmt auch Löffel auf den Bäumen.

*

Bildtext aus den *Niederösterreichischen Nachrichten: »Die Ermittler der Kriminalabteilung beim Abbrandversuch des Teppichvlies. Es brennt wie Flunder.«* – Vor diesem Wunder liegt man flach wie eine Zunder.

Über Überweisungen

Den Leser Franz G. irritiert, was im Grunde Tausende Male im Jahr vorkommt: Er ließ von seiner Bank einen größeren Geldbetrag an eine Firma überweisen, aber nach einer Woche erhielt er von dieser eine Zahlungserinnerung. Er reklamiert. Zwei Tage später entschuldigte sich jemand von der Firma telefonisch bei ihm – mit dem Hinweis: *»Der Betrag wurde uns erst heute gutgeschrieben.«*

Es dauerte insgesamt 12 Tage (davon 7 Werktage), bis das Geld dort war, wo es hingehörte.

Was die Geldinstitute mit Geld tun, das ihnen nicht gehört, zählt zu den bestgehüteten Bankgeheimnissen. Wir wissen nur, daß es auf der Stelle von unseren Konten abgebucht wird, alles andere fällt in den Bereich der Vermutung.

Ich stelle mir das so vor: Zunächst bucht der Überweisungsbeauftragte ab, dann trägt er das Überweisungspapier ins Überweisungssammelzimmer. Dort findet später die Überweisungskonferenz statt. Man diskutiert, wie die Überweisung am günstigsten zu behandeln ist. Ein heikles Problem, das ein paarmal überschlafen sein will. Oft kommt noch das Pech hinzu, daß der Überweisungsoberinspektor außerhäusig weilt. Und ohne ihn geht nichts.

Bei der überweisungsempfangenden Bank sitzt der Überweisungsgutschreibebeauftragte. Er nimmt seinen Beruf sehr ernst, daher studiert er jede Überweisung einige Tage, ehe er gutschreiben läßt. Die Bank hat sich schweren Herzens vom fremden Geld getrennt, aber als Trost gibt's neben den Überweisungsspesen der Kunden wenigstens ein bisserl ein Zinsgeldi. Wie schön.

Trottelhafter Fehler

Prinz William, Mitglied des britischen Königshauses, ist ein Liebling der Medien. Von allen guten Eigenschaften ist die auffälligste: *»Er ist schön wie ein Prinz.«* In einem *KURIER*-Bericht lesen wir außerdem: *»Einziger Fehler des ansonsten perfekten jungen Mannes: Er ist Linkshänder.«*

Das Wort *Fehler* steht natürlich nicht unter Anführungszeichen, denn wer die Rechtshändigkeit von 95 Prozent der Weltbevölkerung (Schätzung) einfach ignoriert, ist sowieso ein Querulant. Der Leser Wolfgang W. aus Wien schreibt mir: *»Ich habe diesen trottelhaften Fehler auch!«*

Ja, hart ist das Leben. Eine mir nahestehende junge Dame hat ihn ebenfalls, oft sitzen meine Frau und ich weinend beisammen und quälen uns mit der Frage herum: Warum ausgerechnet unser sonst so liebes Kind?

Wolfgang W. geht unterdessen tapfer durchs Leben. Er versucht sogar, seinem Fehler etwas abzugewinnen:

Wer sich ständig mit rechtsgerichteten Hosenschlitzen, Gesäßtaschen, Brusttaschen, Hemdknöpfen, Türschnallen, Klo-Spülungen, Wasserhähnen usw. herumschlagen müsse, wer vom weltbeherrschenden Rechtshändertum gezwungen würde, tagtäglich laufend auf Links umzudenken; wer auf diese Art Fähigkeiten entwickelt, von denen Rechtshänder noch nicht einmal geträumt haben; wer sich also ununterbrochen der Herausforderung zu stellen hat, sein Gehirn wirklich zum Denken zu zwingen, müßte letztlich einsehen, daß ein Rechtshänder das als Fehler ansieht.

Der muß ja oft nicht einmal beim Schreiben von Reportagen sein Hirn auf Touren bringen.

D i e Österreicher

Wenn man einen so wichtigen Tag wie den 19. April 1998 vor Fernseh- und Radiogerät verbringt, fällt einem die Wahl schwer: Welchem Politiker verdanken wir die am meisten erhellenden Dankesworte zur Wiederwahl von Thomas Klestil?

Ich entschied mich für eine Zilk-Schüssel-Mischung. Die Tatsache, daß wir weiterhin UHBP statt UFBP sagen dürfen, brachte der Vizekanzler auf den Punkt: Er freue sich, daß *»die Österreicher so klug und besonnen«* entschieden hätten.

Ja, d i e Österreicher. So sind sie halt. In einer Zeit, in der nur noch in Prozentpunkten gesprochen wird, kann ein Blick auf absolute Zahlen nicht schaden.

3.221.557 wahlberechtigte Österreicher waren nicht klug und besonnen genug, um Thomas Klestil zu wählen. Die einen, weil sie überhaupt nicht von ihrem demokratischen Recht Gebrauch machten (1.529.581), andere, die nichts ankreuzten oder sonst was Lustiges auf ihren Stimmzettel malten (181.423).

Schließlich haben wir noch – bei freier Interpretation eines Zilkschen Diktums – die im Würmerbereich anzusiedelnden Österreicher. Sie gaben ihre Stimme nicht Klestil, sondern anderen. (1.510.553). Wer diese Unglückswürmer wählt, ist ja vermutlich selber auch einer. Jedenfalls aber nicht klug und besonnen. Obwohl dummerweise auch in die Rubrik die Österreicher fallend.

Der Staatsmann Zilk erkannte außerdem, daß sich die Mehrheit nicht durch die Knollschmidtlugnernowakschen Mätzchen und Dummheiten an der Nase herumführen ließ. Das ist ja das Schöne an der Demokratie. Auch die Stimmen von Blödianen sind gültig.

Zacken-Anstellwinkel

Es gibt so gut wie keine Institution, die besser organisiert ist als unser Bundesheer. Der Begriff *Militärische Präzision* ist ja nicht umsonst einer.

Zufällig fielen mir im Monat Mai die *Richtlinien für die Anschaffung von Eisschabern für Dienstfahrzeuge* (4 Seiten, inklusive ÖNORM-Tabelle) in die Hände. Wir lernen, daß erfreulicherweise auch dabei nichts dem Zufall überlassen wird.

Über allem steht: *»Der Eisschaber darf beim Gebrauch keine Glasteile am Fahrzeug (z. B. Windschutzscheibe) zerkratzen.«*

Das allein zeigt schon, wie bedacht die Heeresführung auf die Erhaltung von Staatseigentum ist. Bei den *Technischen Forderungen* läßt sie nur einen kleinen Spielraum: *»Viereckige Form, wobei nicht zwingend eine Rechteckform vorgeschrieben ist. Der Eisschaber muß so ausgebildet sein, daß man beim ›Schaben‹ und ›Kratzen‹ mit den Fingern einen Gegendruck ausüben kann.«*

Daß die Dicke des Eisschabers möglichst dünn zu sein hat, liegt auf der Hand, bei der Handhabung der gezahnten Seite hat der für die zukünftigen Schabenden tätige Beschaffer folgendes zu beachten: *»Der Anstellwinkel der Zacken muß so ausgebildet sein, daß bei normaler Stellung mit relativ geringem Kraftaufwand eine Eisschicht an der Windschutzscheibe aufgebrochen werden kann.«* Und, ganz wichtig: *»Die Enden der Zacken müssen auf einer Geraden liegen.«*

Zackenteil, Schabteil und Wischteil dürfen übrigens nicht schmäler als 70 und nicht breiter als 100 Millimeter sein. Auf Tarnung wird kein Wert gelegt: *»Zum besseren Auffinden des Eisschabers wird eine Signalfarbe bevorzugt.«*

Insgesamt großartig. Jetzt muß es nur noch kalt werden.

Auslöschung

Kaum haben die Wiener Festwochen mit Glanz und Gloria begonnen, kaum schickt sich also die Eleganz der Metropole an, von Premierenfeier zu Premierenfeier zu eilen, da ist schon ein Ereignis eingetreten, das Folgen haben wird. Ja, es ist wahrscheinlich sogar so, daß die jüngere Wiener Kulturgeschichte umgeschrieben werden muß.

Mit an Perfidie grenzender Lässigkeit hat Claus Peymann vor 102.000 Fernsehzuschauern in einem Nebensatz enthüllt, sehr gut Französisch sprechen zu können. Und zum Beweis legte er ein perfekt ausgesprochenes *Chance* hin. Was sagt man dazu? Er, dessen *Schangse* heimische Publizisten förmlich paralysiert hat, lehnt sich gemütlich zurück und sagt einfach *Chance.*

Wenn das Hans Weigel noch erlebt hätte! Immerhin war er es, der vor etlichen Jahren auf allerhöchstem Boden (bei einer Preisverleihung im Unterrichtsministerium) den tiefösterreichischen Satz sprach, dem donnernder Applaus der Festgäste folgte: *»Aber wenn ein Burgtheaterdirektor nicht ›Chance' sagt sondern ‚Schangse', dann gehört er zurück nach Bochum und hat hier nichts zu suchen!«*

Fortan geriet die Peymannsche *Schangse* zum Brotwort zahlloser heimischer Peymann-Betrachter, erlebte (dank Franz Morak) sogar Bühnenweihen, war stets präsent, wenn es darum ging, das Österreichertum unserer Burg hervorzuheben. Alles falsch, er kann es richtig sagen. Peymann war schon immer ein Andernaseherumführer im Bernhardschen Sinn. Jetzt ist er auch noch ein tückischer Auslöscher unseres Wortgutes.

Chance. Eine Frechheit.

Fleck- und Einstein-Tag

Ende Juni ereignet sich jedes Jahr der Tag der Freude bzw. des Trostes. Wir könnten auch sagen: Es war Einstein-Tag.

Nach der jeweiligen Zeugnisverteilung für Hunderttausende Schüler muß man sich im Land mit der wahrscheinlich weltweit größten *Fleck*-Dichte mit dem Trost intensiver befassen als mit der Freude über die ausgebrochenen Ferien. Interessanterweise mutieren ja alle, die das Jahr über die Kinder unter Leistungsdruck setzen, am Ende zu verständnisvollen Tröstern.

Eine wesentliche Rolle bei der Trostverabreichung spielen naturgemäß die Journalisten. Unermüdlich finden sie seit Generationen rechtzeitig ebenso lustige wie aufklärende Worte über berühmte Schulversager. Selbstverständlich kommt dabei auch immer Albert Einstein vor, der zum Schulschluß bevorzugt herangezogen wird. Auch Winston Churchill fehlt nie. Und die Schüler, wenn auch mit beschränkter Hoffnung, lernen: Nobelpreisträger oder Premierminister zu werden ist immer drin.

Ich glaube, daß Einstein als klassischer *Fleck*-Typ auch deshalb so beliebt ist, weil es von ihm das berühmte Foto mit der herausgestreckten Zunge gibt. Es signalisiert, daß er in der Schule außer faul auch noch frech gewesen sein könnte.

Da Einsteins Hypothese der Lichtquanten oder seine Relativitätstheorie ohnehin kein normaler Mensch versteht, ist damit zu rechnen, daß der *Große Brockhaus* irgendwann nur noch festhält: *Einstein, Albert, Trostsubjekt, 1879 – 1955. Schlechter Schüler, der auch im Alter noch die Zunge zeigte.*

Fröhliches Jagen

Im Leben kommt es bekanntlich oft darauf an, aus welchem Blickwinkel man etwas betrachtet. Im *KURIER* habe ich zum Beispiel gelesen: *»Mit einem schmerzlichen Mißgeschick endete Samstag abend eine fröhliche Fuchsjagd bei Kirchschlag im Bezirk Zwettl.«* Danach wird geschildert, wie ein Wirklicher Hofrat von einer Schrotladung getroffen wurde.

Hier nun geht es weniger um das natürlich zu bedauernde Opfer als um den angeblichen Tatbestand der Fröhlichkeit einer Fuchsjagd. Wer oder was ist dabei fröhlich? Es weiß zwar niemand, ob es womöglich schon Jäger gab, die sich bei Abschießen von Füchsen totgelacht haben, ziemlich sicher ist hingegen, daß sich selbst humorvolle Füchse dem Treiben der Jägerschaft ganz gerne entzögen. Sollten Füchse überhaupt zur Fröhlichkeit neigen können, dann wahrscheinlich nicht in dem Moment, wenn auf sie geschossen wird.

Unter dem Titel *»Wie Sie Ihr Haustier vor dem Abschuß schützen«* lese ich nun im *KURIER,* daß der Hund in der Rolle des Waldspaziergängers mit Beginn der Jagdsaison die Ohren spitzen sollte. Genauer gesagt, es müssen Frauerl oder Herrl auf den Liebling achten, denn hart ist das österreichische Jagdgesetz. Es gibt ja nicht nur zweibeinige Wilderer.

Wir kommen zur Fröhlichkeit der Jagd zurück. Oft wurde sie besungen, es wimmelt in den Liedern vor *Hopsassa, Tirallala, Hallihallo* und allerlei sonstigem *Trara.* Fuchs oder Hund kapieren nicht, was da lustig durch den Tann tönt. Schade, es würde das Zusammenleben mit den Jägern erleichtern. Zumindest für diese.

Bleibt Peymann?

Unser Burgtheaterdirektor ist wieder einmal im Fernsehen bei Karin Resetarits aufgetreten, und wie so oft hat er ein paar sehr kluge Bemerkungen gemacht. Danach hat ihm der Zuschauer Rudolf H. aus Wien-Margareten ein Fax geschickt: *»Da Sie – ob gewollt oder ungewollt – zum wichtigsten Wahrzeichen Wiens geworden sind, muß ich Sie darauf aufmerksam machen, daß Sie aus diesem Grund in Wien bleiben müssen! Ich schlage vor, das Riesenrad an Ihrer Stelle nach Berlin zu schicken.«*

Claus Peymann fragt nun schriftlich bei mir an: *»Was soll ich jetzt tun?«*

Also, Peymann, ich fühle mich als Burgtheaterdirektorkonsulent natürlich sehr geehrt, aber es ist natürlich schwierig. Ihr Dichterfreund, Peymann, hat einmal geschrieben: *Man geht nicht ungestraft nach Trier. Man geht nach Trier und macht sich lächerlich. In Trier ist die Intelligenz nicht zuhause.* – Wer, Peymann, sagt Ihnen denn, daß es in Berlin anders ist als in Trier? Bleiben Sie einfach in Wien, Peymann. Ich beobachte Sie ja schon seit langem, Sie wollen eh nicht wirklich weg. Sie könnten jeden Abend ins Burgtheater gehen, vielleicht mit einer Ehrenkarte. Sie könnten den ganzen Tag auf der Bühne Wien probieren, und man wird Ihnen wahrscheinlich sogar die österreichische Staatsbürgerschaft zukommen lassen – jetzt, wo Sie nichts mehr anstellen können.

Nur, Peymann, das Riesenrad wäre ein zu hoher Preis für Ihr Hierbleiben. Die Berliner wären sicher auch mit dem Fernheizwerk Spittelau oder mit Professor Muliar zufrieden. Überlegen Sie sich's halt, Peymann. Man verläßt Wien nicht einfach.

Das Chefarzt-Spiel

Heute spielen wir das lustige Chefarzt-Spiel. Es ist die zeitgemäße Abwandlung des beliebten *Mensch, ärgere dich nicht.*

Das Manderl (in Gestalt einer 79jährigen Spielerin aus Wien) rückt im September erstmals aus und besorgt sich auf dem Facharzt-Feld ein Rezept für sechs Monate.

Das Manderl rückt vor. Vom Post-Feld schickt es das Rezept zur Genehmigung an den Chefarzt. Der bewilligt es aber nur für einen Monat (der Facharzt hat nämlich auf dem Rezept den Vermerk *2mal tgl.* vergessen).

Das Manderl rückt aufs Telefon-Feld vor und ruft bei der Sozialversicherungsanstalt der gewerblichen Wirtschaft an. Auskunft: Noch einmal zum Facharzt, noch einmal einreichen.

Das Manderl hält sich an die Spielregel und ruht sodann zwei Wochen auf dem Warte-Feld. Aber es kommt kein Rezept. Mittlerweile ist schon Oktober – das Medikament ist verbraucht. Also hüpft das Manderl aufs Telefonfeld zurück. Es erhält die Auskunft, daß kein Ansuchen vorliege.

Das Manderl muß also zurück aufs Facharzt-Feld. Es besorgt sich ein neues Rezept und reicht ein. Schon einen Tag (!) später trifft ein Dauerrezept für sechs Monate ein.

Das Manderl glaubt sich fast am Ziel, da kommt ein zweites Rezept mit der Post. Also zurück aufs Telefon-Feld. Man sagt ihm, es solle das 2. Rezept vernichten.

Das Manderl tut wie ihm befohlen, und rückt sodann mit Rezept Nr. 1 auf das Apotheken-Feld vor. Der Apotheker klärt auf: Dieses Mittel ist seit 1. Oktober nicht mehr bewilligungspflichtig!

Das Spiel ist aus, und kein Mensch freut sich.

Vom Singen und Beißen

Ein wichtiger Pfeiler des Wirtschaftslebens ist die Dienstreise. Daher instruieren ordentliche Dienstgeber ihre Mitarbeiter präzise über alle Reiseaspekte. Und sie wollen auch, daß jeder heil zuück-kommt.

Zufällig ist mir die Broschüre *Reiserichtlinien* des Großunterneh-mens OMV in die Hände gefallen. Auf immerhin 70 Seiten findet der Dienstreisende alles, was er wissen muß, zum Beispiel, daß eine OMV-Dienstreise nicht kürzer als 3 Stunden, aber nicht län-ger als 3 Monate dauern darf. Oder: Vorgesetzter im Sinne dieser Reiserichtlinien ist der unmittelbare Vorgesetzte. Oder daß pro angefangener Dienstreise-Woche auf Firmenkosten privat telefo-niert werden darf, nämlich 10 Minuten.

Am dankbarsten sind die OMV-Mitarbeiter sicher für die Gesund-heitstips. Und ich weiß nun z. B. im Falle eines im Flugzeug neben mir mit vollem Mund laut singenden Mitreisenden sofort: Aha, das ist einer von der OMV, dem schlecht geworden ist. Denn in den Richtlinien steht: *Während der Reisebewegung wird empfohlen, lockere Kleidung zu tragen, nichts oder wenig zu essen und nicht zu lesen. Durch Essen von Äpfeln und lautes Singen (wenn möglich), kann einem Anfall von Reisekrankheit begegnet werden.*

Sollte aber beim Äpfelessen Unvorhergesehenes passieren, ist der OMV-Reisende gewarnt: *Bricht während der Reise eine Zahnecke aus, so ist diese, soweit möglich, bis zur Inanspruchnahme eines Zahnarztes im Mund aufzubewahren. Ausgeschlagene Zähne mit Wurzel sollen an die angestammte Stelle gesteckt und mit Wachs oder Kaugummi bis zur Behandlung fixiert werden.*

Also: Wachs nicht vergessen – und gute Reise!

Kulturelles

Als Österreich sich selbst feierte, kam bei den Deutschen Millenniumsneid auf. Prompt entdeckte ein Fernsehteam von RTL in einer Ausstellung über große Österreicher auch Ludwig van Beethoven. Es erfolgte ein hämischer Aufschrei, doch der Ausstellungs-Macher, Prof. Peter Weiser, konterte mit einer hochinteressanten Sicht des Österreichertums: *»Beethoven ist ein Österreicher. Es ist nicht Österreicher, wer in Österreich geboren ist, sondern Österreicher ist, wen die Österreicher für einen Österreicher halten.«*

*

In einem Anfall von Innovation erdachte der ORF 1998 im Rahmen der *Kunststücke* ein lustiges Quizspiel: *»Wo war Kunstkanzler Viktor Klima diese Woche? Bei welchem Kultur-Event wurde er gesichtet?«* – Eine Lösung gab es (*»In der Wiener Michaeler Kirche«*, wo Klima in einem feierlichen Akt in die »Europäische Weinritterschaft« aufgenommen wurde), dann wurde das Quizspiel eingestellt. Merkwürdig.

*

Mittwoch, der 9. Dezember 1998 war für uns und unsere Bundestheater der vielleicht aufschlußreichste Spieltag seit langem. Auf dem Programmspiegel stand: Staatsoper: Keine Vorstellung. Volksoper: Keine Vorstellung. Burgtheater: Keine Vorstellung. Akademietheater: »Publikumsbeschimpfung.« – Schön, daß man sich in Zeiten von Schließtag-Festtagen wenigstens in der Burg-Filiale für das passende Stück entschieden hat.

*

In der beliebten *Krone*-Kolumne *»Wiener G'schichten«* heißt es in einem Rückblick auf den Besuch der englischen Königin im Jahr 1969: *»Die Direktion der Staatsoper gab damals bekannt, daß man in Anwesenheit der Queen – wie immer bei hohen Besuchen – ›Fidelios Hochzeit‹ aufführen wollte, worüber der englische Botschafter Sir John Pilcher sehr unglücklich war.«* – Beethoven und Mozart wären das vermutlich auch gewesen.

*

Auf den Eintrittskarten für die »Wiener Hofmusikkapelle« steht, was am 29. April 2001 gegeben wird: *Messe C-Dur – L. van Beethofen* – Originell, aber da wär's auf *L. fan* auch nicht mehr angekommen.

Nicht jeder weiß, ob *»Der Freischütz«* von Weber, Webern oder Webber komponiert wurde. Daher entschied man sich in der Programmbeilage der *Wiener Zeitung* für Webbern. In Momenten der Unsicherheit helfen ja oft kleine Tricks weiter. Knapp ein Jahr später wurde wieder *»Der Freischütz«* angekündigt, der Komponistenname um die Vornamen erweitert. Er heißt demnach *Carla Maria von Webbern,* ist aber vermutlich trotzdem ein Mann. – Noch interessanter war allerdings die Erwähnung eines Komponisten namens *Christoph Willibald Glück* sowie die Ankündigung einer Übertragung der Oper *»Klomeneo«.* Das Werk stammt angeblich von Mozart, der Komponist wird aber selbst vermutlich nicht anwesend sein.

*

Kurt Falks Volksbildungsorgan *Die Ganze Woche* kündigte in ihrem Staatsopernprogramm zwischen Verdis *Don Carlos* und Beethovens *Fidelio* zweimal die Aufführung der Oper *Wolfram von Eschenbach* an. Es muß sich um eine Uraufführung handeln, als Komponist wird jedenfalls *Brendel* angegeben. Vermutlich handelt es sich um den beliebten Nebenerwerbs-Bariton Wolfgang Brendel, der in Wagners *Tannhäuser* schon unter dem Pseudonym *Wolfram von Eschenbach* aufgetreten sein soll.

*

Im Klassik-Sender *Radio Stephansdom* erklang Mario del Monacos Tenorstimme und danach sagte die Sprecherin: *»Bei dieser Interpretation von Puccinis ›Nessun dorma‹ bleibt wohl kein Ohr trocken.«* – Wahrscheinlich. Außerdem trüben ja beim Radiohören nicht einmal verstopfte Augen den Genuß.

*

Die *Niederösterreichischen Nachrichten* berichten: *»Prag war die Wahlheimat des nö. Dichters Franz Kafka.«* – Hm. Kafka, geboren in Prag, lebte dort 40 Jahre, ehe er für acht Monate nach Berlin ging. Aber wahrscheinlich ist es so, daß niederösterreichischer Dichter ist, wer nach ein paar Wochen Aufenthalt in einem niederösterreichischen Sanatorium ebendort verstirbt. Wie Kafka in Kierling, kurz vor seinem 41. Geburtstag.

*

Im Advent können die Promis die Worte nicht mehr halten, und so verraten sie, was sie wem unter den Christbaum legen. Dagmar Koller, unter *Star & Instanz* rubriziert, wählte Literatur von Paolo Coelho aus und sagt: *»Ich kenne Coelho persönlich und habe alles von ihm verschlungen.«* – Glücklicher Paulo.

Auch die *Presse,* immer schon Hüterin der abendländischen Kultur, berichtete über den Opernball. Und enthüllte in Form eines Bildungsfeuerwerkes: *»Die Eröffnung startete mit der Feuerwehrmusik von Georg Friedrich Händel.«* – Diesmal allerdings ohne tatüü, tataa.

*

Der ORF zeigte, was er zu bieten hat, und so gab es während »Taxi Orange« für die Gefangenen im Kutscherhof Hochkultur. Wortfetzen vor dem Ereignis: *»Nabucco wär' a Traum!« – »I fandert's a voi supa!« – »Liebe Bewohner, heute gibt's für euch Nabucco!« – Coool!» – »Wos is des?« – »A Oper!« – »Singen s' do oder wos?« – »Eine Oper!« – »Des vasteh' i jo net, oder?« – »Is ka Oma, is a Opa!« – »Vasteht ma des? I glaub', do bin i a bissl z'bled dafür!« – »Tabasco!«*

*

Das Burgtheater engagierte Richard Lugner als Schauspieler. Nach der Premiere äußerte seine Frau Christina in der *Krone,* sie sei gegen weitere Auftritte ihres Mannes. Und lieferte dabei das Zitat des Jahres 1999 ab: *»Wir haben einen Ruf zu verlieren!«*

*

Auf Einkaufssackerln des Merkur-Marktes steht: *»Es gibt nichts Gutes, außer man tut es.« – Chris Lohner.* – Beim Namen dieser Literatin handelt es sich offenbar um ein bisher unbekanntes Synonym von Erich Kästner.

*

Der beliebte Volkstribun Hilmar Kabas hatte sich im Jahr 2000 mit einem kleinen Problem herumzuraufen – sein dienstlicher Bordellbesuch (aus Sicherheitsgründen) bei einem Seidel Bier machte Schlagzeilen. Das animierte Kopfstücke-Leser Heider (mit »e«) zu einem Gedichtlein, ganz wie er es einst bei seinem Lehrer Ernst Jandl gelernt hatte:

Ein Hump war zur Kontrolle hier
Und ist im Tuff gesessen,
dort trank er nur ein kleines Mier,
den Rest hat er verzessen.

*

Hermes Phettberg, so meldete der *Falter,* hat den lang entbehrten Essay *»Mein Penis, die Schneeflocke«* geschrieben. – Als Freund alles Zwergischen grüße ich ihn mit einem fröhlichen *»Zipfel auf!«*

Du nix bitten müssen!

Eine österreichische Variante von Murphys Urgesetz, wonach alles, was schiefgehen kann, schiefgehen wird, heißt: Alles, was wir nicht für möglich halten, passiert eines Tages.

Zu den interessanteren Schlagzeilen, die ich je gelesen habe, zählt diese: *Polizei muß Ausländer mit »Sie« anreden.*

Was wir nicht für möglich hielten, ist aber nicht diese Entscheidung des Verwaltungsgerichtshofes – herzlichen Dank übrigens –, sondern, daß er überhaupt damit befaßt werden mußte. Und dazu kam es, weil der Unabhängige Verwaltungssenat zu Wien (nach der Beschwerde eines Ausländers über einen Polizisten) befunden hatte, Personen seien *grundsätzlich nur auf Verlangen mit »Sie« anzusprechen.*

So weit der humoristische Anteil der Senatsbetrachtungen. Nun aber zum Phänomen des sprachlichen Umgangs des Österreichers mit dem Ausländer. In seinem ständigen Bestreben, helfend zu wirken, bedient er sich ja einer depperlartigen Technik, die das Du unter Garantie einschließt. Dabei kommt etwas heraus, das sich beispielsweise so anhört: *Du müssen gehen links um Ecke, dann Du gehen geradeaus, dann Du schon sehen Staatsoper.*

Vielleicht hatten die Beamten des Unabhängigen Verwaltungssenates diese im Volk fest verankerte Verständigungsmethode vor Augen, als sie weiters befanden, das Du-Wort sei im Umgang mit Fremden *den Gepflogenheiten des täglichen Lebens nicht abträglich.*

Ja, das tägliche Leben. Wer duzende Polizisten zurückduzt, lernt auch Gepflogenheiten kennen. Du verstehen?

Eine Verschwörung?

Ich stelle mir vor, wie alles hätte ablaufen können, und ich glaube, es wär' sehr schön geworden: Joe Zawinul, Thomas Klestils Erdberger Zwilling, hätte zum Auftakt eine feierliche Eigenkomposition gesummt, dann wären Thomas und Margot vor den Standesbeamten getreten. Ohne jeden Fotografen, ohne jede Fernsehkamera. Ruck, zuck wäre Frau Löffler Frau Klestil geworden oder vielleicht sogar Herr Klestil Herr Löffler. Das Paar hätte sich auf Hochzeitsreise in die Wattener Kristallwelten begeben, und aus dem Lautsprecher wäre André Hellers Lied erklungen *»Wie mei Herzschlag g'hörst zu mir!«*

Das Volk hätte gejubelt, denn man erlebt ja nicht alle Tage, daß ein amtierender Bundespräsident heiratet. Aber es ist eben nichts draus geworden. Und schuld war eine *KURIER*-Exklusivmeldung des genauen Hochzeits-Termins. Wegen des drohenden Medienrummels blieb Klestil/Löffler gar nichts anderes übrig, als alles abzublasen. Einen ähnlichen Verhinderungsschlag wie der *KURIER* – das berichteten die *Salzburger Nachrichten* – hätte sich kürzlich auch die Zeitung *Außerferner Nachrichten* zuschulden kommen lassen.

Langsam beginne ich an eine Medienverschwörung gegen Klestil zu glauben. Denn wenn es so weiter geht, wird die Hochzeit in Tirol immer wieder verschoben werden müssen. Zuletzt bleibt vielleicht nur noch Las Vegas als Ausweichort übrig.

Ja, es gibt sogar das fürchterliche Gerücht, daß man bei *News* auf den sonst absolut verläßlichen Dauerklienten Klestil wegen Nicht-Vorinformation so beleidigt ist, daß ihm die Chefredaktion jetzt die Hochzeit überhaupt verboten hat.

*

Nur sechs Tage später war es dann aber zum Glück doch so weit. Nach strengster Geheimhaltung über den neuen Termin fand am 23. Dezember 1998 im Rathaus zu Wien die Hochzeit des Jahres statt. Unter größtem Mediengetöse, was bis heute ein unerklärliches Rätsel ist.

Elmo und seine Buben

Eine Vision: Klassenzimmer in der Sportreporter-Schule des ORF. In den Bänken die Mikro-Sportler, vor der Tafel Sportchef Oberhauser, früher selbst Lehrer.

Oberhauser: *»Liebe Buben, heut' reden wir über Sehervertreiben. Ich glaube, wir sind auf dem richtigen Weg.«*

Prüller: *»Hehe, das ist gut! Erinnert ihr euch an Jim Hunter, der mit den Händen die Stiegen …«*

Oberhauser: *»… ja, aber jetzt halt einmal den Schlapfen! Es sind ja keine Mikrofone da. Also, ich gratuliere euch, weil Ihr verschiedenste Seherbedürfnisse so glänzend ignoriert. Und ich werde es keinesfalls zulassen, daß Fachidioten wie Assinger, Kogler oder Antonitsch allein übertragen.«*

Seeger, Elstner, Zimmer: *»Bravo Elmo!«*

Oberhauser: *»Es könnte aber noch mehr geredet, noch mehr wortgespielt werden!«*

Zimmer: *»Du hast recht, du hast recht! Ich sage nur Horror im Horr-Stadion …«*

Oberhauser: *»Genau! Nehmt euch ein Beispiel an unserem Jüngsten* (Nehiba errötet stolz). *Seine Gemeinplätze sind wirklich so, daß es eine Freude ist. Und irgendwie genial, weil durch die Wortlawine jede hervorsprudelnde Blödheit oder Fehlprognose zugeschüttet wird!«*

Prüller, Seeger (im Chor, stolz): *»Herr 'fessor, er ist halt unser Klon!«*

Elstner: *»No, i bin neugierig, ob …«*

Oberhauser: *»… Papp'n hoit'n! Jetzt red' ich! Merkt's euch, die Seher wollen zwar nicht dauernd hören, was sie eh selber sehen, und womöglich Verschnaufpausen, aber da spielen wir nicht mit!«*

Prüller, Seeger, Elstner, Nehiba: *»Niemals!«*

Zimmer: *»Niemals! Niemals.«*

Bebende Ausgräber

Nach den enormen Schneefällen strömten am Sonntag, dem klassischen Ausflugstag, Tausende Wiener durch die Stadt. Sie machten sich zum Autoausgräber-Schauen auf den Weg und hatten es dabei sehr schön.

Man glaubt ja gar nicht, wie liebevoll der Großstadtmensch rund um sein Auto im Schnee herumzugraben imstande ist, wie sensibel er sich bis zum Lack vorarbeitet, um dann zärtlich mit dem Besen die letzten Schneeflankerln zu entfernen. Die Überwindung mächtiger, von Pflügen angehäufter Wälle, ist dann kein Problem mehr. Ein kleiner Anlauf, ein Hupferl, und schon sind alle vier Sommerreifen aus dem Schneegefängnis befreit. Es kann losgehen.

In der Hochgebirgs-Atmosphäre der Seitengassen ergibt sich vorher noch ein zusätzlicher Reiz. Das beliebte *Nachbarauto-Zuschütten* ist zwar nicht sehr elegant, aber lustig.

Der Montag verlief äußerst spannend. Zehntausende Automobilisten bebten an ihren Arbeitsplätzen der abendlichen Heimreise entgegen bzw. der alles beherrschenden Sorge: Werde ich für meinen Liebling ein schneefreies Loch finden? Und, wenn ja, wie komm' ich aus ihm morgen wieder heraus?

Nur die Gruppe der Illusionisten erlebte einen unbeschwerten Tag. Sie glauben ja an das Wunder, der von ihnen am Sonntag in mühsamer Kleinarbeit freigeschaufelte Parkplatz würde von anderen Autofahrern respektiert. Lieb.

Einige ließen ihre Autos einfach in den Schneebergen zurück. Seltsame Tröpfe. Bei den Abenteuer-Erzählungen am Arbeitsplatz nicht mitreden zu können, muß die Hölle sein.

Ein Österreich-Bild

Österreichs Bild im Ausland ist das Thema der Stunde. Jetzt konnten sich z. B. dreieinhalb Millionen Deutsche (Einschaltquote für *Darüber lacht die Welt*, SAT 1) eines machen.

Der beliebte Spaßmacher Hape Kerkeling, dem schon lange jeder clevere Würdenträger wegen drohender Lächerlichmachung großräumig ausweicht, hatte sich auf den Wiener Opernball begeben. Er begleitete (mit Kamera und Mikrofon) einen Schwarzen, den er dem Wiener Ball-Adel so vorstellte: *»Albert Azubi Watanabe, stellvertretender Kultusminister von Botsuana«*. Der, in Wahrheit ein verkleideter Münchner, sagte jedem, der es hören wollte: *»Ich suche eine Frau!«*

Er fand keine, aber es war einiges los: Eine Staatssekretärin strahlte dem Kollegen *»Nice to see you«* entgegen; einem Ordenträger gefror das Lächeln, als ihm Kerkeling mit todernster Miene verriet, daß man solche Orden in der Heimat von Azubi Watanabe nur bekomme, *»wenn man freihändig einen Löwen erwürgt hat«;* ein sich als *»Professor, Burgtheatermitglied und Intendant«* vorgestellt habender Künstler philosophierte mit der Exzellenz über *»deutschsprachige Kultur«;* ein früherer Bundeskanzler ließ sich auf das Ratespiel ein, ob die Hauptstadt von Botsuana (Gaborone) *»Malopolele, Malopolale oder Monopolala«* heiße.

Dann der Höhepunkt: Azubi Watanabe erfand eine botsuanische Nationalhymne, und sang diese schauerlich vor. Eine Opernsängerin wiederholte die Anfangsphrase und schloß sich Kerkelings Meinung *»Töne, die zu Herzen gehen«* an; eine Soubrette improvisierte die Hymne, tanzte dazu, und ein Wiener Ex-Bürgermeister grölte mit. Tags darauf verriet er der offenbar befremdeten *Münchener AZ* dieses; *»Wer nach so einer Verhohnepiepelung gekränkt ist, hat keinen Humor!«*

Ja, es war sehr lustig. Und das entstandene Österreich-Bild? Das war lieb, ein bissel blöd, ein bissel peinlich. Mehr erwartet man ja eh nicht.

Abgerechnet

Wir leben in der Blütezeit des Abrechnens. Zumindest einmal in der Woche rechnet irgendwo irgendwer mit irgendjemandem ab. Werner Schneyder rechnet ab (»Abrechnung mit Thomas Bernhard«, *profil),* Thomas Gottschalk rechnet ab (»Abrechnung mit dem TV«, *tv media),* Manfred Deix rechnet ab (»Deix wird 50. Eine Abrechnung«, *News).* Alfons Haider hat sogar schon mehrmals abgerechnet (mit dem ORF).

Niemand weiß genau, welcher Drang dazu führt, daß harmlose Mitbürger plötzlich zu Abrechnern werden, sie sagen es uns einfach nicht. Sie rechnen einfach ab, obwohl wir sie überhaupt nicht darum angefleht haben.

Im Falle der Deixschen Abrechnung passiert etwas, das bei der konventionellen Abrechnung ganz und gar unüblich ist. Nämlich, daß die, mit denen abgerechnet wird, auch etwas sagen dürfen. Wie zum Beispiel der Rigips-Danilo aus der Lugner-City: *»Deix ist mir zu derb. Ich bin ein Mann der feinen Klinge.«* Holla!

Thomas Bernhard kann hingegen zu Werner Schneyder nichts mehr sagen, weil er leider tot ist. Schade, ich hätte seine Abrechnung mit der Abrechnung gern gelesen. Und die Gottschalk-Abrechnung entpuppte sich überhaupt als Werbeeinschaltung für einen fernsehkritischen Kinofilm, es ist mit einer Gegenabrechnung also nicht zu rechnen.

Ich glaube, es müßte unter den Promis insgesamt noch mehr abgerechnet werden. Am besten täglich. Es macht dabei auch gar nichts aus, wenn belanglos ist, was einer über den anderen zu sagen hat. Abrechnung allein genügt, und man ist dabei.

*

Manfred Deix griff zur Schreibfeder:

»Lieber Herr Hufnagl, nur zur Klarstellung: Sie können sicher sein, daß der News-Titel ›Eine Abrechnung‹ nicht von mir stammt – auch ich habe gestaunt, als ich das Heft aufgeschlagen habe. Das Ganze war als eine Art Gegenüberstellung Täter-Opfer geplant. Mich mit anderen ›Abrechnern‹ in Zusammenhang zu bringen, war unfair, aber das wissen Sie ja eh selber am besten. Warum machen Sie sowas, Sie Neidhammel? (Das ist auch keine Abrechnung, sondern eine bloße Vermutung).

Freundlichst:
Manfred Deix«

Lieber Manfred Deix,

1. Eine alte Bauernweisheit lautet: Wer sich in *News* begibt, kommt darin um.

2. Sie vermuten falsch. Ich bin kein Neidhammel, sondern mit meinem Leben sehr zufrieden. Ich gönne Ihnen alles, was Sie haben.

Mit herzlichen Grüßen
Herbert Hufnagl

Die Rotationsfrage

Wissenschaft und Forschung verdanken wir unendlich viel, das irgendwann in die Rubrik *Fortschritt* eingereiht wird. Interessanterweise gibt es trotzdem noch zahllose naturwissenschaftliche Phänomene, die anscheinend nie eindeutig geklärt werden.

Nehmen wir als Beispiel das bekannteste Flugobjekt des täglichen Lebens, das Butterbrot. Wenn es fliegt, landet es garantiert mit nach unten gekehrter Butterseite am Boden. Sagen wir. Jedoch: Vor Jahren trat ein britischer TV-Showmaster den Gegenbeweis an, indem er 300 bebutterte Toasts in die Luft warf. Das Ergebnis: 150:150.

Das läßt die Wissenschaft seither nicht ruhen. Wie das in London erscheinende *European Journal of Physics* kürzlich berichtete, liege nach den Forschungen eines Mathematikers das Problem in der Rotation. Demnach kippe ein Butterbrot von der Tischkante und lande nach einer Drehung von etwa 180 Grad meistens (78 Prozent) auf der Butterseite.

Das beweist eindeutig, daß unsere Tische zu nieder sind. Zur Untermauerung dieser Theorie führt das Fachblatt *Spektrum der Wissenschaft* Versuche an der Universität von Mississippi ins Treffen. Dort stießen Studenten von der obersten Sprosse einer drei Meter hohen Leiter beschmierte Toasts in die Tiefe. Und siehe: Nur etwa die Hälfte landete auf der Butterseite.

Es ist trotzdem nicht anzunehmen, daß die Möbelindustrie dem Rechnung trägt und irgendwann entsprechend hohe Tische anbietet. Erfreulich ist aber, daß sich ein Teil der Menschheit mit dem Problem ernsthaft auseinandersetzt.

Und kein bißchen weise

Vor mehr als zwei Jahrzehnten veröffentlichte Curd Jürgens anläßlich seines 60. Geburtstages eine Biographie, deren Titel *»... und kein bißchen weise«* hieß. Er wurde damit zu einem der ganz großen Weichensteller im deutschsprachigen Journalismus. Denn der griffige Titel brannte sich so intensiv in die Hirne der Journalisten ein, daß sie ohne ihn wahrscheinlich gar nicht mehr existieren könnten. Und da Journalisten immer schon voneinander abschrieben, gehört die Kreation auch bei der nachgeborenen Generation zum elementaren Sprachrüstzeug. Selbstverständlich auch in eleganten Variationen.

Hier nun einige Beispiele aus dem Archiv (in aufsteigender Form):

66 Stunden und kein bißchen weise
(*KURIER* zum Ladenschluß).

Erst 100 Tage und noch kein bißchen weise
(*FAZ* über Kanzler Schröder).

3 Jahre und kein bißchen weise
(*KURIER* zum Transitvertrag).

25 Jahre Gratis-Uni und kein bißchen weise
(Salzburger Nachrichten).

40 Jahre Revolution – und kein bißchen weise
(*Krone* über Fidel Castro).

50 Jahre und kein bißchen leise
(*tv media* u. v. a. zu Niki Laudas Geburtstag).

60 Jahre und kein bißchen leise
(*stern* zu Peter Kraus' Geburtstag).

63 Jahre und kein bißchen weise: Obersteirer wieder hinter Gittern *(Krone).*

80 Putsche – und kein bißchen weise
(*Die Presse* über Umstürze in Afrika).

»Aktion Knautschblech« – 100 Jahre und kein bißchen weise
(Krone).

Wall Street: 200 Jahre und kein bißchen weise
(Der Standard).

Toll. Sollte aber irgendjemand der Meinung sein, das alles sei ein bißchen Scheiße, wird man auch nichts dagegen tun können.

Die Lesung am Dach

Der in Kärntner Kulturkreisen beliebte Politiker Jörg Haider hat nun selbst einen künstlerischen Akt gesetzt. Über den Dächern von Wien, auf einer nicht näher bezeichneten Terrasse, gab er vor 695.000 Zuschauern eine Lesung, das heißt, er las etwas vor, weil es der Oberste Gerichtshof so wollte. Das Fernsehen (ORF 2, Mittwoch, 17. März 1999, 22.30 Uhr) strahlte aus, ebenfalls, weil der OGH es wollte.

Der unterhaltsamere Teil liegt allerdings in der Vorgeschichte. Eines Tages hatte Haider ehrenbeleidigt, und am 8. Juni 1994 durfte der *KURIER* notieren:

Späte Genugtuung für Werner Doralt: 1992 scheiterte der Innsbrucker Finanzrechtler als Kandidat für den Rechnungshofpräsidenten, nachdem ihm FP-Chef Haider ein Naheverhältnis zu Gesellschaften vorgeworfen hatte, die in den Straßenbauskandal verwickelt sind. Jetzt verpflichtete sich Haider im Vergleichsweg, alle Verdächtigungen zurückzunehmen. Er wird dies im ORF verlesen.

In der Folge bereitete sich Künstler Haider so lange auf seine Lesung vor, bis auch der OGH nicht mehr warten wollte. 1997 erging ein Urteil, die Lesung hätte sofort stattfinden können. Doch Haider übte sicherheitshalber noch 18 Monate weiter.

Jetzt war es endlich so weit. Der Künstler wählte den Interpretationsweg der interpunktionslosen Hudeltechnik, wobei das verblüffende Panorama-Bühnenbild das einleitende Wörtchen Widerruf klanglos untergehen ließ. Der Haupttext war in Maßen prickelnd, und wie so oft in der Kunst, wußte das Publikum zuletzt nicht, wer nun der Schuft ist. Doralt oder doch Haider? Viele werden vielleicht überhaupt nur mitbekommen haben, daß Wien von oben schön ist und daß *Einfach ehrlich, einfach Jörg* blendend aussah. – Ein Erfolg.

Heikle Sache

Die Sache ist sehr heikel, aber man kann sie aus unserer Arbeitswelt nicht einfach wegschieben. Und so kam es, daß sich das Oberlandesgericht Wien diesen Sommer mit dem relativ gängigen Terminus *Arschkriecher* beschäftigen mußte.

Was Wörterbücher leidenschaftslos mit übertrieben schmeichlerischer Mensch definieren, führt ja gelegentlich zu den tollsten Verwicklungen. Geschrieben (AngG § 27 Z 6) steht: *Die gegenüber einem Mitarbeiter verwendete Formulierung »Arschkriecher«, die vom Begriff »Arschloch« zu unterscheiden ist, muß keine Ehrverletzung sein, die einen Entlassungsgrund darstellt.*

Das wird viele beruhigen, die offenen Auges die Vorgänge am Arbeitsplatz verfolgen und vielleicht irgendwann aus voller Überzeugung von dem Wort Gebrauch machen wollen. Aber sie dürfen die Wendung *muß keine* nicht übersehen. Denn es *kann* natürlich eine Ehrverletzung sein, wobei das von der *Erheblichkeit* abhängt.

Das OLG Wien sagt: *Es kommt vor allem auf die Umstände des Einzelfalls an, insbesondere auch als Tatbestandsmerkmal der Unzumutbarkeit weiterer Zusammenarbeit und weiterer Beschäftigung.*

Den richterlichen Ausführungen ist zum Beispiel zu entnehmen, daß ein *»Sie sind ein Arschkriecher!«* von Kollegen zu Kollegen in der gemilderten Form so heißt: *»Ich bin kein so ein Arschkriecher wie Sie!«* In dem Fall nämlich beschreibt der eine Kollege in erster Linie sein Verhalten und grenzt dieses von dem des anderen ab. Der Vorwurf ist dann *nicht von so einem großen Gewicht, daß der Abbruch der Beziehungen zwischen Arbeitnehmer und Arbeitgeber notwendig wäre.*

Wieder was gelernt.

Tierisches

Die *KURIER*-Meldung *Ein sieben Meter langer Python verschlang in einem Dorf in Nordmalaysia ein elfjähriges Kalb* hat rekordverdächtige Leserresonanz ausgelöst. Meine Nachforschungen über das Kalb, das nicht erwachsen werden wollte, stocken. Ein von mir im eigenen Haus interviewtes Jungrindvieh äußerte nur die Vermutung, daß Kälber in Malaysia erst mit 18 großjährig werden.

*

Allein schon der Titel *APA-Jahresrevue 2001 Totentafel* hat Appeal. Und daß im Kreise von Verstorbenen wie Anthony Quinn, 86, oder Beate Uhse, 81, auch *Josef, österr. Meerschweinchen, 4, Wien* zu finden ist, das zeigt, welch seltsame Vögel im Mensch/Tier-Reich der *APA* nisten müssen.

*

Unter *Hunde* erschien im *KURIER* folgendes Inserat: *BOBTAIL, FCI-Papiere, unkopiert* – Besser als unkupiert, wer will schon, daß es seinen Hund zweimal gibt?

*

In der volksaufklärerischen Zeitungsserie *»Wenn Tiere reden könnten: Heute erzählt das Wildschwein«*, abgehandelt in *Täglich Alles*, erzählt das Wildschwein unter dem Pseudonym Marieluise Doppelreiter über die eigene Paarungszeit (Rauschzeit): *»... kann ich mich meinen Frauen, den Bachen, widmen. Ich hole mir eine aus der Rotte (dem Rudel) und jage sie mit lautem Grunzen und einigen Schnauzenstößen durchs Revier.«* Das, und alles, was noch kommt *(»Mein schönster Rausch und seine süßen Folgen«)*, ist aber erlaubt, weswegen so ein Wildschwein wahrscheinlich nie zu Vera eingeladen wird.

*

Ein kanadischer Paläontologe überraschte die Welt mit einem Forschungsergebnis. Demnach sind die Dinausaurier nach wie vor unter uns, sie leben in vielen uns bekannten Vögeln weiter. – Ich vermute, vor allem als Tauben.

*

Die *Krone* berichtete von einem Steirer, der seinen Hund wegen Tötung von Nachbars Enten erschoß, Aus Zorn, obwohl *»der läufige Rüde«* schon seit Tagen an der Laufkette hing. – Rüden an der Laufkette sind logischerweise läufig. Aber nur in der Steiermark.

*

»Reh brachte Frau ins Krankenhaus« berichtete der *KURIER,* aber leider gab es kein Foto von dem interessanten Vorgang.

*

Mit Wohlwollen meldeten die Medien zum Thanksgiving Day in den USA weltweit: *»Präsident Bush begnadigt Truthahn.«* – Leider konnten das die 152 Menschen nicht mehr lesen, die während Bushs Gouverneurszeit in Textas hingerichtet worden waren.

Der Geburtstag

März 1999. – Vor 167 Jahren ist Johann Wolfgang von Goethe gestorben. Er stand im 83. Lebensjahr, seine angeblich letzten Worte waren *»Mehr Licht!«* Seither wird viel gerätselt, welche Botschaft der Dichterfürst der Welt damit hinterließ. Obwohl es auch die Behauptung gibt, Goethe habe profanerweise zu seinem Diener Friedrich gesagt: *»Mach doch den zweiten Fensterladen (des Arbeitszimmers) auf, damit mehr Licht hereinkomme.«*

Einer Theorie zufolge sagte Goethe aber weder das eine noch das andere, sondern *»Mehr nicht!«*

Das gefällt mir gut, weil man es auch als eine Art Vorausblick interpretieren dürfte. Derzeit befindet sich ja die deutschsprachige Welt mitten in den Feierlichkeiten von Goethes 250. Geburtstag, obwohl dieser erst im August zu begehen wäre. Bei so bedeutenden Persönlichkeiten wird da gerne eine Ausnahme gemacht, man hat daher der Einfachheit halber das Goethe-Jahr ausgerufen. Es müssen ja vielerlei Aktivitäten und Geschäfte untergebracht werden, das geht einfach nicht an einem Tag.

Es wird also noch einiges auf uns zukommen, und ich kann nur schätzen, wie oft ich meinen absoluten Goethe-Jahr-Lieblingssatz noch lesen oder hören werde: *»Am 28. August wäre Goethe 250 Jahre alt geworden.«*

Er erinnert uns nämlich an die vergebene Chance auf das, was der Dichter in den letzten 167 Jahren noch alles hätte schreiben können. Und irgendwie finde ich es schade, daß ich noch nirgends die logische Forsetzung des Satzes fand: *»... wäre er nicht leider schon mit 82 gestorben.«* Das fehlt noch. Mehr nicht.

Die Berühmtheit

Das meistangestrebte Ziel des Menschen ist angeblich Reichtum. Dann folgt schon Berühmtheit. Wir Journalisten haben nur geringe Aussichten auf Vermögen und Zelebrität. Aber es gibt Ausnahmen, die uns sogleich mit Neid erfüllen.

Mißmutig stelle ich fest, daß Kollege Ing. Alfred Worm den endgültigen Durchbruch zur Berühmtheit geschafft hat, indem er in der Fernsehserie »Kaisermühlenblues« sich selber darstellen durfte.

Ich gebe aber immerhin zu, daß hier ein großer Schauspieler heranwächst. Abgesehen davon hatte auch das Volk Gelegenheit, in die bisher geheimen Arbeitsmethoden des Aufdeckungsjournalismus Einblick zu gewinnen. Wie Wirtshaus-Gast Worm unauffällig mitschrieb, was ein betrunkener Bezirkspolitiker am Nebentisch absonderte, das hatte was.

Als wäre das alles nicht erniedrigend genug für uns, geht der Aufdecker nun auch noch in die Literaturgeschichte ein. Der berühmte Autor Gerhard Roth enthüllte in *Format,* er habe Worm in eine Romanfigur verwandelt. Mußte er uns auch das noch antun? Früher, als Worm noch bescheiden sagte »Ich bin ein Gartenzwerg!« (wozu er allerdings auch heute noch steht, siehe Magazin *Universum,* April 1999), da durften wir noch milde lächeln. Aber nun?

Niemand weiß, was noch kommt. Derzeit lernt Worm, wie er mir erzählte, auf dem Zimmerfahrrad Partituren unbekannter italienischer Opern auswendig. Wer garantiert uns denn, daß ihn Ioan Holender nicht demnächst ans Dirigentenpult der Staatsoper holt? Ein Zwerg wird Riese, und wir bleiben übrig. Grauslich.

*

Einziger Trost für Neider: Angeblich mußte Worm von seiner geräumigen Wohnung in einen Schrank auf den Küniglberg umziehen. Dort wird er bei Bedarf herausgeholt, und diskutiert dann in der *ZiB 3* mit anderen Fachleuten. Über alles – vom Bundespräsidentenjubiläum bis zum Marathonlauf.

Das Supermuttimärchen

Es war einmal eine bunte Illustrierte, die verwöhnte ihre Leser jedes Jahr mindestens einmal mit dem Märchen von den Powermüttern. Da kamen ergreifende Beschreibungen vor, wie zum Beispiel diese: *»Vera Russwurm, unbestrittene Frontfrau der neuen Generation der ORF-Supermütter.«*

Dieses und anderes wurde vielen Märchenfreunden allmählich zu blöd, und so entschloß sich beispielsweise der *Standard,* mit dem Märchen ein bißchen aufzuräumen. Er tat es unter dem Motto *Supermutti macht Druck auf Durchschnittsfrau* sehr klug und auch witzig.

Da begannen die Märchenleser darüber zu grübeln, ob die ständig wiederkehrende eitle Selbstdarstellung der *ORF-Powermütter* nicht womöglich kontraproduktiv ist, daß also die Veras, Andreas, Karins oder Danielles dem gemeinen Volk allmählich auf die Nerven zu gehen beginnen.

Doch da erhob eine der Fernsehprinzessinen ihre Stimme und verkündete die ganze Wahrheit: *»Promotion heißt das Zauberwort«.*

Grausam, wie das halt so in Märchen ist, verlangen die Herrscher im Fernsehreich, daß das in die Prinzessinnen investierte Geld auch wieder hereinkommt. Und die *Powermutter* wider Willen verrät: *»Da genügt ein Anruf von der Öffentlichkeitsarbeit und wir sogenannte Aushängeschilder öffnen bereitwillig die Tür zu unserem Allerheiligsten: Zu unserem Privatleben.«*

Die Prinzessinnen sind also trotz ihrer teuer bezahlten Kindermädchen und Bedienerinnen Sklavinnen. Wie schrecklich! Möge ein unbekannter Prinz kommen, um sie von ihren Leiden zu erlösen. Sie hätten es alle verdient.

Betrifft: Betroffenheit

Die Sprache lebt, sie entwickelt sich ständig weiter. Daran arbeiten auch Legionen von Journalisten kräftig und unermüdlich mit. Das Volk dankt es ihnen durch Aufsaugen erlesenen Vokabulars.

Und so kam es zum Beispiel, daß die Menschen heutzutage im Falle eines grausamen Ereignisses weniger *fassungslos, bewegt, verstört, starr, erschrocken, bestürzt, entgeistert,* oder *entsetzt* sind. Nein, sie sind *betroffen* – auch dann, wenn es sie persönlich gar nicht betrifft.

Ein Lehrer zeigt sich betroffen, weil sein Direktor Kinder schändete, ein Fußballfan ist betroffen, weil sein Lieblingsspieler vom Trainer nicht aufgestellt wird, ein Theaterdirektor ist betroffen, weil ein alter Schauspieler gestorben ist, und ein Zeitungskolumnist weiß seit dem Tod eines Schubhäftlings sogar, daß es *sicherlich niemanden in unserem Land gibt, der von diesem Fall nicht zutiefst betroffen ist.*

Wie überhaupt sich gerade diese öffentliche Diskussion vollends zur Betroffenheitslawine auswuchs, da und dort gepaart mit dem ebenfalls sehr beliebten Verbaldoppel *Wut und Trauer.*

Interessantes zu diesem Sprachthema notierte der Autor Eckhard Henscheid in seinem lesenswerten Wörterbuch *Dummdeutsch:* »Die neuere deutsche allgemeine Betroffenheit ist ein Kernstück der neuen deutschen Schwerinnerlichkeit.« Und: »Betroffenheit, Wut und Trauer laufen Gefahr, zu reinen Schwall- und Aufgeilvokabeln zu verkommen. Wahrscheinlich haben sie's schon geschafft.«

Ich erinnere mich an eine äußerst lebhafte Diskussion über einen Text von Peter Handke im Wiener Akademietheater. Da sagte der erregte Dichter zu einem vor Betroffenheit geradezu berstenden Journalisten: *»Schieben Sie sich ihre Betroffenheit in den Arsch!«* Dem Sprachtüftler Handke ist vieles zuzutrauen. Auch, daß er damit nur das Wort meinte.

Der Kaugummi

Unter den von einer deutschen Jury ausgewählten 100 Wörtern des Jahrhunderts finden sich nicht nur solche wie Atombombe oder Mondlandung, sondern auch Kaugummi.

Zu Recht, denn der Kaugummi hat längst seinen fixen Platz in unserem Leben. Ich kenne z. B. eine Frau, die ich verdächtige, daß sie rund um die Uhr Gummi kaut. Wenn sie mit mir spricht, kann ich ihr geistig nur teilweise folgen, weil ich bebend darauf warte, daß sie sich in die Zunge oder sonst wohin beißt. Allein – sie kaut perfekt. Am faszinierendsten ist, wenn sie ihr Kinn mit der Hand abstützt, weil durch die Kraftübertragung das komplette kluge Haupt gleichmäßig auf und ab wippt. Dabei noch sprechen zu können, gehört schon in den Bereich der Alltagskunst.

Der Siegeszug des Kaugummis ist interessant, zumal er ja nicht satt macht. Außerdem sieht der Mensch durch die Kaubewegung weder besonders intelligent aus, noch wirkt er elegant, nicht einmal bei geschlossenem Kaumund.

Früher gab man sich damit zufrieden, daß Kaugummikauen einfach lustig ist, mittlerweile wird noch anderes behauptet. Die mahlende Kaubewegung wirke entspannend, der Kaugummi helfe, Aggressionen abzubauen (aber nur, wenn man ganz fest draufbeißt), und – er fördere die bessere Durchblutung des Hirns. Das ständige Auf und Ab des Kiefers sei vergleichbar mit dem Strampeln eines Radlers.

Das sind lauter einnehmende Nachrichten, und ich bin jetzt schon viel fröhlicher, wenn ich unter Tischen angepickte Altkaugummis von den Hosenbeinen kletzle.

Der Reh-Bär

Mit Interesse verfolge ich den Weg des Künstlers Paulus Manker. Seit er vor Jahren in einem TV-Interview mit *arte* bekannte, er sei im Kinderfasching am liebsten als *Raubmörder* gegangen (und ein Beweis-Foto vorlegte), warte ich, was passiert.

Nun hat Manker *profil* gestanden *»Ich bin ein Vaginalbär«*, und am selben Tag in *Format* erklärt: *»Ich bin ein scheues Reh«*. Aber damit ist noch nichts vertan, denn *profil* verriet er einen heißen Wunsch: *»Ich möchte gern ein Caligula sein. Ich sehne mich nach Willkür.«* Damit käme er immerhin seinem Kindheitstraum wieder ein bißchen näher.

Zumindest die Richtung stimmt ansatzweise, das gab Manker auch der *Format*-Reporterin Hirschmann-Altzinger zu erkennen: *»Wenn Sie mir noch eine blöde Frage stellen, schmeiß' ich Sie beim Fenster raus!«* – Sollte es jemals zum lustigen Journalisten-Werfen kommen, dann hoffentlich vor Publikum.

*

Nachdem in *Radio Stephansdom* Bruckners »Romantische« erklungen war, sagte ein Sprecher: »Sie hörten die Wiener Philharmoniker unter Karl Löbl.«

Es war aber leider nur ein Versprecher des Radio-Mannes, der prompt ein korrigiererndes *Karl Böhm* anhängte. Da aber des Menschen Hirn angeblich mit einer Höchstgeschwindigkeit von 360 km/h arbeiten kann, blieb bis zur Korrektur genug Zeit, um über einen Dirigenten Karl Löbl nachzudenken, und auch daran, wie er sich freuen würde, läse er in einer Kritik über sein Pultwirken: *»Nicht die Frömmigkeit und nicht die Demut werden von ihm betont: Sein Bruckner-Bild ist ein durchaus sinnliches.«* (Karl Löbl über Karl Böhm, *KURIER* vom 10. Februar 1976).

Viele Musikfreunde dirigieren ja heimlich. Sollte Löbl unter ihnen sein und weiterhin fleißig üben, kommt logischerweise noch ganz Großes auf uns zu.

Kleinhäusler

September 1999. – Seit das *»Geheimnis der Klestil-Villa«* *(Format)* keines mehr ist, seit also eine öffentliche Diskussion über den möglichen präsidialen Villenwechsel in Schwung geraten ist, wissen wir: Ein Präsident hat's schwer. Vor allem, wenn es um viele Millionen geht, die jemand anderer, nämlich wir, aufbringen muß.

Im *Standard* lese ich: *»Der Wunsch des Präsidentenehepaares, in ein Jugendstil-Juwel umzuziehen, ist verständlich, aber er entspringt mangelhafter Güterabwägung.«*

Ich gebe ehrlich zu, daß eine solche Überlegung meine frisch entflammte Begeisterung dämpft. Denn kaum hatte ich endlich eine Gemeinsamkeit mit UHBP gefunden – schon wird mir wieder alles vermiest.

Als Besitzer eines Hauses 6 mal 5,5 Meter weiß ich nämlich, daß es nicht immer leicht ist, sich räumlich frei zu fühlen. Umso imponierender fand ich das, was der Wohnungsfachmann Michael Sika, der nebenbei auch Klestil-Freund und oberster Sicherheitschef unserer Republik ist, dem *Format* verriet: *»Die Kubatur des Amtssitzes auf der Hohen Warte entspricht der eines Kleinhäuslers.«*

Daß es der Kleinhäusler Klestil dort schon so lange aushält, gefällt mir. Es verbindet uns, wenngleich wir als Kleinhäusler natürlich nicht über einen Kamm zu scheren sind. Immerhin geht bei UHBP der spanische König aus und ein, was in meinem Haus noch nicht vorgekommen ist.

Wenn die Klestils wirklich auf 1400 Quadratmeter Wohnfläche wechseln sollten, bräche unsere Kleinhäuslerbruderschaft natürlich zusammen. Ihr Verlust würde zwar schmerzen, aber sie war wenigstens eine phantastische Periode.

Unsere armen Banken

Schon lange mache ich mir Sorgen um eine mögliche Verarmung der Geldinstitute. Ich vermute, sie können sich überhaupt nur noch durch die bei ihren Kunden eingehobenen Gebühren aller Art über Wasser halten. Und weil es immer enger wird, müssen sich die Manager, diese bedauernswerten Geschöpfe, immer neue Gebühren einfallen lassen.

Als sich im Bausparkassenwesen einiges tat, führte das zu Gebrodel bei den Konsumenten. In dem Zusammenhang informiert z. B. die Bausparkasse der Sparkassen ihre Darlehenskunden über etwas Hübsches: Die *Vorfälligkeitsgebühr*.

Einmal abgesehen davon, daß es sich hiebei um die Einfügung eines zusätzlichen Punktes in einen bestehenden Vertrag handelt, liegt das Aufklärerische für die Darlehensnehmer vor allem darin: Jeder, der vorzeitig schuldenfrei sein will, soll ja nicht denken, daß das nichts kostet.

Eine tatsächlich blendende Schröpf-Idee, ich wüßte aber für das gesamte Bankwesen noch ein paar:

Eintrittsgebühr (für das Betreten einer Bank).

Grüß-Gott-Gebühr (für Grußerwiderung des Bankpersonals).

Unfreundlichkeitsgebühr (für Kunden, die sich vor der Grüß-Gott-Gebühr drücken wollen, also nicht grüßen und daher nicht zurückgegrüßt werden können).

Verunreinigungsgebühr (nur an Regen- oder Schneegatsch-Tagen).

Schlangengebühr (fürs Anstellen beim Kassenschalter).

Gebührengebühr (für das komplizierte Einheben der diversen Gebühren).

Das müßte reichen, um den Banken über die ärgsten Nöte hinwegzuhelfen.

Besonderes aus Österreich

Die Wahrheit ist fürchterlich, aber selbst der Weltreisende Thomas Chorherr mußte in Argentinien etwas feststellen, was er dann den Lesern der *Presse* schonungslos offenbarte: Österreich ist für die Welt *»ganz allgemein nichts anderes als eine Belanglosigkeit.«*

Ungerecht ist die Welt, das wissen wir schon lange. Und so wird auch unser größtes innenpolitisches Rätselraten seit Klestils Hochzeitstermin an ihr vorüberrauschen: Wer steckt hinter der *Krone*-Autorenzeile *Von besonderer Seite?* Welche abgehobene Persönlichkeit zetert dort in der Nachwahlzeit anonymutig gegen Wolfgang Schüssel und bedenkt sogar Jörg Haider mit Kritik?

Der *Falter* notierte zum Rätsel, das das Land bewegt: *»Bei der Lage der Dinge kommen nur drei Leute in Frage: Der Bundespräsident, der Kardinal oder der liebe Gott.«* Von den Genannten ließ immerhin UHBP schon dementieren, zumal er als Verdächtiger auch in *Ö1, ZiB, APA* und *Standard* vorkam. Dieser spekuliert noch mit Zilk, Androsch, Schwarzenegger und – nur sensibel angedeutet – mit Otto von Habsburg. Alles Nieten?

In einer TV-Diskussion beteiligte sich sogar ein *Krone*-Journalist (*»Hans Dichand ist es nicht!«*) am Suchspiel, *Presse* und *profil* rätselten mit.

Die *Salzburger Nachrichten* diagnostizierten, nach dem Stil müsse *»es sich beim Verfasser um einen Grenz-Analphabeten handeln«*, was natürlich dessen Selbstouting jetzt unmöglich macht. Sehr schade.

Das Land bebt jedenfalls. Und der Welt entgeht wieder einmal eine besondere Seite Österreichs.

Über-Schriftliches

Aus der Schlagzeilen-Seite des ORF-Teletext:

Grüne: Petrovic geht nach NÖ – Bush in Ohnmacht gefallen.

Es gibt aber keinen direkten Zusammenhang, was schade ist, zumal Österreichs Bedeutung in der Welt sowieso ständig unterschätzt wird.

*

In der Rubrik Gartenlust fabrizierte der *KURIER* eine interessante Überschrift:

Gießen: Wenig und viel
ist besser als oft und wenig

Davon waren viele begeistert, auch aus Gründen der Meditationsmöglichkeit. Die Leserin Dina Maestrelli fand zum Beispiel heraus: *»Viel verstand ich wenig, doch dann habe ich oft ein wenig nachgedacht.«* – Ehrlich gesagt, das gefällt mir noch besser.

*

Schlagzeile aus dem Volksbildungsorgen *Täglich Alles* (mittlerweile von uns gegangen):

In finsterster Nacht:
60 Jahre Novemberprogrom.

Hier scheint es sich um einen echt programmatischen Fremdwort-Anfall gehandelt zu haben.

*

Der Höhepunkt zur Sonnenfinsternis (=Sofi) vom August 1999 und dem von Magazinen ausgerufenen Finsternisfieber (=Fifi) stellte sich naturgemäß am Tag nach dem Naturschauspiel ein. Die Zeitungsschlagzeilen des Jahres hießen

Riesenhetz statt Weltuntergang

(Krone) sowie

Hurra, wir leben noch!

(Täglich Alles, Bild). – Beides schließt nicht aus, daß es die spannende Dreieinigkeit Sonne-Fieber-Hirn gibt. Daß also das durch Sofi ausgelöste Fifi direkt in Hifi übergeht.

*

In der *Presse* erschien folgender Titel:

Mädchen rauchen mehr,
jedes zweite Baby
fällt vom Wickeltisch

Das kommt wahrscheinlich vom Inhalieren.

*

Schlagzeile aus *Wels Regional* der *Oberösterreichischen Nachrichten:*

Am Friedhof rührt sich nichts
Leichenhalle soll das ändern.

Über die derzeitige Aussegnungshalle verrät der Reporter im Text: *»Im Sommer knallt die Sonne so stark herein, daß auch die trauernden Hinterbliebenen vor Hitze fast umkommen.«* – Sehr griffig. Das geht schon weit über die sonst oft so schwülstige Journalistenpoesie hinaus.

Zweierlei Papstfindung

Als Pius XII. 1958 starb, dachte ich kindlich: Nun sitzt der Himmelvater auf einer Himmelswolkenbank und beobachtet durch sein Himmelsfernrohr die von Rom aus bebend in den Himmel starrenden Kandidaten – und sucht seinen neuen Stellvertreter auf Erden aus.

Na gut. Ich war ja damals noch sehr klein. Die Papstwahlen zeichneten sich in Wahrheit seit jeher durch zähes Ringen, Taktieren, Blockieren und Intrigieren aus. 1922 ereignete sich z. B. das *»blutigste Konklave des Jahrhunderts«*, in dessen Verlauf sogar zwei tückische Kardinäle exkommuniziert wurden. Andrerseits gab es auch schon was zu lachen. 1559 soll ein Kardinal namens La Queva heimlich jeden Kardinal gebeten haben, ihm beim Wahlgang seine Stimme zu geben, damit er zumindest auf eine Stimme in diesem Konklave verweisen könne. Die kleine List flog aber rechtzeitig auf, und weil La Queva allgemein als Spaßvogel galt, ließ man Gnade walten.

Vergleichsweise ist in der Diözese St. Pölten unserer Zeit die Papstnachfolge-Welt noch in Ordnung. Bischof Krenn sagte in einem Interview mit dem Titel *»die sünden der stars«*: *»Ob ich selbst Papst werden möchte? Möglich ist alles. Man muß dafür ja nicht Kardinal sein, sogar ein einfacher Priester wurde einmal gewählt. Aber das muß schon der liebe Gott machen.«*

Soweit Kurt Krenn. Der Gute. Ein Himmelsfernrohr hat er allerdings nicht erwähnt. Das ist wahrscheinlich selbst ihm zu infantil.

Wien-Entzug

Die *Frankfurter Allgemeine Zeitung* notiert aus Berlin: *»Wien ist eine Stadt, die man desto mehr liebt, je weiter man entfernt ist.«* Und daraus allein ist schon zu erkennen, daß die zentrale Figur des Berichtes nur Claus Peymann sein kann. Es sieht so aus, als litte der neue Chef des Berliner Ensembles unter Wien-Entzug.

Ich habe es immer befürchtet; die an dieser Stelle schon vor längerer Zeit deponierte Warnung *»Man verläßt Wien nicht einfach, Peymann!«* war kein leerer Wahn. Jetzt muß der *»Alpenkönig am Schiffbauerdamm« (FAZ)* halt mit berlinerischer Häme leben: *»Aus der Perspektive des Wienerischen sieht das Berliner Ensemble an manchen Stellen aus wie eine Zeichnung, die jemand von einer Wiener Postkarte abgepaust hat.«*

Es ist zum Heulen, was die *FAZ* sonst noch aufdeckte: *»Wenn Dramaturg Hermann Beil nach Wien fährt, bringt er in großen Papiersäcken Wiener Süßigkeiten und Kaffe mit. Die Tüten werden in den Büros des BE wegen Ihrer Reißfestigkeit geschätzt und nicht nur aus Nostalgie als ›Sackerl‹ bezeichnet.«*

Was uns Zurückgebliebene aber am meisten zu Herzen geht, gesteht Pressesprecherin Andrea Köpke der *FAZ* am Telefon: *»Das passiert uns häufig, daß wir ›Sackerl‹ sagen oder ›Jänner‹ und ›Grüß Gott‹.«*

Und aus dem Off ertönt die Stimme Claus Peymanns: *»Und Packerl! Auch Packerl sagen wir!«*

Also allein Peymanns Zwischenruf empfinde ich schon als Aufschrei einer entwurzelten Kreatur. Furchtbar. Aber er hilft sich, verwandelt eben sein Theater in ein Stück Wien. Und ich glaube daher fest daran, daß Peymann selbst die *FAZ*-Schlagzeile zu dem Artikel verfaßt hat: *Es fehlt nur noch Fritz Muliar.*

Spiel der Mächtigen

Gelegentlich fragen mich Leser, was eigentlich passiert, wenn ich auf seltsame Zustände in Politik, Verwaltung oder in anderen öffentlichen Institutionen hinweise.

Ich sage dazu: Nichts passiert. Genauer, so gut wie nichts. Hie und da wird zwar ein Mißständchen abgestellt, aber die wirklichen Unglaublichkeiten halten sich ewig – es muß ein österreichisches Verhinderungs-Gen geben. Anderen Journalisten geht es ja nicht viel besser. Manche von ihnen glauben, durch gefährliche Drohungen etwas zu bewirken, aber sogar der beliebte Schluß- und Faustballungssatz *Wahltag ist Zahltag!* verhallt im luftleeren Raum.

Ein Lieblingsthema von mir, nämlich die miese Zahlungsmoral des Staates, wurde im *KURIER* anhand griffiger Beispiele groß abgehandelt. Bürger, bei denen der Staat verschuldet ist, befinden sich im Stadium ohnmächtiger Wehrlosigkeit, und Kollege Reinhard Göweil resümierte volksnah: *»Da geht der Feitel im Sack auf!«*

Daß denen da oben offenbar egal ist, wie wir da unten über sie und ihr Tun denken, hat damit zu tun, daß Menschen, die Macht haben (und dabei stets betonen, ihnen liege gar nichts an Macht) trotz ihrer Intelligenz einer erstaunlichen Machtblödheit verfallen. Sie können sich einfach nicht mehr vorstellen, daß das Spiel der Mächtigen irgendwann endet. Dieser Irrtum verhält sich in seiner Dimension direkt proportional zur Machtzeit: Je länger jemand die Macht hat, desto größer sein Realitätsverlust.

Macht nichts. Im Fall von Politikern wird das Synonym Volksvertreter sowieso immer absurder.

Pendler in die Stadthalle!

Zu den größten Veranstaltungsräumen des Landes gehört die Wiener Stadthalle, wo es oft lustig hergeht. Und ich denke mir: Es könnte in der Stadthalle irgendwann eine großartige Veranstaltungsreihe starten, deren Einzigartigkeit unter anderem darin läge, daß die Zuhörer auf der Bühne sitzen, weil die Zahl der Mitwirkenden so gigantisch ist, daß es gar nicht anders geht.

Im Detail stelle ich mir das so vor: Der Raum ist mit 12.000 gut disponierten ÖBB-Pendlern gefüllt, die statt brennender Feuerzeuge oder zischender Wunderkerzen Verspätungs-Bestätigungen der ÖBB schwenken und im Chor eine aktuelle Variante zu *»Laßt uns froh und munter sein!«* singen. (Sie endet mit *»Lu-stig, lu-stig, tra-le-la-la-ra, bald ist u-unser Pendler da!«)*

Währenddessen haben ÖBB-Vorstand und andere Verantwortungsträger auf der Bühne Platz genommen, und es kann richtig losgehen. Kleine Gruppen treten vor und erzählen unter allgemeinem Gejohle Erlebnisse aus dem Pendleralltag. Von Zügen, die defekthalber mitten auf der Strecke halten, und keiner weiß, was weiter passiert; von Zügen, die nur an Donnerstagen pünktlich sind; von falschen oder überhaupt ausbleibenden Informationen; vom Zusammengepferchtwerden bei Umladungen; vom Von-Bahnsteig-zu-Bahnsteig-Rennen; von rollenden Saunas und Eiskästen; von versperrten Toiletten, usw. usw.

Und zuletzt singen alle gemeinsam mit der ÖBB-Riege *»Verkaufts mei Bahn, i fahr' in Himmel!«*

Das Tolle daran wäre: Die Veranstaltung könnte in den nächsten Jahren jeden Monat stattfinden. Mindestens.

Robschi liebt Hörmi

»Du bist mehr als ein Bild von dem ich träume und dem ich huldige – Du bist mein Aberglaube!»

Was der Dichter Baudelaire an eine Pariser Schönheit schrieb, könnte selbst Robert Seeger in eigener Sache nicht treffender formulieren. Es darf einmal indiskret ausgeplaudert werden: Seeger liebt Maier. Oder sagen wir es poetischer: Robschi hat ein Flugerl auf Hörmi.

Niemand weiß, ob Hörmi das auch weiß, aber das macht nichts. Spüren wird er den erotischen Hauch bestimmt. Wenn Hörmi in der letzten Phase vor dem Start die Zähne fletscht, und Robschi im Sog von Nebenbuhler Armin zum glutvollen *»Schau, schau, schau, keiner frißt die Piste so wie der Hermann!«* anhebt, wenn er Hörmis Stockstöße brünstig mitzählt, wenn er ihn nach der ersten Zwischenzeit zum Sieger ausruft, wenn er in zehn Minuten öfter Maier sagen kann als es Prüller in einer Stunde mit Hättiwari Berger vermochte – da fühlen auch wir zu Hause: Hier wird einer von innigsten Gefühlen überflutet, ein Rausch der Sinnlichkeit bricht aus ihm, sein Herz dürstet nach Hörmi-günstigen Zeitvergleichen, und er flüstert vielleicht heißatmig: *»Du bist durch diese Zauberei des Gleitens mein Eigen.«*

Doch Lieben kann so weh tun. Wenn, wie es einmal passierte, ein anderer den Geliebten in letzter Hundertstelsekunde vom Sockel der Begierde holt, sich also einer Seelenverwundung des Verliebten schuldig macht, dann heißt es tapfer sein. Wer könnte Robschis diesbezügliche Entsetzensschreie *»Um Gottes Willen!«*, *»Was ist denn da los?«* und *»Ich werd' verrückt!«* jemals vergessen.

Doch das Feuer der Leidenschaft siegt letztlich immer über Folter und Verzweiflung. Hoffentlich noch viele Mal dürfen wir Robschis Klimax miterleben. Und flehend hoffen, daß nichts seine Seele zum Wahnsinn treibt.

»Ollas a Schas!«

Wien ist und bleibt eine Theaterstadt. Gott sei Dank. Aufgeführt, und zwar aus dem Stegreif, wird erfreulicherweise auch im Alltag einiges.

Wenn zum Beispiel die Straßenbahnlinie D wegen einer Demonstration die Route ändert, muß das nicht jeder zusteigende Fahrgast wissen. Und wenn der D-Wagen daher an gewohnter Stelle nicht abbiegt, sondern geradeaus weiterfährt, dann erkundigt sich ein solcher Fahrgast natürlich bei dem Mann an der Tramwaykurbel nach dem Grund.

Der könnte die Situation leicht mit einem Satz erklären, aber wir befinden uns eben in der Theaterstadt Wien. Also macht er es spannend, und so entsteht ein kleines Stück. Vorhang auf.

Fahrgast: *»'tschuldigung, wieso biegen Sie nicht ab?«*

Fahrer: *»Wiaso soi i obiagn?«*

Fahrgast (keck): *»Weil's dort nach Nußdorf geht!«*

Fahrer: *»Wos soi i in Nußdorf?«*

Fahrgast (verunsichert): *»Na ja, das ist doch die Strecke nach Nußdorf ...«*

Fahrer: *»Heit ned!«*

Fahrgast (trotzig): *»Wieso?«*

Fahrer: *»Wäu ma heit olle am Südbahnhof foan!«*

Ältere Dame (mischt sich ein, spitz): *»Auf dem Schild steht aber Nußdorf!«*

Fahrer: *»Auf an Schüd kaun vü stehn. Wenn's nach Nußdorf woid's, miaßt's mit da U-Bahn foan!«*

Fahrgast (tollkühn): *»Und warum, bitte?«*

Fahrer (bitter): *»Des miaßt's de Regierung frogn. De san olle total wuki aufn Haider. Ollas a Schas!«*

Vorhang zu. Ende des wienerischen Dramas, das eigentlich nur ein Dramerl ist. Ein lustiges natürlich. Und niemand kann daher behaupten, es sei langweilig bei uns.

Ein Arbeitsablauf

Der österreichische Arbeitsvorgang an sich hat viele Facetten. Zum Beispiel die der Personalintensität. Es folgt die Erzählung eines Arbeitsablaufes in 7 Akten.

1. Akt: Auf einem Grünstreifen im 23. Bezirk von Wien weigert sich ein junger Baum, aufrecht wie eine deutsche Eiche dazustehen, also gerade zu wachsen. Es kommt zu einer Besichtigung durch mehrere Personen, der Baum wird mittels Befestigung eines Plastikbandes für die Umsägung markiert.

2. Akt: 4 Mann des Stadtgartenamtes rücken an, einer legt den 3 Meter hohen und 15 Zentimeter dicken Baum mit zwei gekonnten Säge-Schnitten um, die drei anderen sehen begeistert zu.

3. Akt: Ein Halteverbot, in dem ein Sattelschlepper Platz hätte, wird errichtet. Es rollen jedoch im

4. Akt nur 2 Kleinbusse und ein Traktor an. 9 Mann besichtigen den Baumstumpf. Diskussion über den 3jährigen Wurzelstock.

5. Akt: Ein Lkw mit Baggerschaufel rückt an. Der Fahrer entfernt den Wurzelstock und hebt mit der Baggerschaufel einen neuen Baum vom Lkw in das vorhandene Loch, das sogleich von 3 Mann zugeschüttet wird.

6. Akt: Alle zehn Mann, von denen einige während der Wartezeit wichtige Telefonate führten, rücken ab.

7. Akt: Ein weiterer Kleinbus rückt an. Mit 3 Mann Besatzung. Jeder hält einen Pfosten in den starken Händen. Von drei Seiten wird das Bäumchen strategisch eingekreist, dann abgestützt und festgebunden.

Ja, und das war's auch schon. Eigentlich ganz einfach. Und vermutlich ziemlich alltäglich.

Nun könnten sich die Leser natürlich fragen, woher ich das so genau weiß. Ausnahmsweise verrate ich es: Ein Beobachter hat von einem gegenüber liegenden Bürofenster aus alles gesehen und minutiös aufgezeichnet. Seine Arbeitsabläufe dürften auch recht interessant sein.

Im Polizeiseminar

Ich stelle mir das so vor: Im Zuge des Polizei-Seminars »Wie der Sicherheitswachebeamte Bürgernähe am geschicktesten vermeidet« konstruiert Oblt. Holzauge einen Fall. Er spricht eine junge Kollegin direkt an.

Holzauge: *»Beim Betreten des Wachzimmers treffen Sie auf eine Bürgerin, die soeben vor dem Wachzimmer in 2. Spur ihr Fahrzeug abgestellt hat. Was tun Sie?«*

Polizistin: *»Ich drohe!«*

Holzauge: *»Gut! Und wie?«*

Polizistin: *»Ich sage: ›Woin S' a Anzeige?‹«*

Holzauge: *»Bravo! Aber was ist, wenn die Bürgerin etwas erklären will?«*

Polizistin: *»Da gibt's ka Erklärung ...«*

Holzauge: *»Momenterl! Sag' ma, die Bürgerin sagt: ›Ich habe soeben eine Brieftasche gefunden, die will ich nur im Wachzimmer abgeben, ich bin sofort wieder weg‹ ...«*

Polizistin: *»Naa! Vorschrift is Vorschrift!«*

Holzauge: *»Genau! Aber jetzt rennt die Bürgerin trotzdem ins Wachzimmer. Sie gibt die Brieftasche ab, bittet eine andere Kollegin noch, bei der Bank anzurufen, damit sich der Besitzer die 700 Schilling erspart, die das Sperren einer Kreditkarte kostet, und rennt wieder zu ihrem Auto. Was tun Sie während der zwei Minuten, die das Ganze dauert?«*

Polizistin: *»Nix. Ich warte, bis sie weg ist!«*

Holzauge: *»Und dann?«*

Polizistin (lacht): *»Dann zeig' ich sie an!«*

Holzauge (lacht auch): *»Leinwand! Setzen, 1!«*

PS: Dialog erfunden, Fakten (Wachzimmer Preindlgasse, Hietzing) wahr. Die Bürgerin hat sich beschwert. Nicht über die Geldstrafe, die sie sowieso zahlen muß, sondern über die hinterfotzige Polizistin. Der Stadthauptmann von Hietzing entschuldigte sich für deren Verhalten, er gehört somit schleunigst ins Seminar zur Vermeidung von Bürgernähe.

Hut-Sachen

Geistig bewegliche Köpfe haben mir immer schon imponiert. Ursula Stenzel, die beliebte Wort-Lawineurin, lieferte in einer *ZiB 3* ein großartiges Beispiel.

Sie brachte einen Begriff ins Spiel, der ihr, wie sie erwähnte, ausgezeichnet gefällt, und sagte: *»Es ist leider nicht auf meinem ...«*

In der winzigen Pause, die sie nun einlegte, vollendete wahrscheinlich eine ganze Fernsehnation Stenzels Satz mit *»... Mist gewachsen.«*

Aber es kam anders. Frau Stenzel muß in diesem aufregenden Moment erfaßt haben, daß eine Politikerin von ihren Graden keinerlei wie immer gearteten Mist produziert, auf dem dann etwas wachsen könnte. Frau Stenzels ganzer Satz ging daher so: *»Es ist leider nicht auf meinem ... äh ... Hut gewachsen.«*

Das war exzeptionell, und sogleich überlegte ich, was sonst noch alles auf dem Hut von Ursula Stenzel wächst, und wie das Hut-Wachstum an sich funktioniert.

*

Wie fürchterlich sich geistige Unbeweglichkeit auswirken kann, wissen wir ja von Herrn Rudolf Kaske, ÖGB. (Das ist jener Mann, der eines Tages das Brennen der Republik in Aussicht gestellt hatte). Nachher nämlich erläuterte Kaskes Parteigenosse, der Nationalratspräsident Heinz Fischer: *»Er wollte ja nur, so quasi, sagen, es brennt der Hut.«* – Das ist natürlich Pech. So brannte halt der Mist, der auf seinem Hut gewachsen ist.

*

Bei der Gelegenheit fällt mir ein, daß Maria Rauch-Kallat-Mensdorff-Pouilly einem vom *Falter* verbreiteten Gerücht zufolge einmal an den SPÖ/ÖVP-Koalitionsverhandlungen nicht teilnehmen konnte, weil sie mit ihrem breitkrempigen Hut nicht durch die Tür des Verhandlungssaales kam. – Es sind ja oft die scheinbar bedeutungslosen Vorkommnisse, die den Lauf der Geschichte verändern.

Herausgerutscht?

Das Dämonische in uns ist ein immerwährender vaterländischer Kerker, in dem die Elemente der Dummheit und der Rücksichtslosigkeit zur tagtäglichen Notdurft geworden sind.

Thomas Bernhard

Gern bricht die Dämonie verbal aus dem Österreicher heraus, aber meistens schwächt er zuletzt alles wieder ab, indem er beteuert: *»Es is ma nur außeg'rutscht.«*

Von der an sich überzeugenden Theorie, daß nur *außerutschen* kann, was auch drin ist, hält er trotzdem nicht viel.

In unseren Zeiten ist das *Außerutschen* sehr beliebt. Das Volk orientiert sich an politischen Vorbildern, an kleinformatigen Geistern, tut sich daher irgendwie leichter und pflegt nebenher auch etwas, das es stolz *aufrechten Patriotismus* nennt.

Gerechtigkeit für Inländer! An einem Dienstagabend rattert der 25er gen Stadlau, im Wagen kontrolliert ein Kontrollor, und alsbald hat er den ersten Schwarzfahrer (Inländer) ertappt. Der Mann ahnt offenbar, was an Sonderausgaben auf ihn zukommt und ruft in höchster Notwehr:

»Den Nega do vurn loßt's rennan, und mi stroft's!«

Der Kontrollor kontrolliert unbeirrt weiter, auch den *Nega,* der seine Monatskarte vorzeigt. Der Kontrollor dreht sich um und ruft dem Schwarzfahrer durch den Waggon zu: *»Do schaun S' her, der hot wos, wos Sie net haum. Und jetzt reg'n S' Ihna net auf, daß i Sie straf' und den Nega do rennen loß', wäu der hot sein Foaschein!«*

Der, über den da verhandelt wurde, tut sich hoffentlich schwer mit dem Wiener Dialekt. Andernfalls wird er verstehen, daß man statt Außerutschen auch *Notdurft* sagen kann.

Sanktionelles

Die Anhänger der Großen Koalition wähnen sich bereits im Himmel, die *Krone* ist an diesem 20. Jänner 2000 schon auf der Straße (*»Glück auf, du rot & schwarzer Bund! Rundum erneuert, kerngesund«*), da geht mitten in der Nacht doch noch alles flöten.

Es kommt der 3. Februar, der zum einzigartigen Tag in der Geschichte der 2. Republik wird, weil zum erstenmal eine Regierung auf unterirdischem Weg zur Angelobung marschieren muß. Oben tobt Volk, fliegt Gemüse und fliegen leider auch Steine, unten herrscht vielleicht sogar Heiterkeit. Wie die Stimmung im Tunnel war, wissen wir nämlich nicht, sicher ist nur, daß sich UHBP für die Gesichts-Variante *Sorge-um-unser-Land* entschieden hatte.

Ab nun beginnen die anderen EU-Staaten mit ihren Sanktionen so richtig gemein zu uns zu sein. Die *Süddeutsche Zeitung* in München ahnt sogar voraus, was irgendwann in den Geschichtsbüchern stehen wird – wie es war, als wir von der Welt verschwanden: *»Eines Tages war Österreich dann einfach weg. Man kommt nun, wenn man etwa in Freilassing über die Grenze geht, gleich nach Szombately statt nach Salzburg.«*

Tilt. Game over. Es ist zum Weinen. Und ich denke mir: Irgendwie schad um uns.

*

Immer dann, wenn unser Volk in seiner Mir-san-mir-Philosophie oder der Jetzt-erst-recht-Stimmung womöglich unsicher wird, kommt zum Glück Hilfe von oben. Diesmal war es z. B. der ÖVP-Spitzenkandidat für die Kammerwahlen beim Wirtschaftsbund Salzburg. Rainhardt Buemberger, ein Wirt, sagte angesichts der politischen Gewitterwolken über unserem Land nicht nur etwas von *»Dreck angehen«* und *»sollen den Mund halten!«*, sondern auch: *»Wer nicht in Österreich Urlaub machen will, soll halt daheim bleiben!«* – So einfach ist das, und wir alle können aufatmen.

*

Ausgerechnet in Gaspoltshofen, wo Thomas Bernhards Theaterdirektor Bruscon die beste Frittatensuppe des Landes vorfand, hat *Die Ganze Woche* den ersten echten österreichischen Widerstandskämpfer gegen Belgiens Außenminister Michel aufgestöbert. Tief kühlwaren-Großhändler Hubert Stritzinger hat den Import belgischen Gemüses eingefroren und sagt: *»Angriff ist jetzt die beste Verteidigung!«* – Allmählich erhebt sich eine entscheidende Frage: Warum stehen eigentlich unsere Draken nur am Boden herum?

*

Die Tourismus-Expertin der neuen Bundesregierung, Marès Rossmann, ereilte beim »Österreich-Gespräch« des ORF ein Genieblitz. Daß dank der politischen Konstellation jetzt *Austria* nicht mehr mit *Australia* verwechselt wird, bezeichnete sie als *»Chance für Österreich.«* – Das Lustige daran war: Rossmann meinte es ernst.

*

Der österreichische Schlager *»Anton aus Tirol«* erklimmt im Monat April den 1. Platz der deutschen Hitparade. Ein solcher Export ist der klassische Fall einer geglückten Re-Sanktion durch ein kleines EU-Land.

*

Vision: es kommt zu einem internationalen Treffen Hunderter Sanktionen aus aller Welt. Beim geselligen Teil, als die Sanktionen aus den EU-Ländern erzählen, was Politiker-Äußerungen und Medienberichte in diesem seltsamen Alpenland beim Volk für eine Wirkung haben, da kam echte Stimmung auf. *»Die Österreicher überschätzen uns jetzt so«*, gluckste die Portugal-Sanktion, *»daß man meint, sie vermuten hinter jeder Ecke eine tückische Sanktion, die ihnen jederzeit an die Gurgel fährt.«* Und als dann die Germany-Sanktion losprustete, ein Regierungs-Hump zu Wien plane eine Volksabstimmung gegen die Sanktionen, war die Heiterkeit enorm.

Die *Süddeutsche Zeitung* muß einen Spion unter die Sanktionen eingeschleust haben, denn sie schreibt im Juli 2000: *»Hätte man auf einer einsamen Insel nur österreichischen Fernsehempfang, man würde glauben, die EU sei eine Vereinigung finsterer Imperialisten mit dem Daseinsgrund, kleine heroische Bergvölker zu quälen«.* – Mag sein, aber das viel Interessantere ist, daß so ein kleines heroisches Bergvolk dazu neigt, alles irgendwann wirklich zu glauben.

*

Es ist der 12. September 2000. Um Punkt 19 Uhr löst sich ein Nichts in nichts auf. Am politischen Bild Österreichs ändert sich dadurch nichts, aber unsere Regierung sagt nicht nichts oder wenigstens das Richtige, sondern tut so, als wäre sie Europameister geworden.

Vom freien Wort

April 2000. – Nie zuvor haben die Österreicher so viele Leserbriefe politischen Inhalts geschrieben wie in diesen Tagen. Das bestätigen auch Fachleute mit so großer Lebenserfahrung wie der 80jährige Staberl. Die Briefflut stünde in der 100jährigen Geschichte der *Krone* ohne Parallelen da, schrieb er.

Als begeisterter Leserbrief-Leser stürze ich mich täglich vor allem auf *Täglich Alles* (wo ich erfahre, was *Frau Wallner* oder *Herr Anton, Wien,* denken) und auf die *Krone* (wo ich lerne, daß Freizeit-Kommentatoren oft zum Verwechseln ähnlich formulieren wie ihre professionellen Kollegen).

Vermutlich lange hat zum Beispiel *Franz Silberschneider, Zwölfaxing,* an einem satirischen Text gefeilt, der, sechs Wochen nach dem Ereignis, unter der Überschrift *Absurdes* in *Das freie Wort* erschien:

»Anläßlich der Großdemonstration gegen die neue Regierung verkündete der Schauspieler Harald Krassnitzer unter anderem: ›Legt die Golfschschläger weg.‹ Ich habe zwar keine Ahnung, was das mit der neuen Regierung zu tun hat, aber als echter Demokrat schlage ich Herrn Krassnitzer einen Vergleich vor. Wenn er seinerseits von der Rolle des elitären Bergdoktors herabsteigt und nur mehr in volksnahen Serien wie z. B. ›Der Holzknecht von Mieminge‹ spielt, dann distanziere ich mich auch – vom Golfsport.«

Das sitzt! Mit Spannung warte ich, ob Krassnitzer dem echten Demokraten überhaupt antwortet. Bei einem, der sich so für SOS-Mitmensch engagiert, weiß man ja nie. Krassnitzer hatte übrigens bei der Rede, auf die sich Silberschneider, Zwölfaxing, bezog, neben seiner Kritik an der neuen Regierung der SPÖ zugerufen (Originalzitat): *»Nutzt eure Chance! Wacht endlich auf und werdet eine moderne sozialdemokratische Partei und verabschiedet euch von euren Machterhaltungssystemen und euren Golfschlägern!«*

Aber was ist das schon gegen ein freies Wort in der *Krone.*

Arme Kabarettisten

Vieles möchte ich nicht sein. Zum Beispiel Wiener Operndirektor oder Trainer bei *Austria Wien.* So viele Mitdirektoren im Zuschauerraum, so viele Mittrainer im Stadion und im Vorstand – das muß die Hölle sein.

Schon gar nicht möchte ich Kabarettist sein. Kabarettisten sind bedauernswerte Kreaturen. Sie brüten monatelang über einem neuen Programm, dann treten sie vor ihr Publikum, ernten in den ausverkauften Häusern Applaus, Jubel, Begeisterung, also totale Zustimmung – und nichts ändert sich. Ärmer sind nur noch Journalisten, Abteilung seriöse politische Aufklärung, weil sie in einer ähnlichen Situation sind, aber nicht so viel verdienen wie Kabarettisten.

Sehr beliebt sind derzeit auf den Kabarettbühnen der Landeshauptbursch (© Schneyder), der Verföhnte (© Dorfer) und der Humpdump (© Kabas). Das ist kein Wunder, zumal man denen ja nur zuhören muß. Ihre Originalzitate sind schon der Kommentar, so hat man's gern.

Die Kabarettisten müssen also im Grunde nichts mehr tun, als zu zitieren, und jeder Zuhörer weiß, wem ihre Sympathie *nicht* gehört. Tag für Tag wird das von Hunderten enthusiastisch beklatscht, und es erhebt sich die Frage, wie hoch der Zuschaueranteil jener ist, die trotz allem für die Zitierten Sympathie zum Ausdruck bringen. Zum Beispiel bei Wahlen.

Alfred Dorfer, der Lauser, ist der erste, der das auf der Bühne laut sagt. Was zur Folge hat, daß der Geräuschpegel im Saal noch etwas ansteigt. Vielleicht wollen die Leute nur lachen, aber nicht nachdenken. Lustig ist es jedenfalls.

Held der Verweigerung

Bruno Kreisky wurde unter anderem deshalb Journalistenkanzler genannt, weil es während seiner Regentschaft für Journalisten leicht wurde, mit Politikern direkt zu sprechen. Und sei es nur am Telefon. Er hatte einfach erkannt, daß es günstiger ist, etwas zu sagen als womöglich raffinierten Kombinationstechniken der Medienmenschen ausgesetzt zu sein.

Unterdessen ist es längst so, daß Politiker Journalisten anrufen, was diesen noch mehr schmeichelt – und so haben alle was davon: Die Telefonierer, die Partei, die Leser, die Hörer, die Seher.

Umso faszinierender ist, wenn einmal etwas passiert, was die Welt des schnellen Kontakts ins Beben bringt. An einem Mittwoch rief ein Journalist zwecks Recherche beim Regierungschef des Wiener Bezirks Landstraße an. Das Unternehmen scheiterte, denn die Dame im Vorzimmer des Mächtigen sprach den überraschend endgültigen Satz: *»Freitag zwischen 13 und 14 Uhr!«*

Der Einwand des irritierten Anrufers, da könne es schon zu spät sein, verpuffte wirkungslos im Kabelstrang: *»Der Herr Bezirksvorsteher hat angeordnet, daß er Freitag zwischen 13 und 14 Uhr telefoniert.«*

Erich Hohenberger, SPÖ, ist ein mutiger Mann. Er hätte sich ja einfach verleugnen lassen können. Doch nein, er entpuppt sich als Held der Verweigerung gegenüber lästigen, vielleicht sogar größenwahnsinnigen Journalisten.

Freitag zwischen 13 und 14 Uhr oder gar nicht! Das hat was. Vielleicht sollte man ihn einmal pro Woche für eine Stunde im Bezirksmuseum ausstellen. Es muß ja nicht der Freitag sein.

Dienst nach Vorschrift

Wie wir wissen, lautet ein österreichischer Elementarsatz *Vorschrift bleibt Vorschrift.* Die *Vorschrift* gehört eben zum Heiligsten unseres Beamtentums. Ihr Wesen liegt in der Vorschreibung, daß oder wie etwas getan werden soll, ein Umgehen ist für einen korrekten Beamten unvorstellbar.

Seltsamerweise zählt aber zu den fürchterlichsten Drohungen der Vorschriftenvollzieher diese: *Dann machen wir eben Dienst nach Vorschrift.* Wer soll sich da noch auskennen?

Immerhin, die landläufige Interpretation von Dienst nach Vorschrift, der inoffiziellen Form des Streiks, kennen wir: Alles geht langsamer, träger, dauert also länger als sonst.

Aber was bedeutet das? Wohnt solchen *Vorschriften* von Haus aus Murkserei und Erdferne inne, und tun nur ihre Vollzieher im Normal- und Friedensfall mehr als sie gemäß Vorschriften tun müssten?

Wenn ja, dann sind sie fleißiger als bisher angenommen, wofür ihre Mitfinanziers, das Restvolk also, herzlichst und gerührt dankt. Wenn nein, dann flehen wir um Aufklärung, was *Dienst nach Vorschrift* wirklich heißt.

Andrerseits beziehen sich Vorschriften keineswegs nur aufs Arbeitstempo. Wir wissen, daß es nicht wenige *Vorschriften* gibt, die alles nur unnötig komplizieren, und wir kennen auch solche, die längst von der Zeit überholt wurden.

Bei diesen *Vorschriften* ist es so wie beim physikalischen Trägheitsgesetz: Sie verharren im Zustand der Ruhe, solange keine äußere Kraft auf sie einwirkt. Aber das kann in einem Land, in dem das Verhinderungs-Gen ziemlich weit verbreitet ist, sehr lange dauern.

Wort-Erotik

Heinrich Manns Roman »Der Atem« beginnt so: *»Die Frau fiel auf, aber sie bemerkte es nicht.«* Ein schöner erster Satz, der mir noch viel besser gefällt, seit ich seiner Aussage im wirklichen Leben begegnet bin.

In einer kleinen Journalisten-Runde wurde über den sorglosen Umgang mit unserer Sprache in den Medien geredet, und dabei fielen auch die Wörter *hinterfragen* und *andiskutieren.* Die Frau, die auffallen sollte, ohne es zu merken, schwieg vorerst, aber plötzlich sagte sie leidenschaftlich: *»Das sind zwei ausgesprochen erotische Wörter.«*

Dies läßt natürlich keinerlei Rückschlüsse zu, beispielsweise auf die Erotik im Landesstudio Burgenland, wo die ORF-Frau werkt. Oder darauf, was bei den Kollegen dort jenes berühmte Prickeln auslöst, das mit dem Erklingen erotischen Vokabulars einhergeht. Aber es ist interessant. Zumindest für mich, weil ich gerne Neues lerne.

Und so überdenke ich meinen geheimen Wunsch, wonach *hinterfragen* und *andiskutieren* für immer in der Großkiste für wichtigtuerische Scheußlichkeiten zu hinterlegen wären. Und ich frage mich zugleich, ob die vielen ähnlichen Wortgebilde von Journalisten überhaupt nur deswegen ständig verwendet werden, weil sie eben für viele von ihnen erotisch klingen. Wie groß mag wohl die *Anmache* bei der Verwendung von Dummwörtern wie *auseinanderdividieren* oder *wegdenken* sein?

Es wird behauptet, daß der menschlichen Genüsse oberster und begehrtester die Wollust ist. Sie kann auch durch Worte ausgelöst werden. Und deren Angebot reicht bis zur Sprachlosigkeit.

Suppen-Einlage

Als Ausdruck der Spargesinnung unserer Regierung ordnete Ministerin Ferrero-Waldner an, künftig würde bei offiziellen Essen zwar weiterhin Champagner kredenzt, aber es gäbe nicht mehr vier, sondern nur noch drei Gänge.

Eingespart wird im Zwischengerichtsbereich. Die Republik bietet also nicht mehr Vorspeise und Suppe an, sondern entweder Vorspeise oder Suppe. Das ist mutig, denn niemand kann ja vorhersagen, wie der Vorspeiseodersuppe-Erlaß in diplomatischen Kreisen aufgenommen wird.

Deren Empfänge-Erfahrung und ein Gaumen-Sensorium, das wir einfachere Leute uns gar nicht vorstellen können, wäre schon zu bedenken. Es wird sich in den Galadiner-Zirkeln rasch herumsprechen, daß man Suppe nicht mehr selbstverständlich bekommt, sondern nur auf ausdrücklichen Wunsch. Und das im Rindsuppenparadies Österreich!

Egal, für mich ist Ferreros Suppen-Einlage die verblüffendste Überraschung seit der ersten Mondlandung: Ein kleiner Schritt für einen Diplomaten, aber ein Riesensprung zum Nulldefizit.

Der Genieblitz

Das Arbeitsleben eines Kreativkünstlers in einer Werbeagentur stelle ich mir, zugegeben etwas naiv, so vor: Stundenlang, tagelang, wochenlang lümmelt er in einem bequemen Drehstuhl, hat die Füße auf dem eleganten Designerschreibtisch liegen, läßt sich von ihn bewundernden Helferinnen mit Kaffee zuschütten, frißt Zigaretten und schaut mal verzweifelt, mal sinnend ins Narrenkastl.

Und plötzlich erscheint über seinem Haupte ein imaginärer Blitz. Sie ist da, die ingeniöse, zündende, witzige, originelle, Geld bringende, Umsatz fördernde Idee. Es ist faszinierend: Nur Bruchteile von Sekunden hat der eigentliche Schöpfungsakt des ultimativen Hammers gedauert – aber was hat er ergeben!

Jetzt braust eine Woge der Begeisterung über seinem genialen Kopf zusammen, die kollegialen Aus-dem-Fenst-Schauer dreschen ihm anerkennend auf die Schultern, küssen ihn inbrünstig, Champagnerkorken knallen um seine Ohren, und die Agenturdamen sind auch ganz weg.

Denn sie lesen den aus begnadeter Hirnwindung herausbeförderten Werbe-Heuler:

Scheiben putzen ist Männersache. Bis 42 mm Durchmesser.

Hinaus damit aus der Agentur, hinein in die Medien. Der Heuler wird grafisch aufgeputzt, erhält (zum Auskennen auf den ersten Blick) die lässig daliegende 155.000-Schilling-Herrenarmbanduhr von IWC Schaffhausen. Für den emanzipierten Mann steht ganz klein, kaum leserlich, daneben. Leider erfahren wir nicht, was noch alles Männersache ist.

Viel kann es nicht sein. Zumindest aus der Sicht solcher Kreativkünstler.

Maschinenfrauen

Verehrungswürdige Gestalten gibt es zwar in vielen Bereichen, aber zu den besonders heiligen Kühen der Medienwelt gehören Models, früher Mannequins genannt. Eine Welt, nämlich die der Mode, liegt vor ihnen auf dem Bauch.

Nun könnte man es sich natürlich einfach machen und sagen: Models sind untergewichtige Frauen, die neue Kleidungsstücke vorführen. Aber in Wirklichkeit ist alles komplizierter: Sie gehen auf etwas, das Laufsteg heißt, aber das tun sie unnachahmlich. Oder fast. Nur wer ein Topmodel nachahmen kann, wird nämlich ein Topmodel.

Ich hatte immer den Verdacht, daß es in irgendeinem Winkel der Welt eine Model-Universität gibt. Aber, so belehrte mich meine Mode-Gewährsfrau, das ist Unsinn. Models lernen von Models, deshalb gibt es in den Bewegungsabläufen keinen Unterschied. Sie gehen nicht, sondern stampfen, ihre Hüftbewegung ist so, als ob ihnen vorher was ausgerenkt worden wäre, sie lächeln nicht, sondern schauen streng. Das ist ihr Wildestes überhaupt, dieser Blick. Ihr Augenfunkeln bändigt den Betrachter wortlos, kein Blinzeln, kein verstohlener Seitenblick, schon gar nicht ein schmachtender, kein bescheidenes Senken des Blicks, kein Wandern – nichts außer Starren. Es scheint zu signalisieren: Was ich hier tue, ist fürchterlich, und wenn du mir zu nahe kommst, fresse ich dich.

Aber wer weiß, vielleicht sind sie gar nicht echt, sondern einem Ur-Model nachgebaute Maschinen, die eines Tages die Weltherrschaft antreten. Ja, das glaube ich.

Wiener Eleganz

Das Klo gewinnt als wichtiger Aufenthaltsort des zivilisieren Menschen immer größere Bedeutung. Auch im öffentlichen Raum, wo seit einiger Zeit sogar die Werbung ihren Platz gefunden hat. Gemütlich sitzen die Sitzer da und lesen in Augenhöhe z. B. den Slogan *»Butter kann durch nichts ersetzt werden!«*

In Wien wurde kürzlich eine, wie man sagt, *Öffentliche Bedürfnisanstalt* privatisiert, und weil sie sich in der Nähe der Staatsoper befindet, heißt sie *Opera Toilet Vienna.* Das, mögen die Namensgeber überlegt haben, verstehen höchstwahrscheinlich auch die dümmsten Einheimischen.

Es ist ja nicht so einfach, für einen Ort, über dessen Bestimmung man nicht gerne spricht, einen eleganten Namen zu finden. *Klo* hat zum Beispiel etwas Anrüchiges, kommt den Leuten irgendwie primitiv vor, weswegen wir uns von den Engländern vor langer Zeit das Kürzel *WC* für *water closet* ausgeborgt haben. *WK* für *Wasser-Klo* konnte sich später nicht mehr durchsetzen. Die Engländer selber verwenden *WC* als Aufschrift natürlich nicht (allein schon, weil es auch das Kürzel für den Londoner Stadtbereich *West Central* ist) und *Toilet* verwenden schon gar nicht.

Deswegen ist es eine nette Geste der Wiener Klofirma, wenn sie die englischsprachige Kundschaft sozusagen volkstümlich begrüßt. Schließlich bedeutet *Toilet* im angloamerikanischen Raum, wo im Klo-Fall normalerweise phantasievoll umschrieben wird, ungefähr das, was hier gerne *Scheißhäusel* genannt wird. Welcher Wiener würde sich nicht freuen, wenn er in London über den Trafalgar Square eilt und die ihm vertraute Wendung liest.

Das Blöde ist nur: Mit *Opera Toilet Vienna* gehören wir weniger zur großen Welt als manche hier vielleicht glauben.

Aufmerksamkeitserregung

Wenn es darum geht, die Aufmerksamkeit der Leser zu erregen, greifen die Journalisten zu allerlei Tricks.

Im *KURIER* habe ich z. B. die mächtige Überschrift gelesen: *Mit Ivica Vastic ins 3. Jahrtausend.* Nicht jeder weiß natürlich, wer Ivica Vastic ist, aber das ist im Grunde völlig egal. Ich behielt diese Zeile jedenfalls im Kopf, und als ich am 1. Jänner 2001 erwachte, sagte ich zu meiner Frau: *»Schade, daß Ivica Vastic jetzt nicht bei uns ist, aber in Gedanken sind wir mit ihm ins 3. Jahrtausend gegangen.«*

Eine andere Methode der Aufmerksamkeitserregung ist die eingestreute Absurdität. Nehmen wir den Fall, daß jemand im *KURIER* Lienz direkt an die Drau verlegt und diese samt Lienz in die Steiermark. Sofort würde sich der *Verein Freunde der Isel* formieren, die Drautaler wären erregt, auch die Liezener hätten wenig Freude, weil sie ohnehin immer mit den Lienzern verwechselt werden, obwohl sich die Enns letztlich ohnehin mit Isel und Drau in der Donau vermischt. Außerhalb der Steiermark halt. Deshalb kommt so eine absurde Meldung wie die obige nur ganz selten vor.

Ganz anders ist es, wenn die Zeitung zum Weiterforschen animiert. In der *Fernsehwoche* stand: *Stargast ist Operndiva Elisabeth Leonskaya. Was wurde aus ihrer Berufskollegin Ruth Hildeboesch?* – Spielt die Operndiva womöglich unter dem Künstlernamen Elisa Bethleonskaja Klavier? Was weiß darüber Frau Hildeboesch, die Mutter des Baritons Chris Tianboesch? Usw., usw.

Der Leser freut sich ja über jeden Impuls. Und wir mit ihm.

Vermischtes

Kleinanzeigen, Rubrik Kontakte, regen die Phantasie an. Wie dieses aus dem *KURIER*: *»Attraktive Blondine sucht Mann für gemeinsame Freizeit und schöne Stunden. Bedingung: Impotenz.«* – Das ist interessant. Und zugleich eine große Herausforderung für kleine Schwindler. Oder dieses:

»Schwedische Indianerin, Hausbesuche.« – Da ist überhaupt alles vorstellbar. Beim folgenden ist das anders: *»Arbeitslose Lehrerin macht zärtliche Ölmassagen.«* – Es charakterisiert vermutlich nicht das Österreich des neuen Jahrtausends, aber es zeigt deutlich die Grenzen auf, die dem *Arbeitsmarkt-Service* gesetzt sind.

*

Das Mitteilungsblatt des Österreichischen Cartellverbandes (ÖCV) heißt *Academia,* was nicht immer von tieferer Bedeutung sein muß. Zum Beispiel, wenn aus dem § 97 Abs. I des Strafgesetzbuches (ziemlich frei) zitiert wird. Demnach wäre laut *Academia* ein Schwangerschaftsabbruch unter anderem dann straffrei, *»wenn die Schwangerschaft von einem Arzt vorgenommen wird.«*

*

In einem *KURIER*-Prozeßbericht wurde erwähnt, das Gericht fordere eine Blutabnahme, *»um festzustellen, ob (...) tatsächlich von seinem Vater abstammt.«* – Wenn nicht, wäre es die größte Sensation seit ca. 2000 Jahren.

*

Nichts ist für den Leser interessanter, als zu erfahren, wie ein Interviewter etwas sagt. Welches Gesicht er dabei macht, was er fühlt – das muß man gelesen haben. Aber es wird von den Journalisten vernachlässigt, zu selten findet man Einschub-Meisterwerke wie dieses im Wissenschaftsteil des *Standard* abgedruckte: »Ich dachte«, sagt der Arzt, schürzt die Lippen und nickt ganz leicht, als müßte die Befriedigung vom Kopf in den Körper rieseln, »ich dachte, daß unsere Knochenarbeiten ...« usw. – Das kann nicht jeder. Was übrigens auch für den *Standard*-Übersetzer der berühmt gewordenen Steuer-Ansage von Präsident Bush *»Not over my dead body«* gilt: *»Nur über meine tote Leiche.«*

*

Der *KURIER* schreibt: »*Nach den ergiebigen Schneefällen behindern nun die Urlauber die Straßen in Westösterreich.*« – Das ist ein schöner Satz, weil man über ihn lang nachdenken kann.

*

Als die OSZE-Vorsitzende Ferrero-Waldner Zentralasien einen Besuch abstattete, meldete der ORF-Teletext: »*Angestrebt wird eine stärkere regionale Zusammenarbeit in den Bereichen Wirtschaft, organisierte Kriminalität, Drogenhandel und Terrorismus.*« – Interessant.

*

Die *Krone* meldet: »*Völlig betrunken stoppten Autobahngendarmen in Hallwang Harald W. (20) aus Traun mit seinem Pkw.*« – Wer weiß, welche Spompanadeln den Beamten im nüchternen Zustand eingefallen wären.

*

Unter *Lieber zu zweit* inserierte eine Dame im *KURIER*: *Alkoholikerin sucht reichen Alkoholiker.* – Das zeigt Vorausblick. Es weiß ja kein Mensch, wie es mit der Getränkesteuer weitergehen wird.

*

In einer Immobilien-Beilage der *Presse* wurde angepriesen, daß es in einer neuen Wohnhausanlage auch den *Kinderabstellraum* gibt. - Eine gute Nachricht, zumal Kindergartenplätze teuer und außerdem immer schwerer zu kriegen sind.

*

Die Fußballmannschaft von Sturm Puntigam verlor ein Spiel, und der *Standard* befand: »*Auch Grazer sind nur Menschen.*« Es erhebt sich die Frage: Woher wissen die das?

*

Aus der *Presse* erfahren wir: »*Brasilien will eine Million Bauern an das Stromnetz anschließen.*« – Immer trifft es die Armen.

»No, wos is jetzt?«

Österreich ist ein schönes Land, voll von lieben Menschen, und daher ein beliebtes Touristenziel. Immer wieder erleben die Besucher Österreichs faszinierende Momente. Es folgt die österreichische Begrüßungsszene auf dem Flughafen Wien-Schwechat.

Die Situation: Mann mit asiatischen Gesichtszügen und umgehängter Fotokamera steht vor einem Schalter für Nicht-EU-Reisende, die in Wien nur zwischenlanden. Hinter dem Schalter eine Dame.

Sie (fuchtelt ziemlich energisch fingerzeigend über ein Formular): *»Na, dooo miassen S' unterschreiben!«*

Der Reisende, offensichtlich mit den an sein Ohr dringenden Lauten nicht vertraut, zuckt hilflos mit den Schultern.

Sie, offenbar vermutend, der Reisende sei nur schwerhörig, etwas lauter: *»No, wos is jetzt? Host jo an Namen! Oder was?«*

Der Reisende zuckt mit den Schultern.

Sie: *»No geh! Wie haaßt denn?«*

Durch die Lautstärke aufmerksam geworden, tritt ein Sicherheitsorgan hinzu.

Sie: *»Der vasteht mi ned, wos soi i mach'n?«*

Der Reisende zuckt mit den Schultern.

Polizist (blitzschnell die Situation erkennend): *»Du Namen schreiben da!«*

Der Reisende zuckt mit den Schultern.

Polizist geduldig, nicht aufgebend: *»Du mußt hier schreiben Name!«* (Zückt einen Kugelschreiber und deutet mit diesem an, was der Reisende zu tun habe.)

Der Reisende, sofort begreifend: *»Ah!«* (Unterschreibt.)

Ende des Ferienerlebnisses. Niemand weiß natürlich, was sich der Tourist über das Personal auf dem Vienna International Airport gedacht hat. Vielleicht war er aber nur froh, daß er nicht auch noch ein paar Watschen bekommen hat.

Opferforderung

Der Satz lautet so: *Das Pfingstwochenende forderte einen erschrekkend hohen Blutzoll auf unseren Straßen.* Er stammt aus der *Krone,* könnte aber genausogut woanders zu finden sein – in unerschütterlicher Verbindung mit Opferbilanz und Todesopfern.

Zu den großen, offenbar unverzichtbaren Phänomenen des Nachrichtenwesens gehört die Einbringung des imaginären Subjekts. Also die Technik, Subjekte, die es gar nicht gibt, aktiv werden zu lassen.

Verweilen wir beim Pfingstwochenende. Aus Sicht der Nachrichtenredakteure muß sich folgendes abspielen: Naturgemäß vor Pfingsten geht das Pfingstwochenende an die Öffentlichkeit und fordert Opfer. Zwar von niemandem bestimmten, aber irgendwie halt doch. Vielleicht sogar direkt beim ÖAMTC. Selbstverständlich wissen nicht einmal besonders gebildete Reporter, warum das Pfingstwochenende überhaupt etwas fordert. Und welche Sanktionen es im Falle der Nichterfüllung seiner Forderung, also der Nichtdarbringung von Opfern, zu ergreifen gedenkt.

Aber die Bekanntgabe einer Drohung durch das Pfingstwochenende wäre sowieso überflüssig, weil immer ein paar Verkehrsteilnehmer auftauchen, die sich zwar dem Pfingstwochenende nicht freiwillig opfern, aber immerhin tödliche Fehler begehen.

Da das Pfingstwochenende bekanntlich nur einmal im Jahr fordert, müssen sich die Journalisten zwangsläufig an andere tükkisch und unberechenbar agierende Übermächte halten. Das Hochwasser fordert, die Lawinen fordern, die Hitzewelle fordert – und alle haben mit den Medienmenschen eines gemeinsam: Sie können nie genug kriegen.

Monstergeräte

Michael Gorbatschow für die ÖBB als Werbefigur zu engagieren, war eine fabelhafte Idee. Darüber schwebt ein Hauch von *Perestroika* (=Umbau, neues Denken).Vielleicht läßt die Generaldirektion seinen wohl berühmtesten Satz bald in allen Fahrdienstleitungen affichieren Und der heißt *»Es wird gefährlich für denjenigen, der nicht auf das Leben reagiert«*, besser bekannt in der recht freien, ÖBB-gerechten Übersetzung *»Wer zu spät kommt, den bestraft das Leben!«*

*

Viel wird über die ÖBB gelästert. Aber auch die ÖBB-Mitarbeiter selbst haben kein leichtes Leben. Das entnehmen wir z. B. einer Aufklärungsaktion von allerhöchster ÖBB-Stelle. Auf Plakaten, in Inseraten, auf Postkarten usw. wurde im Jahr 2000 darauf hingewiesen, wie schwer die Bedingungen sind.

So wird unter anderem auf einem Plakat eine Schaufel abgebildet, die ca. 75 Zentimeter lang ist. Daneben steht: *Bahnhofswerkzeug der ÖBB (Maßstab 1:200).*

Hm. Eine kleine Umrechnung sagt uns, daß diese Schaufel im Original etwa 150 Meter lang ist.

Erst wer einmal mit einer 150 Meter langen Schaufel hat arbeiten müssen, kann ermessen, wie schwierig ein Job sein kann. Das gilt natürlich auch für die abgebildeten Monster-Kranhaken oder Monster-Bohrmaschinen.

Die Probleme der ÖBB liegen also vor allem im ergonomisch falschen Werkzeug. Perestroika ist angebracht. Dringend.

Aus der Schillerkiste

September 2000. – Immer intensiver humpt und dumpt es in der politischen Szene, ein bereits parteiübergreifendes Phänomen hält uns in gewisser Spannung.

Und so freut man sich zum Beispiel immer, wenn ein literarisch gebildeter Spitzenpolitiker wie ÖVP-Klubobmann Khol auftritt. Auch wenn er die kleine Frau und den kleinen Mann, also die kleinen Leute, wie unser Kanzler gern sagt, durch seine Lust am Zitieren auch hin und wieder verwirren mag. Als die neue Saison begann, sagte Khol *»Die schönen Tage in Aranjuez sind nun zu Ende«*, und vielleicht dachte mancher, Khol hätte seinen Urlaub an den Ufern des Tajo verbracht.

So war es natürlich nicht, Khol schillert halt gern. Um so mehr enttäuscht war ich, daß sein letzter Auftritt in der *ZiB 2* zitatenfrei blieb. Wie er dort die ohnehin müden Einwände des Interviewers gegen die neueste Geldeintreibung wegargumentierte, das schrie geradezu nach Friedrich Schiller. Zum Beispiel aus dem hochaktuellen Titel »Die Räuber«: *»Dem (kleinen) Manne kann (nicht) geholfen werden!«*

Vielleicht wäre es überhaupt günstig, fischte Khol künftig aus seiner Schillerkiste nur solche Originalzitate, mit denen er durch feine Varianten noch näher an den Kern der Sache kommt. Es kann dabei ruhig ein wenig holpern: *»Mach deine Rechnung mit dem Himmel, Volk! Zahlen mußt du, deine Uhr ist abgelaufen!«*

Die phantasielose Opposition schläft auch literarisch. Aber wenn Gusenbauer eines Tages doch rufen sollte *»Der Knabe Khol beginnt mir fürchterlich zu werden«*, dann werden ihm die kleinen Leute nicht wirklich böse sein.

In der Bauchlage

Man sagt den Österreichern nach, sie hätten einen gewissen Hang zur Peinlichkeit. Als Mitwirkende wie auch als Zuschauer. Wie beispielsweise das große österreichische Innenministertreffen. Vier (Lanc, Löschnak, Schlögl, Strasser) waren zu einer Buchpräsentation gekommen, um ihrem früheren Untergebenen Sika die Ehre zu geben, der in seinen Memoiren einen fünften (Einem) verunglimpft und angepatzt hatte. Wo sonst darf man derlei noch erleben?

Jetzt lieferte die innenministerielle Abt. Gendarmerie, Unterabt. Oberösterreich, ein großartiges Bauchlage-Schauspiel.

Wie Ernst August, alias Haugust, Erbprinz zu Hannover, eine Ehrenbeleidigungsklage aus der Welt schafft, ist zwar an sich bedeutungslos, aber doch lustig: Er gewährt einem kleinen oberösterreichischen Revierinspektor (Kläger wegen einer prinzlichen Rüpelei während einer Verkehrskontrolle)) das Almtaler Landsitzerlebnis inkl. Abendessen, worauf alle wieder gut sind.

Aber der Gegenbesuch der Hoheit im Landesgendarmeriekommando in Linz, der war so österreichisch, daß ich (dank Unterwürfigkeitsbeitrag in ORFs *Willkommen Österreich)* in wohlige Peinlichkeitsschauer verfiel.

Fesche Gendarmen in tadellosen Uniformen stehen Spalier, eine herzige Beamtin überreicht Prinzessin Caroline einen Blumenstrauß, ein Brigadier spricht ergriffen Dankesworte ins Mikrofon, eine ORF-Reporterin erwähnt, daß der angebliche Prügelprinz diesmal die Contenance bewahrte. Glück gehabt!

»Wir lieben Österreich! Diese Sanktionen waren ein Mist!« soll der Prinz noch gesagt haben. Und nach einem Kamera-Handshake mit dem ehemaligen Kläger war's vorbei mit der Herrlichkeit. Irgendwie schade.

Vollvollkoffer

Der sprachlose Infantilismus breitet sich mit erstaunlicher Gleichmäßigkeit aus. Wer noch was dazu lernen will, muß sich nur im Fernsehen die Reality-Shows anschauen oder lesen, was die Internetgeneration in den diversen Foren dazu zu sagen hat.

Neben dem Gegenfragewort *echt?* und der Zustandsbeschreibung *geil!* scheint der Siegeszug des Wortes *voll,* umgangssprachlich *voi,* überhaupt nicht mehr bremsbar zu sein. Alles, was toll ist, ist voll. Und, wie hier schon einmal erwähnt, fehlt eigentlich nur noch die Idealkombination *voll leer.*

Aus der *voll*-Seuche ergibt sich allerdings auch eine kleines Problem, die Umgangssprache betreffend. Es ist ja ein Unterschied, ob jemand ein bis zum letzten Tropfen ausgetrunkenes Glas als *voll leer* bezeichnet, oder ob jemand denjenigen, der das tut, schlicht einen *Vollkoffer* nennt.

Vollkoffer ist eine Steigerung von *Koffer* und daher noch weniger freundlich als *Koffer.* Früher war er dem einfacheren Volk vorbehalten, aber eines Tages hat der Wiener Bürgermeister den *Koffer* zur politischen Kategorie erhoben, indem er von *mieselsüchtigen Koffern* sprach, die in allen Parteien zu finden seien – außer in der SPÖ.

Koffer wurde also gewissermaßen salonfähig, jedoch erhebt sich die Frage: Ist jemand, der alle 14 Sekunden, das Wort *voll* in irgendeinem Zusammenhang in seine Rede (oder wie man das nennen soll) einfließen läßt, einfach nur ein *Vollkoffer* oder ein *Vollvollkoffer?*

Korrekter wäre *Vollgebrauchsvollkoffer,* aber das ist bestimmt zu kompliziert. Schließlich darf man die bedauernswerten *voll*-Sprudler nicht noch mehr verwirren – und schon gar nicht geistig überfordern.

Opera buffa

In den Oktobertagen des Jahres 2000 begann ich mit der Arbeit an einem Mammut-Werk namens »Spitzel-Oper«. Es war nur logisch, das zu tun, denn in Wien werden ja Vorkommnisse aller Art gerne wie Bühnenstücke aufgeführt. Bei der »Spitzel-Oper« ist nur der Hintergrund ernst, ansonsten darf von einer Opera buffa gesprochen werden, was günstig ist, weil die Menschen Komisches ohnehin lieber haben. Sämtliche Zitate sind übrigens Originale aus den österreichischen Medien.

PROLOG
Der Künstler André Heller und die evangelische Superintendentin Gertraud Knoll gehen stumm über die Bühne – und keiner weiß, warum. Außer dem Ex-Polizisten Josef Kleindienst, der dem seltsamen Paar in Respektsabstand folgt.

1. AKT
Es beginnt mit Kleindienstens Datenmißbrauchs-Enhüllungssolo. In einem langen Monolog erzählt er, daß er und andere Polizisten immer wieder im Auftrag von FP-Politikern Informationen über unliebsame Personen des öffentlichen Lebens beschafft haben. Knoll und Heller waren auch darunter, wobei sich z. B. bei den Erhebungen über Hellers Fuhrpark herausstellte, daß der gar keinen Führerschein besitzt.

Bevor überhaupt noch polizeiliche Ermittlungen beginnen, wagt sich Paul Kiss, der Sicherheits-Primo Uomo der ÖVP mit seiner Haupt-Arie auf die Bühne. Er singt *»Die Affäre hat keine parteipolitische Relevanz!«* während der seit Monaten vor sich hin dämmernde SPÖ-Chor dumpf *»Skandal, Skandal!«* intoniert.

Das nützt ihm allerdings nur wenig, weil ihn Il Westi, ein Buffo, mit einer jubelnden Stretta überbrüllt. Sie heißt *»Man wird sich bei mir entschuldigen müssen!«*

Nach dem Ausklingen des Kiss'schen Parlandos *»Es gibt keine politische Verquickung!«* entscheidet sich der Primo Uomo verblüffenderweise für ein Widerspruchs-Rezitativ, in dem er sagt, *»Peter Pilz steht im Mittelpunkt der Ermittlungen!«* Postwendend ertönt Pilzens Cabaletta *»Erstunken und erlogen!«*

Der Akt endet mit der großen Innenminister-Szene. Von einer Empore herab wendet sich Ernst Strasser an die Berichterstatter – Harfen begleiten ihn – und singt düster *»Wir ermitteln, wir haben nichts zu spekulieren!«*

Verhaltener Jubel im Publikum.

2. AKT

Der Akt spielt in einer grotta azurra, wo alle blauen Recken zusammengekommen sind. Der Buffo Il Westi umtänzelt den Karawanken-Messias und singt die große Rachearie *»Wir setzen den ultimativen Gegenschlag!«*

Der Rathaus-Rigoletto – die Narrenkappe schwenkend – bekräftigt das mit dem Lamento *»Es muß endlich Schluß sein mit dem Vernichtungsfeldzug gegen uns!«* Dabei wird er vom Chor der Basis-Recken launig unterstützt. Sie schmettern *»Humpi-Dumpi-Humpi-Tätärää!«*

Jetzt verschafft sich der Karawanken-Messias mit einer herrischen Geste Ruhe. Er, von dem die Adoranten schon die wüstesten Verleumdungsarien gehört haben, trumpft nun anklagend auf – und zwar mit dem Überraschungs-Rezitativ *»Wir werden Ordnung machen in diesem Spitzelstaat, der von den Roten entwickelt wurde!«* Sogleich ertönt aus der Ferne ein nach Gelächter klingender Brumm-Chor, denn vor der Grotte liegen kranke Journalisten-Gehirne auf der Lauer.

Il Westi bläst sich mächtig auf und schmettert das Ostinato *»Rote Brüder, rote Brüder!«* Er wiederholt den komplizierten Zwei-Wörter-Text so oft, bis endlich ein Pinzgauer Grottenolm mutig vorkriecht – mit dem Solo *»Das ist ja ärger als bei der Gestapo!«*

Bevor es aber noch zu einem Mißverständnis kommen kann, dröhnt der Karawanken-Messias unheilvoll-kryptisch über die Menge: *»Wenn sich nichts ändert, wird sich alles ändern!«*

Die blaue Primadonna, an unsichtbaren Fäden hängend, im Kostüm eines Echos, echot. Stimme vom Himmel: *»Das Koalitionsklima ist nicht gefährdet!«* – Ein riesiger Hut Maria Rauch-Kallats schwebt herab und deckt alle und alles zu.

3. AKT
Es ist der sogenannte Tobsuchts-Akt.

Ein Trachten-Lager im Lindwurm-Land. Hunderte blaue Nibelungen haben sich versammelt, ihre Treue gegenüber dem Führer kommt in dem Chor *»Das braucht er jetzt wie einen Bissen Brot!«* mächtig zum Ausdruck.

Starkes Prickeln liegt in der Luft, dann fliegen Burschenschaftermützen und Hüte mit Gamsbärten, Kriegsorden älterer Recken scheppern, Jubel bricht aus. Der Karawanken-Messias tritt auf. Er steckt in einem Hirschhornpanzer, man sieht nur seine Versace-Jeans und die Prada-Schuhe. Unter dumpfen Trommel-Schlägen stimmt er die Aufklärungsarie in f-Moll an: *»Freunde, ihr müßt verstehen, sie haben uns den Krieg erklärt!«*

Chor (entsetzt): *»Halte durch! Zeig es denen!«* Der durch Spielen mit seinem Handy abgelenkte Obersäckelwart der Republik schreckt auf und ruft irrtümlich *»Lei, lei!«*, worauf man ihn rasch entfernt.

Es folgt der messianische Trotz-Monolog in strahlendem C-Dur: *»Ich trete nicht zurück, sondern wir eröffnen die Jagdsaison auf die Jagdgesellschaft!«*

Der aufbrandende Jubel animiert den Führer zum Schuldumkehr-Potpourri. In ihm tobt es zwar wild durcheinander, aber unter knatternden Trompetenstößen und schrillen Tönen aus Piccolo-Flöten dringen doch Botschaften zum gemeinen Volk durch: *»Polit-Hetzjagd«; »Lektion für linke Netzwerker«; »Diffamierung«; »Notwehr«; »Unrechtsstaat«; »Menschenjagd«; »Rote Günstlinge«; »Buxbaum in die Besenkammer«.*

Nun darf die blaue Primadonna ein Beteuerungs-Staccato abliefern. Fest blickt sie dem Karawanken-Messias in die Augen und rasselt ihr *»Es gibt keine Nabelschnur zwischen uns!«* herunter.

Für alle, die noch immer nichts begriffen haben, stimmt der Führer noch die Feind-Beschreibungs-Arie an: *»Vereinigte Linke, die Österreich als Versuchsstation für den Weltuntergang auserkoren haben!«* Dann ruft er sich zum *»Robin Hood«* aus, zum künftigen *»Sheriff«* der Republik.

Aus dem Schnürboden regnet es druckfrische *Krone*-Exemplare – mit dem Titel *»Paukenschlag in der Spitzelaffäre«*. Tusch. Der Vorhang fällt ganz schnell.

*

Hier endet das Werk vorläufig. Eine Zeitlang drehte sich die Handlung im Kreis, dann begann die Justiz systematisch, den Fall zuzuschütten, bis nichts mehr zu sehen war. Zuletzt blieben nur Ankläger Kleindienst sowie ein kleiner FPÖ-Täter übrig. Die Hoffnung auf Vollendung gebe ich aber nicht auf. Immerhin hat auch Richard Wagner an seiner Schurken-Tetralogie *»Der Ring des Nibelungen«* 20 Jahre gearbeitet.

Promi-Fabriken

International bekannte Österreicher wie Peter Alexander, Niki Lauda oder Udo Jürgens zählen zu den Eckpfeilern der Papiergeschichten-Bauwerke heimischer Boulevard-Illustrierter. Ohne sie und noch einige wenige geht nichts, und um sie herum werden eher bedeutungslose Bauelemente verwendet, deren Verdienst vor allem darin besteht, daß sie immer da sind, wo Kameras lauern. Sie lassen sich sogar bereitwillig wegen Blödheit oder Penetranz verbal abwatschen – lieber das, als nicht vorzukommen, was irgendwie fürchterlich sein muß.

In einem kleinen Land wie Österreich gibt es eben wenig wirkliche Berühmtheiten, deshalb haben sich die Illustrierten-Macher etwas Schlaues einfallen lassen. Wegen ihres ständig wachsenden Bedarfes an Glitzer-Klientel verwandelten sie ihre Redaktionen auch in Prominentenerzeugungs-Fabriken. Sie machen sich die Promis selber, indem sie belanglose Erscheinungen des alltäglichen gesellschaftlichen Lebens so lange und so oft vorkommen lassen, bis diese bekannt sind, ohne daß jemand weiß, weswegen. Aus Dankbarkeit dafür frißt ihnen die fabrizierte Prominenz aus der Hand und ist fortan für jeden Unfug zu haben.

Ziemlich grauslich – aus humaner Sicht. Es ist ja der Mißbrauch von Leuten, die sich zwar gerne mißbrauchen lassen, die aber davor zittern, wieder in der Versenkung zu verschwinden.

Es ist halt das dort übliche Gegengeschäft: Die einen vergrößern ihr Personal-Reservoir für öde Geschichten, die anderen brauchen das eigene Vorkommen für ihr psychisches Wohlbefinden. Sofort zu erkennen sind sie übrigens auch an Weihnachtsmannmützen, die sie sich von Fotografen jährlich ab November über die Ohren ziehen lassen.

Waidmannsheil!

Kürzlich habe ich in der Fachzeitschrift *St. Hubertus* den ergreifenden Bericht einer Jägerin gelesen, die irgendwo in den Seckauer Alpen auf die Pirsch gegangen war. Sie schrieb auch:

»Auf einer Leiter hoch in einer Lärche sitzend leuchtete ich den langen Schlag ab und konnte einen guten alten Rehbock ansprechen, dem ich dann auf zweihundertvierzig Meter, steil bergauf, die Kugel antrug.«

Der literarisch klingende Satz ist für Laien schwer zu verstehen, sie ahnen nur, was geschah: Die Jägerin erkannte (= ansprechen) aus luftiger Höhe (= Ansitz) einen Bock und schoß (= antragen) ihn ab.

Derlei schemenhaftes Wissen bewirkte bei mir eine sofortige intensive Befassung mit der Jägersprache. Unterm Strich kam dabei Folgendes heraus: Sie fängt jagdlich wichtige Feinheiten ein, die man mit der normalen Sprache kaum darstellen kann, und dient einer präzisen Verständigung der Jäger. Sagen die Jäger.

Und wir? Wir ahnen gar nicht, wie sehr die Jägersprache in unseren Alltagswortschatz eingesickert ist. Österreichs derzeit berühmteste Jägerin heißt Monika Lindner, die neue ORF-Chefin. Ihr muß man jägersprachlich nichts erklären, aber für viele im ORF-Intrigantenstadel mag eine kleine Auswahl von Wendungen hilfreich sein: Auf die Schliche kommen; Fallstricke legen; durch die Maschen schlüpfen; sich drücken; nachstellen; auffliegen; in der Patsche sitzen; vor die Hunde gehen.

Frau Lindner selbst wird vermutlich zuerst auf den Busch klopfen, sich dann die Hörner abstoßen, im günstigsten Fall nicht auf dem Holzweg sein und hoffentlich niemandem auf den Leim gehen. Waidmannsheil!

Linksroter Guttorter

In bewegten politischen Zeiten wie diesen stumpfen die Menschen leicht ab, wenn sie immer dieselben Begriffe hören oder lesen. Die großen Abrechner, die *Gutmensch* zu einem beliebten Schimpfwort gemacht haben, tun sich ja immer schwerer. Ständig nur *Gutmenschen, emsiger Verband der Lichterlmarschierer, Tugendterroristen, Protest-Chaoten* oder einfach nur *diese Herrschaften* zu sagen oder zu schreiben, ist vielleicht selbst dem biedersten Hump schon zu öde.

Für ihn und all seine Gesinnungsbrüder und -schwestern gibt es nun eine Frohbotschaft aus dem Internet. Unter *http://gutmekschen.virtualave.net* wird ein so genannter *Shuffler* angeboten. Sein Zweck ist die Erweiterung des Bösmenschenvokabulars für Gutmenschen. Hier einige Beispiele:

Radikalgrüner Tugendmensch
Extremliberaler Marschierermensch
Unfähigbrutaler Kuscheldemokrat
Grünradikaler Jammerritter
Autoritätsscheinheiliger Kuscheltäter
Linksradikaler Privilegienzündler
Neutralistischgrüner Salonverschwörer
Linksroter Guttorter

Aber man muß bei Eigenkreationen aufpassen: Die Erfinderin besteht darauf, daß zusammengesetzte Wörter dabei höchstens aus zwei Teilwörtern à maximal drei Silben bestehen, weil die intellektuelle Kapazität ihrer Verwender nicht überfordert werden soll.

Randalierlichterlmarschierdauergutmensch wäre z. B. tabu. Dump.

Sprachliches

In einer *KURIER*-Geschichte über Computer lese ich: *»Der Hasenfuß dabei ist aber die Datensicherheit!«* – Vermutlich hat den Autor vorher ein Pferd getreten.

*

Bei Lektüre der *Presse* stieß ich auf die *»Wahlfahrtskirche Mariazell«*. Das kann kein Zufall sein. Seit Bundeskanzler Schüssel sanktionshalber dorthin pilgerte, ist eben nichts mehr so wie es einmal war. Sogar die *Presse* wahlfahrtet schon.

*

Über Barbara Stöckl, die liebe, könnte man z. B. schreiben: *»Mit der Millionenshow erreichte sie sehr gute Quoten für den ORF.«* Ein Magazin wie *tv media* formuliert das allerdings so: *»Mit ihrer Top-Performance als Millionenshow-Moderatorin setzte die toughe Allrounderin, die beim Mega-Rateevent mit einem Crossover aus Coolness, Einfühlungsvermögen und einem großen Maß an Wissen punktet, für den ORF Sensationsquoten ein.«* – Ein klarer Favorit für eine allenfalls stattfindende Wortmüll-Staatsmeisterschaft.

*

profil verriet *»Die 5 falsch geschriebensten Automarken«* und wird vielleicht bald den Knüller *»Die Steigerungsstufen im Wandel der Zeiten«* veröffentlichen. Der wird innerhalb der Redaktion bestimmt gelesener sein als manches andere. Wenn nicht der *gelesenste*. Oder wie das halt heißt.

*

»Das Deutsch unserer Kinder wird schlechter!« titelt die *Krone* und sie weiß auch warum: *»Wegen Fernsehserien und dem hohen Ausländeranteil in Horts.«* Vielleicht liegt's auch an den Worts, die sie in manchen Zeitungen lesen.

*

Die Presse berichtet über die Ausstellung *»Lernenlernenlernen«* und schreibt: *»Den Besuchern soll dabei die persönliche Art des Lernens gelehrt werden.«* – Ehrlich gesagt hätte mir die Wendung *»Denen Besuchern«* noch besser gefallen.

*

Aus einer Reisereportage: *»Südostasien boomt, doch Kambodscha steckt, fremdenverkehrstechnisch, noch in einem Frühstadion.«* – 1:0 für den *Standard.*

*

Einer der Gründe, gerne in Wien zu leben, ist die mögliche Knappheit der örtlichen Umgangssprache. Ein Begrüßungsdialog aus der Herrengarderobe im Tennispoint Wien: *»Servas!«* – *»Servas! Wie geht's dir?«* – *»Jo eh! Und dir?«* – *»Jo eh a jo eh!«*

Unfaßbar

September 2001. – Aus gutem Grund zwei Gedanken. Vom Philosophen Arthur Schopenhauer stammt die Regel: *»Man gebrauche gewöhnliche Worte und sage ungewöhnliche Dinge.«* Und der Schriftsteller Wilhelm Emanuel Süskind schrieb in *»Vom ABC zum Sprachkunstwerk«: »Man gebe den Hauptwörtern den Rachen frei und erlaube ihnen, Eigenschaftswörter zu verschlingen.«*

Zwei fromme, aber anscheinend unerfüllbare Wünsche. Die Eigenschaftswörter toben derzeit durch Zeitungen, Magazine, Fernseh- und Radioanstalten, daß es nur so keine Freude ist.

Aber es scheint eben schwierig zu sein. Wenn die journalistische Aufgeregtheits-Skala übers Jahr hin ständig ausgereizt wird, wenn zwecks Sichtbarmachung des Unheils beinahe schon alles entweder unfaßbar, schrecklich, grauenvoll, furchtbar oder entsetzlich ist, dann muß es bei Bedarf an Worten fehlen, die aber ohnehin nicht notwendig wären, weil die Ereignisse allein für sich sprechen.

Die seltsame Mischung von Gedankenlosigkeit und billiger Effekthascherei muß man erst gar nicht anhand aktueller widerlich-dummer Beispiele nachweisen, wie *»Das Aktien-Blutbad erreicht nun auch Wien« (News),* sie breitet sich lange schon teppichartig aus.

Jeder mag bei Gelegenheit seine Umgangssprache überprüfen und herausfiltern, was im wahren Wortsinn von Übel ist. Da kommt wahrscheinlich nicht wenig zusammen.

Irgendwann ist es modern geworden, *Terror* zu sagen, wenn Lärm oder Lästigkeit gemeint ist. Das zumindest könnte nun bei selbstauferlegter Sprachüberprüfung verschwinden. Vermutlich nicht für sehr lange, aber das wäre auch schon was.

Phrasen-Spieler

Ein Bekannter, der wegen ständiger Anwendung von Wortblähungen und abgelutschten Phrasen gefürchtet ist, sagte im Wirtshaus nach ziemlich langer Wartezeit zum servierenden Oberkellner: *»Kommt Zeit, kommt Salat!«* Das war noch das beste, was ich je von dem Mann gehört habe (immerhin hatte er eine aktuelle Situation richtig charakterisiert), denn normalerweise bewegt sich sein Repertoire zwischen *»So ist das Leben«, »Die anderen kochen auch nur mit Wasser«* und *»Wir werden alle älter«.*

Die Meister der nichtssagenden Rede leben zu Tausenden unter uns, sie führen ihr Schatzkästlein der Lebensweisheiten *(»Ein jeder muß sehen, wo er bleibt«)* ständig mit sich, und nicht jeder Zuhörer ist tief beeindruckt.

Neuerdings (ein Trend womöglich?) tritt immer häufiger der Phrasen-Zusammenrührer in Erscheinung. Das ist jemand, der sich zwar der Peinlichkeit abgegriffener Wendungen bewußt ist, aber insoferne nicht auf sie verzichtet, als er in kleineren Humorausbrüchen Altbekanntes spielerisch miteinander vermischt. Das ergibt dann Schöpfungen, wie *»Doppelt genäht hält am dritten Tag«, »Wo gehobelt wird, ist nur Schall und Rauch«* oder *»Wer zuerst kommt, lacht am besten.«*

Aber dahinter muß nicht immer der Drang nach Originalität stekken, gelegentlich ergibt sich einfach was – siehe der beliebte ORF-Skiplauderwastl, der einmal sagte: *»Jetzt werden die Karten neu gemischt, und die Würfel werden erst fallen.«* Obwohl: *»Die Karten werden neu gewürfelt«* wäre noch treffender gewesen.

Vor dem Phrasendrescher gibt es kein Entkommen. Wer das Gegenteil glaubt, wird lernen: Unverhofft kommt oft.

Alltags-Dodeltum

In der Typologie des ganz normalen Alltags-Dodeltums finden sich allerlei interessante Gruppen. Einzelne wurden hier schon erwähnt, wie zum Beispiel der gemeine Liftdodel, der an Aufzugswänden gerne Zeugnisse seiner geistigen Zwergengröße hinterläßt. Er ist ein naher Verwandter des vor allem in öffentlichen Bedürfnisanstalten tätigen Mauerbeschmierungsdodels. Nur selten dringen Außenseiter in sein Revier ein, was zu großen Würfen wie dem aus einem New Yorker Häusel führen kann:

To be is to do (Camus) – To do is to be (Sartre)
Do be do be do (Sinatra) – To pee or not to pee (Shakespeare?)

Auf unseren Straßen ist vor allem der Hupdodel zu Hause, dessen hervorstechendes Merkmal die Verkennung der Sinnhaftigkeit einer Hupe ist. Sehr oft ist er ident mit dem Handydodel.

Neben der an sich harmlosen Telefondodel-Großgruppe existiert aber auch die Dodel-Abart des anonymen Anrufers. Dieser ist der dümmste und zugleich gefährlichste von allen Dodeln. Er ruft mit dumpfer Regelmäßigkeit an, schreckt seine Feinde aus dem Schlaf, flüstert Gemeinheiten, sät Mißtrauen, macht Angst. Sein größter Triumph ist, wenn er weiß, daß der Angerufene aus gutem Grund weiß, wer ihn anruft, es aber nicht beweisen kann.

In der kalten Jahreszeit trifft man häufig auf den Alko-Skidodel. Am erträglichsten ist sein trauriges Erscheinungsbild dann, wenn er nach der Selbstabfüllung mit hochprozentigen Getränken nicht mehr imstande ist, seine Ski anzuschnallen und somit keine anderen Menschen gefährden kann.

Zuletzt der kleinformatige Lesedodel. Er merkt nicht, wenn er für blöd verkauft wird, und macht das Entstellte zur eigenen Meinung.

Kaiser-Trakterl

Oktober 2000. – Seit Monaten bebt das Volk der Lösung der Frage entgegen, ob sein Bundespräsident doch noch während seiner Amtszeit standesgemäß untergebracht werden kann.

Gut, die Villa auf der Hohen Warte ist keine Bruchbude, aber sie ist halt abgewohnt. Und viel zu klein. Klestils Freund Michael Sika verdanken wir diesbezüglich die prägnante »Kleinhäusler«-Beschreibung.

Bei der Suche nach Ersatz war bisher viel Pech dabei. Über zwei angepeilten Objekten liegen eher ungünstige Schatten der Vergangenheit. Aber bald könnte alles gut werden. Wie meine Kollegin Daniela Kittner Ende September im *KURIER* berichtete, zeigt die Frau Bundespräsidentin, die eigentlich nur die Frau des Bundespräsidenten ist, Interesse an einer Hofburg-Adresse.

News, das Zentralorgan der Hofburg, hat zwar umgehend dementiert und den *KURIER* bezichtigt, eine *»falsche Quartiers-Fährte«* gelegt zu haben, aber jetzt kam es zu einem kleinen Umdenkprozeß. *News* schreibt: *»Es ist kein Geheimnis, daß das Ehepaar Klestil auf die Wohnung des ehemaligen Chefs der Reitschule, Oberst Alois Podhajski, ein begehrliches Auge geworfen hat.«.*

Das einstige Kaiser-Trakterl wird jedenfalls schon renoviert. Ja, es besteht für das heutige Kaiserpaar sogar die Aussicht, lebenslang dort zu residieren. Die Burghauptmannschaft sagt jedenfalls: *»Frau Doktor Klestil hat uns gesagt, daß sie es reizvoll fände, in der Hofburg einziehen zu können.«*

Daß sie sich in der *Krone* über die Zukunft der Lipizzaner sorgte, ist eine schöne Loyalitäts-Geste gegenüber den möglichen Nachbarn von morgen. Sozusagen.

Lauerer

Oft schon stellte ich mir die Frage: Was sagt ein Wiener Polizist, wenn er sein Wachzimmer für einen Rundgang verläßt?

Sagt er *»Schadet ja nie, wenn die Leut' an Polizisten auf der Straße sehen!« ? »Schau' ma hoit amoi, wos die Spitzbuam moch'n!« ?* Oder sagt er einfach nur: *»I geh' am Lauerer!«*

Eines Tages beobachtete ich einen Polizisten, der wohl in Kategorie 3 fiel. Der junge Mann bezog in einer Hausnische Position, wo er reglos verharrte. Der Mittelpunkt seines Interesses schien ein gegenüber gelegenes Wirtshaus zu sein. Er tat mir irgendwie leid, denn dort, wo er stand, war Schatten, während die andere Seite durch mildes Sonnenlicht wesentlich einladender wirkte.

Meine Erleuchtung kam spät, aber doch. Im Vorbeigehen fiel mir ein, daß sich ja ca. 15 Meter vor dem Polizisten-Standort eine Kreuzung befindet, an der Autofahrer gerne links abbiegen, obwohl das verboten ist. Wäre der Polizist aber gegenüber in der warmen Sonne gestanden, hätte ihn jeder potentielle Verkehrssünder rechtzeitig gesehen und wäre – vermutlich – brav geradeaus gefahren.

Aber jetzt kommt das Niederschmetternde. Eine gute halbe Stunde (so lange hielt ich mich dort in einem anderen Wirtshaus auf) lauerte der Lauerer, doch nichts geschah. Die 42 Euro Staatseinnahmen pro Falsch-Abbieger lagen in der Luft, aber sie waren nicht zu erwischen.

So ging er hin, wahrscheinlich tieftraurig über die Ungerechtigkeit der Welt. So viel persönlicher Einsatz – und gar kein Erlös. Ich weiß natürlich nicht, was der Polizist über die Verkehrsteilnehmer sagte, als er das Wachzimmer (224 Schritte entfernt) wieder betrat. Vielleicht einfach nur: *»Gfraster!«*

Imperialer Plauderwastl

Oktober 2000. – Fußballfreunde wie ich erleben oft spannende Zeiten. In der Drogenaffäre um den deutschen Fußballtrainer Christoph Daum passiert praktisch jeden Tag irgendetwas Lustiges, und weil die Hauptperson untergetaucht ist, steht die Lichtgestalt des deutschen Fußballs auf dem Platz, der ihr gebührt.

In den Fernsehanstalten franzelt es nahezu ohne Unterbrechung, wir befinden uns gewissermaßen in einer kaiserlichen Hochblüte. Wie man weiß, wurde der Kickerstar Beckenbauer von den Journalisten zum Kaiser erhoben, weil er zufällig den klassischen Kaisernamen Franz trägt.

Nur humorlose Menschen sagen, daß die Majestät der größte Fußballdampfplauderer aller Zeiten ist, ein *»Artist des Widerspruchs in einem Atemzug«*, wie *Die Zeit* schreibt. Also jemand, der zum Beispiel die Affäre Daum *»mit so unsinnigen und peinlichen Bemerkungen kommentierte, daß seine Eignung als hoher DFB-Funktionär bezweifelt werden darf« (Süddeutsche Zeitung).* Und Harald Schmidt sagt über ihn, der jetzt um Hilfe für Daum ruft: *»Der Franz braucht selber Hilfe, nur weiß er es noch nicht!«*

Also ich will auf das Kaisergefasel keinesfalls verzichten. Will unterhalten werden, zusehen, wie sich Mikrofonträger und Tastenklopfer dem Franz im Kriechgang nähern, ihn aus der Bauchlage verbal anhimmeln. Ihn, den unvergleichlichen Herumreder und Schwafler, diesen Weltmeister in Schmus & Schmonzes, den Bayernphilosophen *(»Na gut, äh, äh, also es gibt Situationen im Leben, da macht man, äh, äh, immer das Verkehrte!«).*

Der imperiale Plauderwastl selbst lächelt zu alledem, er lächelt nämlich immer, weil er auch zum Glückskind ausgerufen wurde. Möge ihm nie die Luft ausgehen, und wenn sie noch so heiß ist!

Leichte Droge Ranking

Ranking, vorm. Rangliste, ist die leichte Droge für das Volk. Es saugt gierig die in ihm enthaltenen Informationen auf – und wartet bebend auf das nächste. Ohne Ranking kein Leben. Ich kenne nur wenige, die es geschafft haben, und nun reinen Herzens von sich sagen können: Ich bin weg vom Ranking.

Da der Ranking-Bedarf ständig wächst, wird alles immer schwieriger. Dort, wo gemessen oder gezählt werden kann, ist es ja noch leicht, aber im Geschmacksbereich *(Österreichs 100 schönste Apothekerinnen)* tauchen immer wieder kleinere Ungerechtigkeiten auf. Nur im Küchenwesen ist alles klar. Ganze Horden von Gratisessern sind tagaus und tagein in heimischen Lokalen unterwegs, Berufsprobierer, die irgendwann ihre Urteile niederschreiben, also ranken.

Aber wie wird ärztliche Qualität getestet? Die Illustrierte *News*, Spezialgazette für Ärzte-Rankings aller Art, legte z. B. *Die Liste der 100 Top-Zahnärzte* vor, und wir sind leider auf Vermutungen angewiesen, wie die besten ermittelt wurden.

Wahrscheinlich ist es so, daß alle Herausgeber und Chefredakteure des Verlages (es sind 20 Männer und eine Frau) seit Jahren landauf landab von Zahnarzt zu Zahnarzt gepilgert sind. Das Problem dabei war sicher, daß man ja nur nach direktem Vergleich ranken kann. Es kann also nur so gewesen sein, daß sich alle Tester von allen Zahnärzten zumindest einmal behandeln ließen. Das Resultat kann sich sehen lassen: 21 strahlende Gebisse und ein seriöses Ranking.

Ob es in *News* je *Die Liste der 100 Top-Pathologen* geben wird, weiß ich nicht. Aber ihr Entstehen wäre noch interessanter.

Schmalgaißen inkl.

Mühsam ist die Jagd. Wir wissen das schon seit der Steinzeit, als die Menschheit in die Phase der höher entwickelten Jagdkulturen eintauchte. Ohne Jagderfolg gab es so gut wie kein Überleben, und wenn die Jäger Pech hatten, verloren sie mangels heimgebrachter Beute oft auch noch ihre Frauen, die zu tüchtigeren Jägern überliefen.

Heute ist zum Glück alles anders. Kein Jäger muß mehr mit Knüppel oder Speer in den Tann, es gibt nicht nur modernste Gewehre, sondern auch heizbare Jagdstiefel und andere Annehmlichkeiten. Keiner muß mehr in tagelangen Märschen auf die Pirsch, Jeeps und sogar Hubschrauber bringen die Männer zur Beute.

Das soll aber nicht heißen, daß die Jagd 2000 ohne Mühsal ist. Hier haken tüchtige Jagdveranstalter ein, wie z. B. *godo,* seßhaft in Graz. Über Internet teilt *godo* mit: *»Lieber Weidkamerad, nicht billig – aber exklusiv – sind unsere Jagdarrangements in Ungarn. Im Kreis von Amazonen, stationiert im Jagdschloß, daher auch als Geschenk für Geschäftsfreunde, sowie verdiente Mitarbeiter geeignet.«*

Das liest man gern, denn es räumt das Vorurteil weg, die Jagd sei für einzelne nur eine Weg-von-der-Frau-Bewegung. Im Gegenteil, *godo* bietet smart die Hin-zur-Frau-Bewegung an, und verspricht: *»Jagdliches Brauchtum und die den Jägern eigentümliche Geselligkeit kommen in den Jagdschlössern im Kreise echter Amazonen und Schmalgaißen nicht zu kurz und lassen erfüllte Jagdtage kurzweilig ausklingen.«*

Trari-trara, Tötörötötö! Und so manche Schmalgaiß wird figürlich mit 95-59-92 so manchen Jägers Alltagskummer an seiner Heim-Amazone lindern.

Die schönsten Bilder

Egal ob Tageszeitungen, Hochglanzmagazine oder unser liebes Fernsehen – alle zeigen uns ständig Fotos, auf die wir immer schon gewartet haben, und auf die wir nie wieder verzichten wollen. Ganz bestimmt nicht. Hier eine kleine Auswahl:

Zuerst die Adventzeit:

+ Handys mit übergestülpten Weihnachtsmann-Mützen.
+ Hermann Maier mit Weihnachtsmann-Mütze.
+ Michaela Dorfmeister mit Weihnachtsmann-Mütze.
+ Thomas Brezina mit Weihnachtsmann-Mütze.
+ Isabella Klausnitzer mit Weihnachtsmann-Mütze.
+ Harlad Serafin mit Weihnachtsmann-Mütze.
+ Richard Lugner mit Weihnachtsmann-Mütze.
+ Arnold Schwarzenegger im Weihnachsmann-Mantel.
+ Dieter Chmelar im Weihnachtsmann-Mantel und mit Weihnachtsmann-Mütze.

Und übers Jahr verteilt:

Viktor Klima beim Exilieren.
Alfred Gusenbauer beim Nichtregieren.
Jörg Haider beim Hineinregiern.
Wolfgang Schüssel beim Hin- und Herlavieren.
Susanne Riess-Passer beim Knatterton-Parlieren.
Peter Westenthaler beim Intervenieren.
Frau Klestil-Löffler beim Charytieren.
Herr Klestil-Löffler beim Gratulieren.
Helmut Zilk beim Illuminieren.
Jeannine Schiller beim Dekolletieren.
Vera Russwurm beim Papst.
Reinhard Gerer beim Filetieren.
Sonja Kirchberger beim Penetrieren.
Pirchner & Götzinger beim Dilettieren.
Elmar Oberhauser beim Herumstolzieren.
Ottfried Fischer beim Frühstücksinhalieren.
Hannes Kartnig beim Schwadronieren.
Alfons Haider als Dagmar Koller.
Dagmar Koller als Dagmar Koller.

Lieber Dodi als Trottel

Die Ereignisse im Lande zeigen: Unter Österreichs Politikern herrscht große Uneinigkeit im Gebrauch österreichischen Schimpfwörtergutes. Es wurde zwar um *Hump* und *Dump* erweitert, aber das heißt noch nichts.

Wenn zum Beispiel einer den Nachweis für die Harmlosigkeit von *Lump* bzw. *Lumpi* erbringen will, dann muß dabei bedacht werden, daß auch die Frau eines bekannten Baumeisters ihren Mann *Lumpi* nennt. Und der wollte immerhin einmal Bundespräsident werden. Daran sehen wir schon, wie schwierig alles ist.

Ein anderer Politiker hat anläßlich von *Lumpi* in einer *ZiB 3* zum Vergleich das Wort *Depperl* erläutert, das ihmzufolge zwischen Herabwürdigung und Liebeserklärung pendelt.

Allein aus *Lumpi* und *Depperl* ist zu erkennen, daß für unsere Politiker in zärtlichen Verkleinerungen von Grundwörtern die große Chance auf nachsichtige Beurteilung liegt. Nichts ist österreichischer als das Diminutiv.

Herr Minister, Sie sind ein ganz schönes Dodi klingt einfach freundlicher als mit *Trottel* am Schluß.

Am besten wäre überhaupt, ein Verbalinjurien-Ausschuß des Parlaments befasste sich mit dem Problem, was günstigstenfalls mit *Leitlinien für die herzige Abqualifizierung – alles von Arscherl bis Zumpfi* enden könnte. Die Zeiten, als ein österreichischer Außenminister den weißrussischen Präsidenten im kleinen Kreis als *Kümmeltürken* bezeichnet haben soll, sind ja längst vorbei. Von der *richtigen Sau* für einen Bankpräsidenten wollen wir erst gar nicht mehr reden.

Im konkreten Fall bleibt trotzdem die Frage offen, ob alle Beteiligten mit Hofburg-Lumpi gut leben können.

Kundendienstliches

Am Bahnhof Payerbach-Reichenau fragte ein farbiger Tourist den Fahrdienstleiter höflich: *»Do you speak English?«* Dieser atwortete selbstsicher: *»Mir san in Österreich, mir red'n Deitsch!«* Dann lachte er noch ein bißchen – und ging. – Aus dem Vorfall läßt sich die erfreuliche Schlußfolgerung ziehen, daß der ÖBB-Mann Englisch zumindest versteht. Die Direktion sollte ihn wohlwollend im Auge behalten.

*

Wie schön kann es sein, wenn man auf echten Kundendienst stößt, also auf einen, der für jeden Alltagsdodel hilfreich ist! Wie z. B. auf der Homepage des Verkehrsverbundes Niederösterreich/ Burgenland. Unter *www.vvnb.at* findet sich bei Tarifermäßigung auch diese Information: *Kinder und Hunde zahlen bei Einzelkarten nur die Hälfte. Ein Kind ist, wer unter 15 ist, ein Hund ist, wer bellt.* – Danke.

*

Das Institut Humboldt schrieb zwei Wiener – *Herrn Magister Gerhard R.* und *Herrn Doktor Christian L.* – direkt an, und empfahl: *Holen Sie jetzt Ihre Matura nach!* – Beide verzichteten, weil ihnen ihr akademischer Grad genügt. Man muß ja wirklich nicht alles haben.

*

In einem Billa-Werbeprospekt schreibt die beliebte Fernsehmoderatorin Vera R.: *»Auf den Fleischtassen stehen Name und Adresse des Bauern, von dem das Fleisch stammt.«* – Von welchem Körperteil, wird allerdings nicht angeführt.

*

Die Werbung ist immer voller Überraschungen. *Hofer* bietet das *Damen-Schwangerschaftsshirt* sowie die *Damen-Schwangerschaftshose* an. – Das ist zwar schön und gut, aber vielleicht doch ein Fall für die Gleichbehandlungskommission der Bundesregierung.

*

Der kleine Eisenbahndialog (im Bahnhofsgebäude Baden bei Wien). Frau: *»Ich möcht' gern einen Teilfahrplan von der Steiermark und Kärnten ...«* ÖBB-Mann: *»Hammaned!«* Frau: *»Wo könnte ich denn einen kriegen?«* ÖBB-Mann: *»Ja, da miassen S' scho in die Steiermark oder nach Kärnten fahren!«*

Verhinderungs-Gen

Oft ist es ja so, daß der Bürger nicht ganz genau oder gar nicht durchschaut, was sich die Vordenker denken. In gewissen Bereichen sind aber zumindest die Motive zu erahnen.

Für eine alte Theorie von mir liegt zwar nach wie vor kein wissenschaftlicher Beweis auf dem Tisch, aber ich glaube dennoch an sie: In vielen Österreichern sitzt das *Verhinderungs-Gen.* Und zwar in Verbindung mit dem beliebten *Des-war-immer-so-und-des-wird-immer-so-sein-Gen* sowie dem *Schwermacher-Gen.* Diesem verdanken wir vor allem, daß vieles komplizierter ist als es sein müßte.

Die jahrzehntelange Arbeit von Ausheckern aller Art ist der Beweis für diese Theorie. Man darf ja nicht vergessen, daß für viele Aushecker ohne ständige Ausheckungen ihre Existenz auf dem Spiel stünde.

In der Publikation *AK-Panorama* erschien ein Beitrag, in dem berichtet wird, daß der Bundesarbeitskammer ein Antrag auf Ausnahme von der Sonntagsruhe für Friseure zur Stellungnahme vorgelegt wurde.

Das Ergebnis der Stellungnahme findet sich in diesem schönen Satz: *»Die BKA spricht sich nachdrücklich gegen den Antrag aus und weist darauf hin, daß die Stattgebung dieses Antrags vermutlich ein lawinenartiges Aufkommen ähnlich gelagerter Anträge zu Dienstleistungstätigkeiten, die für Touristen bzw. allgemeine Kundenkreise Annehmlichkeiten darstellen könnten, zur Folge hätten.«*

Eine drohende Annehmlichkeit für allgemeine Kundenkreise konnte also noch einmal verhindert werden. Wieder ein Mosaiksteinchen für die österreichische Gen-Forschung.

Wödmasta

Es gibt einige Österreicher, die sind so bekannt, daß man ihre Namen gar nicht mehr nennen muß. Synonym genügt. Einer von ihnen ist der Baumeister.

Der Baumeister ist ein Weltmeister im Vorkommen, weil diejenigen, die ihn ständig vorkommen lassen, das Grundmaß für die Beurteilung von Mittelmaß verloren haben. Und so wurde aus dem Baumeister das vielleicht lustigste Beispiel für den medialen Teufelskreis, Abteilung Flügelschlagen, Krähen und Gackern. Bei ihm weiß man ja zuletzt auch nie, was zuerst da war, die Henne oder das Ei.

Seine Glanzzeit hat der Baumeister im Fasching – wenn er sich in den Rigips-Danilo verwandelt und zwecks Selbstaufputz und Firmenmarketing abgetakelte Berühmtheiten anmietet. Es gibt keinerlei Beweise für einen Verdacht, wonach ein ganzes Volk monatelang der Frage entgegenfiebert *»Wen wird sich der Baumeister heuer kaufen?«* Es gibt hingegen viele Beweise dafür, daß eine kleine Gruppe jenseits des Baumeisterstandes für die Aufrechterhaltung eines nicht bestehenden Verdachtes sorgt. Und der Gruppenführer ist natürlich der Baumeister selbst.

Aber wenn es einem Society-Flaneur gelingt, seine Geltungssucht den berufsmäßigen Parkettbeobachtern dermaßen aufs Aug zu drücken, dann muß man den Zylinder vor ihm zumindest lüpfen. Denn verschwände er im Jänner in einer Bauhöhle und kröche erst im März wieder hervor, würde uns die veröffentlichte Verblüffung darüber tagelang belästigen.

Wer aus nichts so viel machen kann, ist eben das, was er selber *Adabei-Wödmasta* nennen würde.

Superlativ-Truppe

Jänner 2001. – Bei einem Ereignis wie dem Hahnenkammrennen gehört mein ganzes Mitgefühl der Superlativ-Truppe des ORF, wobei sich Superlativ nicht auf die Truppe bezieht, sondern auf den Superlativ an sich, inklusive Schmuckwörter, die sich bei Bedarf jederzeit steigern lassen.

Spätestens ab Wochenmitte vor dem großen Ereignis wissen wir, was auf uns zukommt. Denn da schon mußte die arme »*Wie schaut's aus?*«-Zielraum-Reporterin so oft beim Unglaublichen Zuflucht suchen, daß begreiflich wurde, wie schwierig dieser Beruf ist.

Die Mikrofonhalter vermitteln uns schon seit vielen Jahren Kitzbühels Unübertrefflichkeit, das Einzigartige an ihm, das Hinreissende, das Grandiose schlechthin. Und so wird der Topf des Bewunderungsvokabulars immer leerer, und die Erkenntnis, daß die Aufgeregtheits-Skala nicht nach oben offen ist, immer deutlicher spürbar. Eine fatale Situation. Und es naht die Weltmeisterschaft in St. Anton! Vielleicht läßt sich der allseits beliebte Ehrentribünen-Sitzer Elmar Oberhauser etwas für seine Superlativ-Truppe einfallen. Zum Beispiel eine 4. Steigerungsstufe. Elmo war ja immerhin früher Lehrer.

Ja, die Sprache ist ein tückisches Luder. Sie ist zwar da, aber für viele nicht zu erwischen. So einfach ist es ja auch wieder nicht, was der Philosoph Schopenhauer forderte: »*Man brauche gewöhnliche Worte und sage ungewöhnliche Dinge.*«

Die Wirklichkeit ist anders. Wenn Reportern die gewöhnlichen Worte fehlen, beschreiben sie das, was an ungewöhnlichen Dingen rund um sie vorgeht, mit »*Es ist unbeschreiblich!*« Wetten, daß?

Das Einzelschicksal

Manchmal ist es gut, sich mit dem österreichischen Einzelschicksal zu befassen. Zum Beispiel mit dem österreichischen Durchnittsalkoholiker während des Hahnenkammrennens. Wie viele andere auch begab sich ein unbekannter Saufbruder nach Kitzbühel, wo es für ihn alsbald einen Anlaß zur Zuschüttung mit hochprozentigen Getränken gegeben haben muß.

Was dann geschah, werden ihm vielleicht seine Freunde eines Tages erzählen. Sie schleppten ihn jedenfalls direkt von der Piste in ein Wirtshaus, und gaben ihn – Not macht bekanntlich erfinderisch – vorsorglich in der Garderobe ab. Dort lag er am Boden, zugedeckt von wärmenden Mänteln, während sich die anderen gemäß den Gesetzen des Faustrechts erfolgreich einen Tisch erkämpften.

Aber dem armen Saufbruder wurde es nach einer halben Stunde zu eng an seinem Platz. Also krabbelte er Richtung Eingangstür, wo er erneut liegen blieb. Das störte zum Glück weder das Wirtshauspersonal noch die anderen Gäste. Nach geraumer Zeit erschienen zwei Sanitäter, denen jedoch von den Saufbruder-Freunden bedeutet wurde, den Saufbruder besser liegenzulassen. Er schliefe ja nur seinen Rausch aus. Dabei ging auch ein bissel was in die Hose – so was kommt halt vor.

Während seiner Ruhezeit wurde der Saufbruder zum beliebtesten Foto-Objekt des Lokals, aber auch davon wird er letztlich nichts haben. Welche Erinnerungen wird er überhaupt nach Hause mitgenommen haben?

Interessanter ist jedoch die Frage: War er womöglich gar kein Kitzbüheler Einzelschicksal? Der Verdacht hiefür liegt nahe.

Der Tiervergleich

Tiere unterscheiden sich von Menschen unter anderem dadurch, daß sie nicht fernsehen und keine Zeitungen lesen. Ein Segen für sie.

Volksmündliche Begriffe wie *blöde Kuh* oder *armes Schwein* haben eine völlig neue Bedeutung erlangt, und fast wehmütig denken wir an harmlose Zeiten zurück, als der heutige Bundeskanzler mit dem umstrittenen Vergleich *richtige Sau* für Schlagzeilen sorgte. (Vielleicht hat er damals ein Schweigegelübde abgelegt, wofür es jetzt immerhin Beweise gäbe.)

Im *KURIER* habe ich die Schlagzeile *Arznei-Schweinerei* gelesen, und bei einer öffentlichen Diskussion hat der Landwirtschaftsminister das, was derzeit hinsichtlich Futtermittel auf dem Land vorgeht, grundsätzlich als *Schweinerei* bezeichnet. Das ist ein Wort, das unter anderem für etwas moralisch Verwerfliches steht, ohne daß die Schweine selbst etwas damit zu tun haben. In der gegenwärtigen Situation ist es eine Art Doppelschlag und zugleich eine himmelschreiende Ungerechtigkeit gegenüber dem Schwein an sich. So grauslich sind wir.

Besonders arm dran ist auch das *Schwarze Schaf,* dessen Harmlosigkeit zwar schon im 1. Buch Mose in Frage gestellt wurde, das aber jetzt in geradezu inflationärem Ausmaß dafür herhalten muß, daß es einzelne Menschen gibt, die ihre Artgenossen systematisch vergiften.

Niemand weiß (nicht einmal der Tierschützer von »Vier Pfoten«), was noch an Tiervergleichen und sonstigem Ungemach auf uns zukommt. Sicherheitshalber könnte sich schön langsam der Verein »Zwei Kiemen« konstituieren.

Offiziers-Fauxpas

Die Hüter militärischer Traditionen werden vielleicht grad gemütlich im Offiziers-Casino gesessen sein, als ihnen der ORF in *Seitenblicke* das Ungeheuerliche zeigte: Einen öffentlichen Akt durch den die militärische Hierarchie möglicherweise irreparablen Schaden erlitten hat.

Das Bundesministerium für Landesverteidigung hält jedenfalls etwas fest. Und zwar in einer *Klarstellung* über die *Einhaltung der militärischen Umgangsformen und Verhaltensvorschriften im Umgang der Geschlechter.*

In dem internen Rundschreiben mit der Zahl GZ 35.000/2-3.7/01 steht: *Im Rahmen eines Medienberichtes in den »Seitenblicken« des ORF über eine Veranstaltung eines Militärkommandos konnte von der Bevölkerung und auch von Organen des BMLV festgestellt werden, daß durch einen hochrangigen männlichen Offizier in Uniform einem rangniedrigeren weiblichen Soldaten in Uniform die Hand geküßt wurde.*

Offizier verübt Handkuß! Ich höre förmlich den Entsetzensschrei der Bevölkerung über den Fauxpas, und so ist es verständlich, daß die allerhöchsten militärischen Organe tätig wurden:

Da diese Vorgangsweise eine erlaßwidrige Vermischung der Regeln der militärischen Umgangsformen mit Usancen der zivilen Etikette ist, wird zur Sicherstellung der Einhaltung der militärischen Regeln und der Gleichstellung und Gleichbehandlung männlicher und weiblicher Soldaten klargestellt, daß gemäß VBl. I Nr. 23/2000, Abschnitt III Z 8 im Umgang von Soldaten beiderlei Geschlechts in Uniform sowohl im als auch außer Dienst ausschließlich die militärischen Umgangsformen und Verhaltensvorschriften zur Anwendung zu gelangen haben.

Gut so, jawoll! Küssen ist ohnehin gefährlicher als Salutieren.

Das Interview

In der Fachzeitung *Der Österreichische Journalist* habe ich eine irgendwie lustige Geschichte gelesen.

Nach längerem Antichambrieren habe die *Austria Presseagentur* bei UHBP einen Gesprächstermin erhalten, aber als der Innenpolitik-Mann der *APA* die Hofburg betrat, sei ihm ein fix und fertiges Antworten-Papier des Bundespräsidenten in die Hand gedrückt worden. Dann habe er aber doch noch ein paar Fragen an UHBP stellen dürfen, zum Beispiel über dessen Rolle bei der Sanktionen-Verhängung durch die Regierungschefs der EU-Länder. Allerdings seien die Zusätze später von UHBP nicht autorisiert worden, weswegen das Interview überhaupt nicht erschien. Die *APA* verzichtete freiwillig.

Wenn das nicht irgendwie lustig ist, was dann?

Bitte, es kann sein, daß nun unter Hunderttausenden Österreichern, die ständig nach staatstragenden UHBP-Worten lechzen, eine gewisse Unsicherheit und auch Rätselei aufkommt. Ist es womöglich so, daß sich UHBP schon seit Jahren selbst interviewt? Daß jeweils eine elegante Hofdame in den Zeitungsredaktionen erscheint, das Gespräch von UHBP zu UHBP abliefert, mahnend den Zeigefinger hebt, um sich dann stumm zu entfernen?

Wir wissen es nicht. Aber wenn sich UHBP vor Ablauf seiner Amtszeit rasch noch zum Kaiser von Österreich gekrönt haben wird, spätestens dann setzt auch sonst großes Werden ein. Die Hoheit wird täglich eine Fernsehansprache an sein Volk halten, sie wird es mahnen, es wird ihr die Sorge um ihr Land ins Gesicht geschrieben stehen, und manchmal wird sie auch siegreichen Sportlern gratulieren. Jede Form von Interview wird dadurch überflüssig werden – und alles wird gut.

Ein Weiser über Worttäter

Auch in unserem Land sagt ständig irgendjemand irgendetwas, was ständig zu einem Durcheinander, zu Aufregungen, Richtigstellungen, hin und wieder sogar zu Entschuldigungen führt. Dem Leser Eckart Früh aus Wien verdanke ich das Wissen über einen wunderbaren Gedankengang des chinesischen Philosophen Konfutse.

Konfutse wurde einmal gefragt, womit er beginnen würde, wenn er ein Land zu verwalten hätte. Und er sagte: *»Ich würde damit beginnen den Sprachgebrauch zu verbessern.«*

Das verblüffte die Fragenden, und so setzte Konfutse fort:

»Wenn die Sprache nicht stimmt, so ist das, was gesagt ist, nicht das, was gemeint ist; ist das, was gesagt wird, nicht das, was gemeint ist, so kommen die Werke nicht zustande; kommen die Werke nicht zustande, so gedeihen Moral und Kunst nicht; gedeihen Moral und Kunst nicht, so trifft die Justiz nicht; trifft die Justiz nicht, so weiß die Nation nicht, wohin Hand und Fuß setzen. Also dulde man keine Willkürlichkeit in den Worten. Das ist es, worauf alles ankommt.«

Die meisten unserer politischen Dauersager sagen nicht, was sie meinen. Weil sie es nicht können oder weil sie es nicht wollen. Andere wiederum üben sich täglich im Gebrauch dieser Willkürlichkeit in den Worten.

Von den daraus entstehenden Folgen leben aber wenigstens die Journalisten recht gut.

*

Irgendwann gibt es für sie auf alles eine Antwort, zum Beispiel auf die Frage, was genau unter geschliffene Sprache zu verstehen ist. Peter Westenthaler, von dem man nie genau weiß, ob er weiß, was er sagt, sagt (im *Falter*): *»Der Peter Westenthaler wird immer eine pointiert geschliffene Sprache aus dem Bauch heraus haben.«* – Demnach passiert geschliffene Sprache unter Umgehung des Hirns. Interessant. Es kann aber auch sein, daß das ein völliger Blödsinn ist.

Musik & Kochen

In der Faschingszeit serviert das Fernsehen seinen Kunden seit jeher ein Billigmenü österreichischen Humors, da kann es nicht schaden, sich aus Gründen der Erholung einmal mit den ernsten Künsten zu befassen. Zum Beispiel mit der Musik und dem Kochen, zwei sehr nahen Verwandten. Groß ist die Zahl kochender Komponisten, immer größer wird die Zahl der prachtvollen Bücher zum Thema (*»Zu Gast bei Verdi«, »Festmahl für Papageno«, »Die Rezepte der Lady Macbeth«* usw.).

Trotzdem haben es praktizierende Musiker im allgemeinen lieber, wenn sich alles auf ihre Tätigkeit konzentriert. Wenn z. B. Konzertbesucher während des Spiels auf eine andere Kunst, nämlich die Gesprächskunst, vorübergehend verzichten.

Im Großen Musikvereinssaal kam es kürzlich zu einer interessanten Begebenheit. Während eines Philharmonischen bemerkten einige der Ersten Geiger, daß sich zwei in der 1. Reihe sitzende Besucher angeregt unterhielten. Das störte sonst nicht weiter, weil grad eine sehr laute Stelle aus der Tondichtung *Don Juan* von Richard Strauss erklang. Aber tückischerweise endet diese dröhnende Stelle mit einer Generalpause. Eine solche gilt bekanntlich für sämtliche Instrumente, und daher waren in der so plötzlich im Goldenen Saal eingetretenen Stille nur gesprochene Worte aus der 1. Reihe Parkett zu hören. Und die lauteten: *»I mach's gern mit Zwiebel!«*

Da waren die Philharmoniker sehr froh, denn immerhin hatten sich die beiden Herren ganz offensichtlich über ein Kochrezept und nicht über den Villacher Fasching unterhalten. Das wär' ja absurd gewesen, grad so, als hätte auf dem Opernball irgendjemand über Oper geredet.

Die Nasenfalle

Das Schöne an der Enthaltsamkeit ist einerseits ihre Beendigung und andrerseits die Lehre, die man aus ihr zieht. Wenn zum Beispiel jemand Österreich für eine Woche verläßt, keine Zeitungen liest und aufs Fernsehen verzichtet, dann aber gierig einiges nachholt, frischt er wenigstens eine alte Erkenntnis auf.

Zu meinen liebsten Zeilen aus dem Werk Thomas Bernhards zählen diese:

»Wenn mich jemand fragt
wo denn das beste Theater der Welt sei
so antworte ich ja immer Österreich
ich sage Österreich
worauf die Leute immer fragen wo in Österreich
und ich antworte nicht in Österreich Österreich
Österreich selbst ist es
fahren Sie nach Österreich sage ich zu allen Leuten
und Sie kommen in das allererste Theater der Welt«

Im selben Bernhard-Dramolett, das 1986 entstand, gibt es Passagen, die wir auch als Metapher für die große österreichische Journalisten-Falle verstehen können. Man muß lediglich eine Berufsbezeichnung gegen eine andere austauschen:

»Mein ganzes Leben lang habe ich die Leute an der Nase herumgeführt
als einfacher Parteidirektor kann ich ja gar nichts anderes als die Leute an der Nase herumzuführen
Ich zeige den Leuten die lange Nase
und führe sie an der Nase herum
Ich bin ganz glücklich in dem Gedanken
die Leute an der Nase herumzuführen
zu was sonst ist ein Parteidirektor da
als die Leute an der Nase herumzuführen«

Im März 2001 hat der Kärntner Nasenführer wieder geführt – die Fußball-Schiedsrichter-Nasen, und damit die Journalisten-Nasen. Zwar nur öd und primitiv, aber doch. Und beinahe alle sind in die Nasenfalle gegangen. Lustig, nicht? Na ja, vielleicht auch ziemlich merkwürdig.

Jenseitiges

Walter Schiejok, bis 1997 Generalrepräsentant des österreichischen Esoterik-Fernsehens, vormals ORF, drang in einem Interview mit *tv media* in die tiefsten Tiefen des Seins vor: *»Ich weiß, daß mein Leben anders verlaufen wäre, wenn einige Dinge anders passiert wären!«* – Eine verblüffende Erkenntnis, über die jeder gebührend nachdenken sollte.

*

Wie der *KURIER* berichtet, hat eine gewisse Julie Cypher nach künstlicher Befruchtung *»eine dreijährige Tochter und einen einjährigen Sohn zur Welt gebracht.«* – Hoffentlich waren die Geburten möglichst schmerzfrei.

*

Die beliebte Dichterin Marga Swoboda fand wieder einmal ebenso goldene wie goldige Worte. In einem offenen Kolumnenbrief an das in Steiermarks Wäldern untergetauchte Bärenkind fleht sie: *»Mach keinen Quatsch, kleiner Bär, und laß dich bald blicken, bitte. Wir machen uns solche Sorgen.«* – Ich glaube, wenn der kleine Bär wie immer zum Frühstück seine *Krone* liest, wird er vor Rührung weinen. Uns Menschen geht es ja auch nicht viel anders.

*

Die Schauspielerin Sonja Kirchberger enthüllte in *Format* ein ebenso prickelndes wie jenseitiges Geheimnis: *»Ich meine, daß meine Vagina ein intelligentes Wesen ist.«* – Welcher Art Wesen Kirchberger selber ist, wird sich auch noch irgendwann herausstellen. Obwohl man es jetzt schon vermuten darf.

*

Jedes Wort, das der beliebte Mediendoktor Siegfried Meryn irgendwo sagt oder schreibt, verschlinge ich gierig. Weniger aus Gründen der Gesundheitserhaltung, sondern aus Neugier. Ich bebe nämlich dem Tag entgegen, an dem Meryn etwas ankündigt, das sich erdnahe Menschen wahrscheinlich nur schwer vorstellen können: *»Ich werde mich selbst operieren, mich dabei filmen, ein Interview mit mir machen und in Narkose ein Buch schreiben.«*

*

Frau Hildegard Guggi aus Althofen, Kärnten, ist mit der Transsibirischen Eisenbahn zu Karl Moiks China-Stadl gereist. Der *Krone* verriet sie: *»An der Grenze zwischen Rußland und Mongolei haben sie uns die Lokomotive gestohlen.«* – Das ist natürlich unangenehm. Moik nähert man sich wahrscheinlich am besten in Umzügen.

*

Franz Klammer, von Beruf Olympiasieger, ist – sagen die Meinungsforscher – Österreichs größter Volksliebling. In einem *Krone*-Interview läßt ihn die Reporterin zum Thema Streß sagen: *»Ich habe mit den Jahren auch gelernt, ruhig zu sitzen und ein paar Passionen zu legen.«* – Mit der richtigen Geduld wird er dabei womöglich dazu imstande sein, am Kartentisch ein fröhliches Oratorium zu pfeifen.

*

Im Anzeigenteil der *Presse* findet sich dieses Angebot: *»Gruft am Neustifter Friedhof, 1a-Lage, auf Lebensdauer aus privaten Gründen abzugeben.«* – Potentielle Käufer muß nicht interessieren, was nach ihrem Lebensende mit der Gruft passiert, aber es sollte sie nachdenklich stimmen, daß das Inserat unter *Flohmarkt* erschienen ist.

*

Eine kleine Enttäuschung erlebte ein Autofahrer vor dem Bahnhof Wien-Liesing. Im Zuge einer Polizeifahndung wollte ein Beamter dreierlei von ihm wissen: *»Wer san Sie? Wo kommen S' her? Wo fahren Sie hin?«* Autofahrer: *»Fragen wir uns das nicht alle?«* – Da der verdutzte Polizist lediglich mit einem langgezogenen *»Wooos?«* reagierte, wurde eben nichts aus der erhofften Alltagsdiskussion über die zentralen Fragen des Lebens.

*

Die mediale Präsenz des großartigen Tiergarten-Direktors Helmut Pechlaner ist so großartig und unverzichtbar, daß ich mir etwas von ihm wünsche: Er mag – wenn es einmal so weit ist – verfügen, daß man ihn für die Nachwelt ausstopft.

Schamgrenze

In *profil* habe ich einen politischen Kommentar gelesen, dessen Autor eine Veränderung der Schamgrenze des Landes diagnostiziert. Dabei dachte ich daran, daß die Künstler immer unsere besten Lehrer waren, weil ihre Sensibilität dazu geeignet ist, Vorgänge besser zu durchschauen.

Es gibt viele Beispiele für den klaren Blick, eines der besten, die ich kenne, stammt von dem Publizisten und Schriftsteller Sebastian Haffner. Der schrieb im Deutschland der 30er Jahre über einen, der vom Bierkeller aus Karriere machte:

»Es war seltsam zu beobachten, wie sich dies gegenseitig steigerte: die wilde Frechheit, die den unangenehmen kleinen Hetzapostel allmählich zum Dämon wachsen ließ, die Begriffsstutzigkeit seiner Bändiger, die immer erst einen Augenblick zu spät erfaßten, was er eigentlich gerade gesagt oder getan hatte – nämlich, wenn er es durch ein noch tolleres dictum oder eine noch monströsere Tat gerade schon wieder in den Schatten gestellt hatte; und die Hypnose seines Publikums, das dem Zauber des Ekelhaften und dem Rausch des Bösen immer widerstandsloser erlag.«

Es ist faszinierend, was Haffner da aufschrieb – lange bevor sich die Person seines Interesses zu ihrer wahren Grauenhaftigkeit entfaltete.

Nicht, daß ich daran glaubte, in unserem Land ginge heute ein Politiker herum, der ganz genau so ist wie der beschriebene. Aber es schadet nicht, wenn man die Augen offen hält, also darauf achtet, was vorgeht. Es könnte ja sein, daß sich irgendein Maulheld eines Tages mit seinem Maulheldentum alleine nicht mehr zufrieden gibt. Weit jenseits der Schamgrenze.

Abendgespräch

Bevor die Menschen abends vor dem Fernseher einschlafen, erzählen sie gern der Familie von den Mühen des Tages. Sowas hilft bei der inneren Vorbereitung auf den nächsten Arbeitstag.

Ein Gespräch im Hause eines österreichischen Postbus-Chauffeurs. Es zeigt, daß es auch der Busfahrer auf dem Land nicht immer einfach hat.

Er: *»Die Leit' wer'n immer frecher!«*

Sie (schaut *ZiB): »Lauter Vernaderer ...«*

Er: *»I maan ned des G'sindl do, i red von de Fahrgäst'.«*

Sie: *»War was?«*

Er: *»Wos haaßt! I fahr' da auf meiner Route, waaßt es eh, ... Weigelsdorf-Wampersdorf-Pottendorf-Siegersdorf-Landegg ...«*

Sie: *»I waaß es eh!«*

Er: *»No, denk' i ma, es is eh nur a Fahrgast im Bus, da wer' ma Siegersdorf spritzen und von Pottendorf gleich nach Landegg fahren.«*

Sie: *»G'scheit!«*

Er: *»Genau! Aber auf amoi steht der Fahrgast, eh nur so a zwölfjähriges Madl, neben mir und fragt deppert.«*

Sie: *»Wos'n?«*

Er: *»Sie wü nach Siegersdorf, hat's g'sagt, und wieso der Bus heut' anders fahrt, hat's wissen woin. Und i sag': Es besteht kein Bedarf für eine Fahrt nach Siegersdorf!«*

Sie (bewundernd): *»Schön g'sagt, wirklich!«*

Er: *»Aber des war no net ollas! Dann hob i zu dem Frechdachs g'sagt, er soi aussteigen und z' Fuaß geh'n, wäu i jetzt mei Zwanzgminutenpause mach'.«*

Sie: *»Na ja, aber ung'fährlich is des net, wenn so a junges Madl allanich durch die Gegend hatscht.«*

Er: *»Geh, wegen de drei Kilometer. Was soi da scho passieren?«* (Schläft zufrieden ein, bevor noch das Wetter angesagt wird.)

PS: Dialog erfunden, Fakten wahr. Bei der Post in Eisenstadt sagte man der empörten Mutter: *»Wir werden schauen, daß wir das Problem abstellen.«* – Es wäre einen Versuch wert.

Herumreder

So armselig und primitiv kann der meistens sehr gezielt eingesetzte Wortmüll des Landeshauptmannes von Kärnten gar nicht sein, daß er nicht auch seine faszinierenden Seiten hätte. Haiders berüchtigte Rieder Bierdunstiade hat beispielsweise beim Koalitionspartner zum plötzlichen Ausbruch der Staatsmeisterschaft im Herumreden geführt. Sie verlief sehr interessant.

Herumreder gibt es natürlich in allen politischen Parteien zu jeder Zeit, sie begleiten uns ein Leben lang. Das Ziel eines guten Herumreders ist, bei seiner Wortmeldung jede Klarheit zu vermeiden und – eine Herumreder-Todsünde – niemals mit »Ja« oder »Nein« auf eine Frage zu antworten. Wenn ein paar Tage vergangen sind, sich also niemand genau erinnern kann, sagt ein richtiger Herumreder gerne, daß er dies oder das ohnehin schon in aller Deutlichkeit gesagt habe. Selbst wenn dann boshafte Journalisten alte Zitate ausgraben, kann das den Herumreder nicht aushebeln. Er redet dann eben so lange herum, bis niemand mehr weiß, worum es überhaupt geht.

Mitte März 2001 gab es bei der offenen ÖVP-Staatsmeisterschaft im Herumreden leider auch einen Eklat. Franz Fischler wurde disqualifiziert, weil er zu klare Worte zu Haiders *Ariel*-Vergleich fand. Bundespräsident, Kanzler, Innenminister und Außenministerin mußten mit den Ehrenplätzen zufrieden sein, denn gewonnen hat Generalsekretärin Rauch-Kallat-Mensdorff-Pouilly.

Ihre Antwort auf die Frage, ob sie des Rundumschlägers Aussage als antisemitisch empfinde, war der Sieger-Satz: *»Ich empfinde sie insoferne als antisemitisch, als sie von sehr, sehr vielen Menschen als solche empfunden wurde.«*

So was muß einem erst einmal einfallen.

Die Weisen

März 2001. – Oft werfen kleine Randbemerkungen große Rätsel auf. In der Redaktionskonferenz befand eine junge Dame ganz nebenbei, die Mitglieder des soeben ernannten ORF-Weisenrates seien *»leicht überwuzelt.«* Die Reaktionen darauf fielen unterschiedlich aus, zumal sich auch zwei ältere Herren im Raum befanden.

Nicht diskutiert wurde, wie jemand in Österreich Weiser wird; ob profanerweise ein Weiser gar nicht von konfuzianischer Größe sein muß, sondern nur jemand ist, der über Hirn und große Berufserfahrung verfügt; ob es den sagenhaften Weisheitsbrunnen womöglich wirklich gibt, z. B. im Bundeskanzleramt; ob jemand, der Weise ernennt, ein Oberweiser ist; ob die In-die-Welt-Setzung eines Ur-Weisen zum Schöpfungsakt gehörte; ob es nicht eine Gemeinheit gegenüber den ernannten Weisen ist, daß wir den Menschen allgemein *homo sapiens* nennen; und schließlich, wieso in der Mythologie ausgerechnet eine Frau die Göttin der Weisheit ist, wo doch der Weise total männlich besetzt ist.

Sicher ist nur, was die Anthropologen über die geistige Entwicklung des Menschen sagen. Demnach befindet er sich zwar zwischen 35 und 40 auf dem erfinderischen und schöpferischen Höhepunkt, aber das hat nichts mit Weisheit zu tun. Die kommt angeblich viel später über ihn, wenn sie überhaupt kommt.

Für mich persönlich ist die ORF-Weisen-Ernennung eine höchst erfreuliche Sache, weil ein langjähriger Freund (Alfred Payrleitner) unter ihnen ist und ich jetzt reinen Herzens sagen kann: Ich kenne einen lebendigen Weisen aus der Nähe. Mit der Anrede *Fredi* ist es allerdings vorbei. Das verbietet mir der Respekt.

Gefahr am Ohr

In *Extra,* der stets originellen und gescheiten Freitag-Beilage der *Wiener Zeitung,* erschien ein Beitrag über die Geschichte des Telefons, das 2001 jubilierte. Ihm war auch dieses interessante Detail zu entnehmen: Den ersten amerikanischen Telefonbesitzern wurde vor 125 Jahren ärztlich bescheinigt, daß sie früher sterben müßten.

Früher ist natürlich eine äußerst inexakte Angabe, auch deswegen werden wir nie erfahren, was an dieser amerikanischen Voraussage dran war. Aber nur, weil die Menschen unterdessen immer älter werden, dürfen wir die Theorie von der Gesundheitsgefährdung durch Telefonieren nicht ohne weiteres dem Reich des Phantastischen zuordnen.

Einmal davon abgesehen, daß es durch die Erfindung des Telefons nahezu unmöglich geworden ist, sich lästiger Personen zu entziehen, muß leidenschaftslos festgestellt werden: Ein Teil der Weltbevölkerung befindet sich im Stadium des fortschreitenden Telefonierwahnsinns. Man könnte also – jenseits einer möglichen Gesundheitsgefährdung durch die Apparaturen – die Frage aufwerfen: Wie wird das enden? Jetzt schon sind Leute zu beobachten, die ohne Telefon telefonieren, das heißt, sie reden vor sich hin und merken gar nicht, daß ihnen keiner zuhört. In fürchterlichster Konsequenz daraus werden die Telefoniersüchtigen zwar nicht früher sterben, aber ihre letzten Jahre womöglich in geistiger Umnachtung verbringen.

Vielleicht ist aber ohnehin alles ganz harmlos. Und es wird wohl am günstigsten sein, bei etwas zu verharren, was man ganz nüchtern so sehen könnte: Die Menschen haben einander nichts mehr zu sagen – und das tun sie halt jetzt über Handy. Schon der erste per Telefon übertragene Satz war übrigens so schwachsinnig, daß deshalb gleich die ganze Erfindung in Frage gestellt wurde. Er lautete: *»Pferde essen keinen Gurkensalat!«* Wie es aussieht, beginnt sich der Kreis zu schließen.

Pröll und die Glatze

Es sagte der Landeshauptmann von Niederösterreich in einem Fernseh-Interview: *»Der Hut hat bei mir dann Saison, wenn's ungefähr zwischen minus 20 und minus 30 Grad an Temperatur gibt!«*

Oha! Das ist – besonders wie im Pröllschen Vollglatzenfall – nicht ungefährlich, zumal ja der Kopf die meiste Körperwärme abgibt. Es kann zum Erfrieren kommen, dessen 1. Stadium sich durch Verwirrtheit bemerkbar macht. Aber Erwin Pröll wird das Landeshauptmannhaupt schon nicht überfordern, daran glaube ich fest. Pröll weiter zum Thema Huttragen: *»Ansonsten trage ich voll stolz meine Frisur, die ist mittlerweile zum Markenzeichen in Niederösterreich geworden. Nämlich die offizielle Landesfrisur.«*

Daraus dürfen wir schließen, daß Niederösterreich offenbar das einzige Bundesland mit einer offiziellen Landesfrisur ist. Unbekannt ist allerdings die Zahl der Niederösterreicher, die aus Landesräson Glatze tragen. Über Niederösterreicherinnen hat Pröll nichts gesagt. Viel wichtiger ist aber das Markenzeichen.

Bei der Lektüre von Manfred Greisingers interessantem Buch *»Ihr ICH als unverwechselbare Marke«* habe ich auch gelernt: Die Namen von Markenpersönlichkeiten lösen sofort Bilder in uns aus. Also zum Beispiel: Wir hören den Namen Pröll, und denken sofort an seine Glatze. Umgekehrt ist es viel schwieriger: Wir sehen eine Glatze, und denken nicht automatisch an Pröll. Noch nicht.

Aber grad das wird vielleicht ein Grund sein, warum er erst bei nahezu arktischen Temperaturen einen Hut aufsetzt.

Die Mächtigen

In diesen Tagen gibt es wenig zu lachen, man kann sich bestenfalls über manche Ereignisse freuen, und das ist immerhin auch ganz schön. Auffallend ist zum Beispiel, daß die *kleinen Leute* dem Politikermund so gut wie nicht mehr entschlüpfen, sie werden jetzt durch *Menschen* ersetzt. Dabei sind die Menschen sehr oft gerne kleine Leute, dann vor allem, wenn die angeblich großen wanken.

Das Schlimmste, was man den Mächtigen antun kann, ist natürlich, ihnen die Macht zu nehmen. Und oft ist es so, daß sie die Zeichen dafür gar nicht bemerken, denn der böse Bruder der Macht heißt Realitätsverlust. Aber die Mächtigen schätzen es auch nicht, wenn ihre Machtrezepte von den scheinbar Ohnmächtigen durchschaut werden. Das macht sie verletzlich und logischerweise gefährlicher, als sie es ohnehin schon sind.

In seinem Bestseller *»Power – Die 48 Gesetze der Macht«* nennt der amerikanische Autor Robert Greene als Beispiel auch dieses: *»Erschlage den Hirten, und die Schafe zerstreuen sich«.*

Entkleidet man das Bild seiner Gewalt, bleibt immer noch genug Wahrheit übrig. Genaugenommen sogar eine doppelte. Denn bevor noch der Mächtige zu dem ihm zwecks Erhaltung seiner Macht nützlichen Vernichtungsschlag ausholt, könnte er selbst unversehens in die Rolle des Hirten geraten. Und weg ist die Macht – samt denen, die ihr blind vertrauten und nun orientierungslos umherirren.

Das Unangenehme für die kleinen Leute, also die Menschen, ist dabei nur das Macht-Naturgesetz: Geht einer, kommt ein anderer. Aber manchmal ist man halt wenigstens kurzzeitig froh, wenn's den Richtigen erwischt.

Es koffert

Die Entwicklung der Sprache ist oft überraschend. Im günstigsten Fall wird das Sprachgut des Volkes ganz nach oben gespült, also dorthin, wo die Köpfe der Republik unter der Vorwand des Staatstragenden ihre eigenen Interessen verfolgen.

Für jemanden wie mich, der sich seit vielen Jahren zum Beispiel mit dem Werden von *Koffer* als Schimpfwort beschäftigt, kann es überhaupt nichts Großartigeres geben als das, was jetzt, im Frühjahr 2001, passiert ist: Erwachsene Menschen sitzen in einem Fernsehstudio, streiten über die *Koffer*-Urheberschaft im politischen Bereich, und eine halbe Million Österreicher schauen dabei zu.

Zwar gibt es erst zwei nachgewiesene *Koffer*-Wortmeldungen, aber das ist auch was. Zuerst ist der Wiener Bürgermeister einem ziemlichen Irrtum erlegen, indem er im Wahlkampf 1999 allgemein sagte: *»Wir sind die lustigere Partei, wenn ich mir die anderen mieselsüchtigen Koffer anschaue.«* Dann, im Februar 2001, bezeichnete der Kärntner Bierzelthauptmann den deutschen Bundeskanzler via Fernsehen ganz konkret als *»Koffer in Berlin«*.

Und nun ist es eben so, daß sich die erwähnten Erwachsenen im Fernsehen mit der elementaren Frage befassen, wer nun der wahre *Koffer*-Gebrauchsschurke ist. Ob der Fiakermichl die Basis für den Pimpfclown schuf, ob der sonst vielleicht gar nicht auf die Berliner *Koffer*-Idee gekommen wäre usw.

Sowas macht Freude, und ich hoffe darauf, daß irgendwann alle *Koffer*-Dämme bersten, daß bis zum Umfallen gekoffert wird. Im Magazin *Format* erschien vor Bundeskanzler Schröders Wien-Besuch bereits der Titel *»Der Koffer kommt!«* Und im Parlament (das Anarchisten schon vor Jahren in *Kofferraum* umbenannten) hat außerdem der SPÖ-Chef dem FPÖ-Sozialminister einen *Erste Hilfe-Koffer* überreicht. Der hat ihn geöffnet und sodann ins Hohe Haus geschwenkt, worauf Mitglieder beider Regierungsparteien vergnügt kreischten und im Chor riefen: *»Koffer leer, Koffer leer …«*

Wem da zu *Koffer* nichts mehr einfällt, dem ist auch nicht zu helfen.

Statistisches

Kaum etwas hat so viel Unterhaltungswert wie das Studium von Statistiken. Allein, was es an Möglichkeiten gibt, mit Prozentpunkten Wahrheiten zu vernebeln, ist schon die pure Hetz.

Bei Wahlergebnissen kommt noch etwas Lustiges hinzu, nämlich die verbale Interpretation von Mandataren oder sonstigen in der Politik beheimateten Mitbürgern. Der eher zynische Definierer Ambrose Bierce notierte über das Stimmrecht: »*Instrument und Symbol für die Macht des freien Mannes, sich zum Narren zu machen und sein Land zu ruinieren.*« Der Ordnung halber sei angemerkt: Als der Schriftsteller das aufschrieb, gab es noch kein Stimmrecht für Frauen.

Wie wir wissen, machen heutzutage immer weniger Bürgerinnen und Bürger von ihrem Stimmrecht Gebrauch, vielleicht sind es lauter Bierce-Leser. Jedenfalls hat nach der Wiener Wahl im März 2001 Kärntens Landeshauptmann indirekt an das Stimmrecht erinnert, indem er Wiens Michael Häupl in einem Hörfunk-Interview zum *Minderheitenbürgermeister* ausrief. Sein Beweis: Nur 31 Prozent der Wiener Stimmberechtigten haben die SPÖ gewählt. Über den recht bescheidenen Erfolg seiner Phantom-Kandidatin sagte er nichts.

Es wäre natürlich jetzt kleinlich, den Karawanken-Statistiker als Minderheitenlandeshauptmann zu bezeichnen, denn folgt man seiner Wiener Recheneinlage, wurde er 1999 selbst nur von 33 Prozent der Kärntner gewählt. Und es wäre noch kleinlicher, hielte man fest: 78,70 Prozent der stimmberechtigten Österreicher haben am 3. Oktober die Partei des Minderheitenkanzlers nicht gewählt. Obwohl es so war.

Zuletzt eine Hättiwari-Statistik: Wären alle Wiener SPÖ-Wähler am Wahlsonntag zu Hause geblieben, hätte die FPÖ 38,07 Prozent erreicht. Ein Bombenerfolg für Jörglene Haiderpablé.

Wortspender

Vor mehr als zehn Jahren sagte der damalige ÖVP-Generalsekretär Helmut Kukacka im Parlament: »*Die SPÖ schmückt ihren brennenden Hut mit fremden Federn.*« Zwar erhielt er für diesen schönen Satz nicht den Literaturstaatspreis, aber er wurde Listenführer in meiner Sammlung »Worte, die wir nie vergessen wollen.«

Sie besteht aus mehreren Kategorien, »Politiker und Volkssprache« führt z. B. seit 1997 Thomas Klestil, früher Erdberg, jetzt Hofburg, an. Und zwar mit dem Satz, den er anläßlich des Besuches von König Baudouin zu einer Salzburger Marktfrau sagte: »*Den Kenich hom s' zu de Wiaschtln umezaht, do kannst nix mochn!*«

Sie sagen ja ständig was, und manchmal lassen sie dabei eben das Herz des Sammlers höher schlagen. Wie die Vizekanzlerin der Republik, die in einem *KURIER*-Interview in ihrer Eigenschaft als Parteiobfrau ihre Landesgruppen indirekt ermahnte: »*Es kann nicht so sein, daß jeder, der mit etwas unzufrieden ist, mich oder den lieben Herrgott um Hilfe anruft.*«

Das zeugt einerseits von einem interessant entwickelten Selbstwertgefühl, andrerseits ist nicht ganz auszuschließen, daß Frau Riess-Passers lieber Herrgott nicht im Himmel, sondern auf festem Boden zu Hause ist. Und daß die Reihenfolge ihrer Anrufer-Aufzählung ein listiges Täuschungsmanöver für die Parteibasis war.

Leider weiß ich nicht, was in den vielen Spendern für meine Sammlung vorgeht. Ob sie zuerst reden und dann denken oder womöglich umgekehrt. Oder ob sie einfach kleinere Irrsinns-Anfälle überkommen.

Aber es ist jedenfalls schön, daß es sie gibt.

Geschäftliches

Unsere friendly AUA schreibt an einen Kunden, der einen Flug von Wien nach Klagenfurt gebucht hat: Wir möchten Sie daran erinnern, daß Sie für Ihr Reiseziel gültige Reisedokumente benötigen. – Danke, sehr freundlich. Sonst bedarf es vorläufig keinerlei Nachweises, wenn man heutzutage nach Kärnten reist.

*

Der kleine österreichische Einkaufsmarkt-Dialog (Baumax Graz, Center West). Frau: *»Entschuldigen Sie, wo finde ich Linoleum?«* Kundenberater: *»Was soll das sein? A Pflanzn oder was?«*

*

In einigen Tageszeitungen erschien diese Annonce: *»GIESSHÜBL, zwei uneinsichtige Terrassenwohnungen, provisionsfrei.«* – Wenigstens der Verkäufer beweist Einsicht, indem er angesichts des Angebotes nicht auch noch Provision verlangt.

*

In einem Zielpunkt-Prospekt läßt man eine Lilli sagen: *»Schmeckt pipifein, der Saft.«* – Wieso das Kind dabei lacht, weiß allerdings niemand.

*

Auf einem Freilandeier-Beipackzettel erzählt der Kärntner Landwirt Adolf Göschl: *»Der Hof liegt auf der Sonnenseite vom Griffnerberg. Die Hennen haben einen schönen Ausblick auf das Jauntal, die Petzen u. 20.000 Quadratmeter Wiese.«* – Ich wollt', ich wär' ein Huhn.

*

In einem Prospekt der Waldviertler Schuhwerkstatt (Modell »Waldviertler Eisbär«) lese ich: *»Beim Kauf eines Waldviertlers erhalten Sie ein Paar Flachs-Socken, die im Waldviertel wachsen, gratis.«* – Hoffentlich sind alle Waldviertler Landwirte mit dem kälteabweisenden Eisbär ausgerüstet – natürlich nur für den Fall, daß die jährliche Flachssockenernte im Winter stattfindet.

*

Per Postwurf bot »Baumax« eine originelle Vatertag-Gabe an: *»Geschenkkiste mit 0,2 l Obstler und ein Beil.«* – Da freut sich wirklich die ganze Familie.

*

Per Postwurf aus einem Inserat der Firma Haas: *»Zahnbürste für Kinder mit schalenförmigem, oszillierend-rotierenden Bürstenkopf.«* – Das ist endlich einmal eine gute Nachricht, denn für die armen Kinder mit Bürstenkopf (der noch dazu oszillierend rotiert) ist ja bisher so gut wie nichts geschehen.

*

Marketing-Fachleute sagen, daß beim Kunden Emotionen geweckt werden müssen, um ihn zum Kauf zu überreden. Folgender Kaufvorschlag des »Sporthotel Bad Kleinkirchheim« weckt z. B. in mir Emotionen. Im Prospekt steht: *»7 Tage Wanderurlaub in unseren Komfortzimmern.«* – Bei einer solchen Zimmerwanderung könnte mir zwar am 5. Tag vielleicht etwas langweilig werden, aber wenn es draußen regnet, freue ich mich dann trockenen Fußes doch wieder.

Fragezeichen

Ohne die Satzzeichen wäre der schreibende Mensch verloren. Nur ganz wenige Literaten verzichten auf sie, was aber oft dazu führt, daß ihre Leser infolge einer gewissen Orientierungslosigkeit die Lektüre abbrechen.

Journalisten tun so etwas nicht, weil sie bald gefeuert würden. Sie baden förmlich in Satzzeichen und ihr wahrscheinlich beliebtestes ist das äußerst praktische Fragezeichen. Wenn der Journalist etwas nicht weiß, setzt er es hinter eine Überschrift, deutet also geheimnisvoll an, etwas könnte so sein, irgendein Fall tritt möglicherweise ein oder ähnliches. Und wenn die Geschichte später krachend umfällt, sich in nichts auflöst, kann ihm niemand vorwerfen, er hätte etwas behauptet.

Neuerdings wird das Fragezeichen immer häufiger als verkaufsförderndes Element herangezogen. Die Fragezeichen-Zentrale befindet sich im *News*-Verlag, seine Knüller aus letzter Zeit lesen sich so: *»Stürzt Kanzler ins Dauertief?«* – *»Wie k. o. ist Haider?«* – *»Wieviel Sex brauchen Sie?«* – *»Überlebt Weis?«* – *»Eine Frau als neue Präsidentin?«*

Jetzt kommt aber noch eine neue Facette hinzu: Die *News*-Nullmeldung mit Fragezeichen. *»Heller ins Rathaus?«*, sprang uns beispielsweise nach der Wiener Wahl zur *ZiB*-Zeit ein TV-Werbespot entgegen. Eine Wahrscheinlichkeit, die im Bereich von *»Löst Kurt Ostbahn Ioan Holender ab?«* liegt.

Im Heft selbst zerlegte Heller die bauernfängerische Fragelüge unbewußt (denn nicht einmal er konnte vorausahnen, was später in der TV-Werbung vorkommen würde) in ihre Bestandteile, aber das interessierte niemanden mehr. Höchstens die für blöd verkauften Käufer, die demnächst wieder kaufen, weil sie glauben, an einer *News*-Titelfrage *»Klestil vor Kaiserkrönung?«* könnte vielleicht doch was dran sein.

Millionenshow

So ungebildet oder einfach blöd kann jemand fast gar nicht sein, daß er bei der ORF-Millionenshow nichts gewinnt. Manchmal empfinden die Zuschauer bei dieser Landesmeisterschaft im Trivialwissen leichtes Unbehagen. Und zwar dann, wenn jemand nach 20 Minuten TV-Auftritt mit ihrem Jahreseinkommen abzieht, nur weil er mit Hilfe des Saalpublikums draufgekommen ist, daß ein Schneller Brüter kein Eierwärmer, sondern ein Atomkraftwerk ist.

Bei der Millionenshow des wirklichen Lebens ist alles anders. Sie läuft seit der Wende in den höchsten politischen Gremien des Landes. Die Kandidaten müssen gar nichts wissen, sondern sie erfahren etwas. Nämlich, daß sie gefeuert sind. Sie werden gleichsam aus den Präsidenten- und Direktorensesseln hinauskatapultiert.

Dabei verlieren sie allerdings nur ihre Macht, denn im Gegenzug erfolgt der Millionensegen. Es sind Beträge, die jenseits der österreichischen Neidgrenze liegen, weil sich die ein durchschnittlicher Verdiener ohnehin nicht vorstellen kann. Und wem im besten Mannesalter an seinem letzten Arbeitstag z. B. 58 Millionen Schilling Abfertigung auf sein Konto überwiesen werden, der muß nicht ganz traurig sein. Er mag sich außerdem nüchtern an Wagners *»Ring«* halten, wo es auch heißt: *»Was du bist, bist du nur durch Verträge.«*

Am großartigsten an der Millionenshow ist die Show selbst: Wenn den Abservierten von den Vollzugsorganen der Abservierer (auch Umfärber genannt) vor laufenden TV-Kameras gesagt wird, daß es keine besseren als sie gibt. Die steinernen Mienen der Wende-Opfer verhelfen auch uns zu Hause zu einem kleinen Gewinn. Es ist nur einer an Lust, aber die ist auch was Schönes.

Bock in Bernstein

Unser Land ist nicht nur voll von Geheimnissen, es steckt auch voller Überraschungen. *»Was soll man schon von einem Land halten, das aussieht wie ein Schnitzel?«* Diese Frage wählte das Magazin der *Süddeutschen* als Titel für ein Themenheft, das ein in Butter herausgebackenes Österreich ziert, aber drunter stand, ganz klein, *»Eine Liebeserklärung an Österreich«*. Sakra, da heißt's aufpassen.

Der Deutsche, insbesondere der Bayer, ist ja oft voller Tücke, wenn es um uns geht. Ein Resümee wie *»Oberösterreich war nicht so prickelnd, aber die Gegend läßt sich leicht umfahren«*, kränkt. Zumindest die Oberösterreicher. Und wenn zwei Journalisten nur deshalb nach Judenburg reisen, um nachzuforschen, ob es dort auch Juden gibt, dann bebt der Zirbitzkogel. Unmerklich, aber doch.

Aber darum geht's hier gar nicht. Die Bayern fielen in unser Mehlspeisparadies ein und steuerten ausgerechnet die Marktgemeinde Bernstein im Bezirk Oberwart an, wo sie in der Konditorei Bock die Topfenschnitte samt Kundendienst testeten.

Das ist insofern bedeutend, als sie nach dem kurzen Aufenthalt im Burgenland auch nach Wien kamen. Und jetzt haben Hunderttausende deutsche Leser erfahren: *»Wir besuchten das Cafe Demel, doch weder Mehlspeisen noch Service können sich mit der Konditorei Bock in Bernstein messen.«*

Das muß man sich erst einmal auf der Zunge zergehen lassen: Bock, bisher unbekannt, versus Demel, weltberühmt. Aber die Folgen könnten ungeheuerlich sein. Scharen von bayerischen Mehlspeis-Tigern fallen in Bernstein ein und sind nie wieder loszuwerden. Nur wegen ein paar Zeilen im SZ-Magazin. Es ist ein gutes Beispiel für journalistische Verantwortungslosigkeit.

Enthüllung

Meistens haben wir nicht die geringste Ahnung, was alles an Merkwürdigkeiten vorgeht im Land, aber manchmal wirft jemand locker ein Informations-Bröckerl hin, über das man zumindest nachdenken kann.

Der frühere Berufsskifahrer Patrick Ortlieb, über dessen politische Ziele nicht sehr viel bekannt ist, fiel eines Tages durch eine eher undelikate Privatangelegenheit im sexuellen Bereich auf. Seither wird diskutiert, ob der alemannische Racker weiterhin ein Vorbild für die Jugend sei, ob es nicht günstiger wäre, gäbe er sein Mandat als Abgeordneter ab.

Jetzt hat der Fremdgänger für die *Presse* etwas enthüllt. Er sagte, wenn die von den Medien hochgespielte Affäre ein Rücktrittsgrund wäre, *»dann wäre das Plenum zu zwei Dritteln leer.«*

Hoppla, das klingt interessant. Was weiß Patrick Ortlieb, was die Wähler nicht wissen? Er ist Insider, kennt sich aus im Hohen Haus, kennt offenbar die Lebensgewohnheiten der anderen Abgeordneten ganz ausgezeichnet. Folgt man seiner Rechnung (und klammert die 51 weiblichen Abgeordneten großzügig aus), bleiben 44 (das saubere Drittel) von 132 Männern übrig, die reinen Gewissens im Plenum sitzen dürfen.

Das ist nicht viel, aber wir dürfen wahrscheinlich beim Parlament trotzdem nicht von einer Brutstätte des Lustmolchwesens oder überhaupt gleich von einer Sumpfwiese der Unmoral reden. Obwohl: Die Vorstellung hat etwas Prickelndes.

Es könnte natürlich auch sein, daß der Nachtschwärmer aus Lech Blech geredet hat. Also in Wahrheit ahnungslos ist wie wir. Aber selbst das wäre erregend. Zumindest für die zwei Drittel.

Hinter den Bergen

Mai 2001. – Schon wieder ist ein bösartiger französischer Politiker auf uns losgegangen, was zur Folge hatte, daß einer unserer Politiker sagte, es sei eine Frechheit, Österreich als skurrilen Zwergstaat hinter den Bergen darzustellen.

Sollen unsere Feinde doch sagen, was sie wollen. Wir wissen ohnehin besser, wozu wir fähig sind. In der *Presse* habe ich zum Beispiel die großartige Schlagzeile *»Österreich erobert China«* gelesen. Dieser Feldzug hat aber nicht zur Verschleppung von Milliarden Chinesen in die Sklaverei geführt, sondern unter anderem dazu, daß der chinesische Staatschef dem Eroberer aus der Hofburg »Die Liebe ist eine Himmelsmacht« vorgesungen hat.

Vielleicht überlegen es sich die Amerikaner nun aus Angst vor einer ähnlichen Heimsuchung doch noch einmal. Die *Krone* hat ja weltexklusiv enthüllt: *»Neue Kampagne in USA gegen Österreich rollt an.«* Wenn Wien-Kurzgast Bill Clinton wieder zu Hause ist, wird er denen an der Ostküste schon erzählen, daß Österreich weder ein gefährlicher noch ein skurriler Zwergstaat ist.

Nein, wir sind einfach nur lieb und harmlos wie auch folgende Zeitungsmeldungen beweisen: »Ein E-Mail von der Urli-Oma« *(Standard),* »Erstes österreichisches Teddybär-Krankenhaus« *(Salzburger Nachrichten),* »In der Wohnung auf Heu schlafen« *(Kurier),* »Mittelalter ohne Cola und Pommes frites« *(Kleine Zeitung)* »Freunde bringen, vom Donauturm springen!« *(Krone)* usw.

Was die *Krone* mit ihrem *Bauernmanifest* kann, sollte die Bundesregierung auch können – wir warten auf die Herausgabe eines *Österreich-Manifests* mit all unseren exotischen Eigenheiten, das dann an alle Türen der Welt genagelt wird. Die wird sich noch wundern, was hinter den Bergen alles geschieht.

Der Rückblick

Mit Bedauern ist festzustellen: Gerichtsverhandlungen Künstler gegen Künstler nehmen nicht nur dramatisch ab, sondern sie bewegen sich meist im uninteressanten Raum. Was bleibt, ist nur eine glorreiche Vergangenheit. Heute wäre unvorstellbar, daß ein Zeuge wie einst der große Raoul Aslan auftritt, der in den Gerichtssaal donnerte, jemand, der sich mit geschriebenen Worten an einem Burgschauspieler vergehe, gehöre des Landes verwiesen. Die Zuhörer im Saal hatten damals stürmisch applaudiert, aber auch empörte Zwischenrufe waren zu vernehmen gewesen.

Dieser Tage trat das prächtig gelaunte Geburtstagskind Günther Schneider-Siemssen, 75, vor eine *Seitenblicke*-Kamera und erzählte eine Heldentat: Wie er, der frühere Lieblingsbühnenbildner Herbert von Karajans, vor der Eden-Bar zu Wien den Poeten André Heller *»mit einem Kinnhaken in den Schnee schickte«*, nachdem ihn dieser *»Steuergeldverschwender«* genannt hatte.

Historisch gesehen ist diese Darstellung nicht ganz korrekt. Das ist verständlich, es sind ja seither immerhin über 30 Jahre vergangen. Beim damaligen gerichtlichen Nachspiel wurde jedenfalls aktenkundig, was Heller wirklich gesagt hatte: *»Sie sind der Untergang des deutschsprachigen Theaters, Sie karajanische Basteltante, Sie unqualifizierter Steuergeldverschwender, Sie Kulturschädling.«*

Das reichte, um aus der Eden geworfen zu werden, Schneider-Siemssen eilte Heller nach und gab ihm eine schallende Ohrfeige.

Aber alles wurde gut, und es wäre kein Wunder, schwebte Heller plötzlich vom Himmel, um vor Schneider-Siemssen ein selbstverfaßtes Geburtstagspoem aufzusagen.

Zurückstörung

Nirgendwo ist das Studium der Leute so ergiebig wie in der Enge einer Liftkabine. Man trifft ja die unterschiedlichsten Typen. Anstarrer und Wegschauer, Schweiger und Schwätzer, Leser, Wetteranalysierer, Witzeerzähler usw. Nur Wandbeschmierer habe ich noch keinen beobachtet, von ihm kennen wir nur die Hinterlassenschaft.

Jetzt habe ich im *KURIER*-Lift etwas Interessantes erlebt. Es begann damit, daß ein Kollege in sein Handy brüllte. Vielleicht war die Verbindung schlecht, vielleicht war es aber nur der Normalfall. Handyphonierende Menschen brüllen nämlich so gut wie immer.

Da geschah das Ungewöhnliche: Ein anderer Liftbenützer, offenbar ein Steirer, stimmte plötzlich den Erzherzog Johann-Jodler an. Er sang inbrünstig und falsch, aber dafür sehr laut. Sofort unterbrach der Handymann sein Gespräch und sagte: *»Kannst du bitte mit dem Gegröle aufhören, ich verstehe kein Wort mehr!«* Und der Sänger antwortete freundlich: *»Nein, so lange du telefonierst, so lange singe ich!«*

Jodelnd stieg er aus und ging anscheinend recht zufrieden seiner Wege.

Ich war begeistert, denn irgendwie stellte sich das Gefühl ein, die Geburtsstunde der Bewegung *Ich will nicht mehr mithören!* erlebt zu haben. Traum: Es bildet sich eine *Interessensgemeinschaft Zurückstörung (IGZ),* deren Mitglieder all jene Telefonierer stören, die uns fast schon auf Schritt und Tritt durch ihre uninteressanten Mitteilungen an irgendjemanden belästigen. Es heißt zwar, Terror mit Gegenterror zu bekämpfen bringt nur neuen Terror, aber es wäre einen Versuch wert. Selbst wenn es zuletzt in allen Ohren klingelt.

Sechsakter

Im Herbst 1991 war im *Spiegel* über die letzten Momente im Leben des in *»heftiges Schneegestöber«* geratenen Ötzi zu lesen: *»Der Ledermann stellte seine Ausrüstung an eine Felswand und warf sich schutzsuchend auf den Boden. Im Frostdelirium mag er von Auerochsbraten und schönen Schnurkeramikerinnen phantasiert haben. Wenig später war er steif gefroren wie Bananensplit in der Tiefkühltruhe.«*

Na ja, es war nicht so, es war Mord, wie wir seit kurzem wissen. Aber was geschah? Gepriesen sei die Redaktion des Magazins *Format,* die im August 2001 in einem sechsaktigen Drama mit Illustration den Spiegel von 1991 gleichsam hinwegfegte.

1. Akt: »Die Flucht«. Ötzi, der vor 5300 Jahren noch nicht Ötzi hieß, *»flieht durch die Wälder«*. Warum, weiß *Format* derzeit noch nicht, hingegen dieses schon: *»Es ist ruhig. Plötzlich hört er ein Knacken; er blickt erschrocken zurück. War da was?«*

O ja, denn kurz danach *»spannt sein Verfolger den Bogen«*, es erfolgt »Der Schuß« (Titel von Akt 2). *»Das Geschoß aus Holz, Feuerstein und Vogelfedern fliegt auf ihn zu. Zu spät hört er das Sirren.«*

In den Akten 3 (»Getroffen«), 4 (»Panik«) und 5 (»Das Ende naht«) haben die *Format*-Detektive ganze Arbeit geleistet. Von *»Der Mann schreit auf«* über *»Er weiß nicht, wohin«* bis *»Die Berge glühen in der Abendsonne«* liefern sie ergreifende Recherche-Ergebnisse.

Erst Akt 6 (»Der Tod«) deckt sich halbwegs mit dem *Spiegel*. *»Sein Puls wird schwächer, er spürt die Kälte kaum noch. Dann schläft er ein. Es beginnt zu schneien.«*

Der Ordnung halber wäre noch zu erwähnen: Das *Format*-Drama erschien unter *Wissenschaft*.

Millionenhöhe

Das Volk will alles wissen, was für die Journalisten günstig ist, weil es deren Existenz sichert. Im Falle von Katastrophen wie Großbrand, Hauseinsturz, Zugunglück, Murenabgang u. ä. gehört zu den wichtigsten Fragen offenbar diese: Was wird das schon wieder kosten?

Sie wird unterschiedlich beantwortet, es hängt wahrscheinlich von der Qualität des Schadenshöhebekanntgebers ab. Ihn, so vermute ich, muß es überall geben, wo etwas passiert ist, denn woher sonst sollten die Berichterstatter die von ihnen weiter gereichten Millionenangaben sonst nehmen?

Versagt der Schadenshöhebekanntgeber, müssen sich die bedauernswerten Reporter ihren Finalsatz selber zusammenreimen. Die Faustregel lautet ja: Kein ordentlicher Katatstrophenbericht ohne den abschließenden Hinweis aufs Geld.

In der Nacht, als der Ruster Schilfgürtel lichterloh brannte, meldete die *ZiB 3: »Der Schaden geht in die Millionen.«* Es handelt sich hiebei um den klassischen Stehsatz der Marke *»Wien versinkt im Schnee.«*

In den Ö3-Nachrichten in der Früh griff man dann zum ebenfalls sehr beliebten *»Das genaue Ausmaß des Schadens steht noch nicht fest.«* Ein paar Minuten später wurde Ö1 wieder ein bißchen konkreter: *»Der Sachschaden erreicht Millionenhöhe.«*

Nur wenn ganz konkrete Beträge auftauchen, (sehr beliebt: 100 Millionen) können wir sicher sein: Der Schadenshöhebekanntgeber hat tadellos gearbeitet. Wie er das in der Schnelligkeit macht, ist sein Geheimnis. Und bebend warten wir auf eine Meisterleistung – daß es irgendwann nach einem Sägewerksbrand heißen wird: *»Der Schaden beträgt 48,76 Millionen.«*

Tadel und Lob

Leser Philipp W. schreibt mir in einem Leserbrief (E-Mail) auch dieses: *»Als täglicher Kurier Leser muß ich Ihnen mitteilen, daß Sie, Herr Hufnagl, es täglich aufs neue schaffen, langjährige Leser zu anderen qualifizierten Tageszeitungen zu treiben.«*

Diese Einschätzung, deren Richtigkeit ich selber leider nicht seriös überprüfen kann, bedauere ich, denn nichts haben Journalisten lieber, als jene Leserbriefe, deren Verfasser ihre Zuneigung zu Blatt und Autoren artikulieren. Das schafft ja die berühmte Leser-Blatt-Bindung.

So werden sich z. B. die Kollegen von der *Krone* sehr gefreut haben, als die Leserin Renate M., Wien, in einem jetzt abgedruckten Brief erwähnte, selbst einzelne Feinde der *Krone* müßten bekennen, *»daß sie etwas Einmaliges ist«*. Zum Beweis zitierte die Leserin die *»extrem links stehende«* Journalistin Barbara Coudenhove-Kalergi, die im *»auch ganz links stehenden ›Standard‹«* geschrieben hat: *»Wer vom Zeitungsland – oder Nicht-Zeitungsland Österreich spricht, kommt am Phänomen Kronen Zeitung nicht vorbei. Diese Zeitung hat in den letzten Jahren das Land geprägt wie kein anderes, sie ist für Hunderttausende das wichtigste, wenn nicht das einzige Orientierungsmittel.«*

Hier endet der Leserbrief an die Krone, was schade ist, weil es im Coudenhoves Standard-Text noch weiter gegangen war:

»... Orientierungsmittel. Millionen haben seinerzeit, nur ein Beispiel, das Horrorfoto von Marcus Omofuma gesehen, über die ganze Titelseite vergrößert, mit der Unterschrift ›So tobte der Schwarzafrikaner‹. Dafür haben in den folgenden Wochen viele Afrikaner schwer bezahlt.«

Na hallo, so was läßt man nicht erscheinen. Böser *Standard!*

Phänomenales

Manchmal passieren unglaubliche Dinge, und man freut sich, Zeitzeuge sein zu dürfen. Mit Spannung habe ich in der *Ganzen Woche* in einem Interview mit Reinhold Messner gelesen: *»Ich werde im Herbst von Sibirien quer über den Nordpol nach Kanada wandern. Neu ist, daß wir diesmal nicht über Land, sondern über Wasser gehen.«* – Hier stockte ich beglückt, weil mir klar wurde, daß die Welt ein ewiger Kreislauf ist. So alle 2000 Jahre ereignen sich gewisse Phänomene. Atemlos las ich weiter: *»Ob es gelingt, hängt davon ab, ob die Eisschicht überall dicht genug ist.«* Da war ich denn doch ein wenig enttäuscht. Trotzdem: Wenn jemand in unserer Zeit eine solche Wanderung ohne Eis schafft, dann kann das nur Reinhold Messner sein. Allenfalls noch André Heller.

*

Bei *tv media,* dem lustigen Organ für die Verleihung von Fernseh-Adelsprädikaten an Alltagserscheinungen, grübeln sie vielleicht schon. Denn Vera, vorm. *Quoten-Queen,* seit der zeitweiligen Ablöse durch *Quoten-Wunderwaffe* Barbara verschleiernd *Talk-Queen* genannt, plant Großes jenseits des Oberflächlichen. Nächtens will sie *mit außergewöhnlichen Menschen, die etwas zu sagen haben, Gedanken über Leben und Tod diskutieren.* Im Fernsehen. Darauf freue ich mich ehrlich, zumal Vera bereits Inhalte weiß: *Woher kommen wir? Wohin gehen wir?* Darin liegt schon eine Prädikatfindungslösung für ihr Zentralorgan: *Urknall-Queen.*

*

Lange fühlte ich, daß mir irgendetwas abgeht, ich wußte nur nicht was. Jetzt weiß ich's aber: *Ikone.* Nachdem die Journalisten des Landes auf der Suche nach angemessener Klassifizierung des Verehrungswürdigen Anfang der 90er Jahre in einen *Ikonen*-Rausch verfallen waren, verschwand die *Ikone* als Synonym allmählich. Schon dachte ich, die *Standard*-Schlagzeile *Die Donau – eine Wasser-Ikone* würde für immer Höhepunkt des österreichischen *Ikonen*-Wesens bleiben, da gelang der Selbstlob-*Ikone* namens *News* (spät aber doch) die Krönung. Mit *Chris Lohner – die Ikone der Wechseljahre.* – Ich glaube, über die geht nichts mehr drüber.

*

Die Ärztekammer Wien zeichnete Journalisten aus. Der Preis für *»Die beste Schlagzeile des Jahres 2000«* ging an einen Kollegen von der *Krone.* Die prämierte Schlagzeile hieß: *»Unsere Ärzte sind die besten«.*

Ein Fels wie ein Mann

Nichts lese ich lieber im *KURIER* als den Fragebogen in der *Freizeit.*

Man dringt zu den letzten Geheimnissen österreichischer Berühmtheiten vor. Diesmal war Gerhard Tötschinger dran, der auf die Frage, wer oder was er im nächsten Leben sein möchte, niederschrieb: *»Der Großglockner.«*

Dazu gibt es nun mindestens zwei Lesarten. Entweder folgte Tötschinger einem inneren Auftrag, denn was ihm peinlich ist, verriet er der *Freizeit* ja auch: *»Unoriginell zu sein – beim Beantworten dieser Fragen.«* Und *»Großglockner«* als Zweitleben-Wunsch ist ohne Zweifel originell.

Oder er sieht im Großglockner einfach das Erhabene, das Majestätische – ganz zu schweigen von dessen Unsterblichkeit bzw. ewiger Anwesenheit, was ja bei einem so schönen Berg beglückend ist. Ein Fels wie ein Mann.

Nun ist es allerdings so, daß Glockner-Tötschinger vielleicht nicht bedacht hat, was er sich da als Versteinerter einhandelt. Gut, eine Gefahr ist gebannt – der Plan eines offenbar verwirrten Künstlers, die Spitze des Glockners mit Blattgold zu belegen, ging nicht auf. Aber sonst?

Ist Tötschinger bewußt, daß an schönen Tagen auf dem Grat zum Gipfel beinahe mehr rotweißkarierte Hemden herumturnen als in Salzburgs Getreidegasse? Also direkt auf der Tötschinger-Nase? Daß die Tötschinger-Besteiger allerlei hinterlassen, was einem so eleganten Mann ein Greuel sein muß? Daß sich verrückte Skifahrer in die Tötschinger-Rinnen stürzen? Daß die von ihm abgelassenen Lawinen womöglich Tod und Verderben bringen? Würde das alles der Dame seines Herzens überhaupt recht sein?

Immerhin: Christiane Hörbiger sagte der *Freizeit* vor Jahren, im Sommer wäre sie gerne eine Forelle. Und das würde ja wieder ganz gut passen.

Das Leben ist nur ein Spiel

Vor dem Nationalfeiertag geht es auch im soldatischen Bereich gerne musikalisch zu und ich erinnere mich daran, wie wir Kameraden in der Kaserne Mistelbach das »Südtiroler Heimatlied« üben mußten. Bis endlich ein Jungmann den Ausbildner zur Textzeile *»... wenn auf dem Schlern im Sonnenhang der Gletscherschnee zerfließt«* keck fragte: *»Was, bitte, ist Schlern?«* Der Korporal erging sich in Formeln wie *»Des is, wenn, oiso, waun da Schnee in der Sunn, waun überhängt ...«* und Ähnliches, und wir hatten es alle sehr lustig.

Seltsamerweise lernten wir später als Jäger seltsamerweise auch ein Lied, in dem *»... dann wird uns der Panzer zum stählernen Grab«* vorkam, was nur ein paar Verrückte wirklich unterhaltsam fanden. Aber so ist es halt. Das Soldatenlied projiziert ja nicht Wunschvorgänge, sondern soll den wackeren Kämpfern die Angst nehmen. Musikalisch stirbt sich's offenbar ein wenig leichter.

Jetzt hat ein Wiener Rechtsanwalt dem Bundesminister für Landesverteidigung einen Brief geschrieben. Sein Sohn, der Jungsoldat, wird am Nationalfeiertag angelobt, er und die Kameraden sollen dabei auf Befehl des Kompaniechefs das Lied *»Ob Sturm uns bedrohet ...«* singen, was alle miteinander irritiert. Kleiner Textauszug:

»Wir sind Kameraden geworden, selbst wenn es zur Hölle aufgeht, wir Jäger wissen zu sterben, für uns ist das Leben nur ein Spiel.«

Der Anwalt nennt das *»nekrophilen Schwachsinn«*, der Sohn ersucht seine Eltern, trotz Einladung durch seine Kommandanten, nicht zur Angelobung zu erscheinen. Er wolle ihnen die Peinlichkeit eines solchen Liedes nicht antun.

Was kann passieren? Vielleicht wird doch etwas anderes gesungen. Aber bevor so ein Text aus dem Bundesheer-Repertoire endgültig verschwindet, fällt eher der Schlern um.

Salziges

Bevor es zur Verschluckung von Nahrungsmitteln kommt, tut der zivilisierte Mensch allerlei. Ich kenne eine erstklassige Köchin, von der die Esser in zwei Gruppen eingeteilt werden: Die Vorsalzer und die Nachsalzer.

Vorsalzer sind Esser, die nachsalzen, bevor sie noch gekostet haben. Was Nachsalzer sind, ergibt sich daraus logisch.

Meine Köchin haßt die Vorsalzer, fühlt sich durch sie beleidigt, empfindet Vorsalzen schlicht als Unhöflichkeit, als Herabwürdigung ihrer Künste. Sowie der Vorsalzer zum Salzfaß greift und somit auf jede Kontrolle der vorgesetzten Speise verzichtet, ist ein gefährliches Glitzern in ihren Augen auszunehmen. So jemand wird nur ungern wieder eingeladen.

Das ist natürlich ungerecht, denn selbst der höflichste und grundgütigste Mensch kann Vorsalzer sein. Es hat mit dem Charakter zu tun. Niemand wird sich darüber wundern, daß über die Verhaltenspsychologie von Salzern längst wissenschaftliche Studien vorliegen. Es gibt ja nichts, worüber es keine Studien gibt.

Man fand heraus, daß Menschen, die sich selbst relativ wenig Eigenschaften zuschreiben, ihr Essen erst salzen, *nachdem* sie gekostet haben. Im Gegensatz zu Menschen, die sich selbst relativ viele Eigenschaften zuschreiben, denn diese neigen zum Vorsalzen.

Zeige mir, wann du salzt und ich sage dir, wer du bist? Ist einer, der es gern lind hat, gleich ein Mann ohne Eigenschaften?

Na ja, man soll nichts übertreiben. Im Übrigen warte ich, bis meine Köchin einmal absichtlich schwer versalzt. Es wird zeigen, ob Vorsalzer über die Eigenschaften Selbstbeherrschung und Überwindung verfügen.

Bildsprache

Experten, heißt es, schwelgen gerne in elitärer Unverständlichkeit. Ein Hagel von selten verwendeten Fremdwörtern wie *kommensurabel* oder *retrozedieren,* verfehlt nie seine Wirkung. Winzig fühlt sich der Zuhörer.

Ähnliches gilt auch für kleine Einschübe, besonders dann, wenn sie zwischen teilbaren Tätigkeitswörtern vor sich hin schachteln. Mark Twain hat einmal in einem höchst vergnüglich zu lesendem Essay über die deutsche Sprache das Wort *abreisen* gewählt und aus einem Roman zitiert. Dessen Autor hatte es in der Mitvergangenheit verwendet, wobei er zwischen *reiste* und *ab* genau 74 Wörter in 7 Nebensätzen unterbrachte.

Politiker und Journalisten wollen nicht selten, daß ihre Botschaften das Volk auch wirklich erreichen, deshalb greifen sie gerne zur anschaulich machenden Bildsprache. Berühmtestes Beispiel im Zusammenhang mit der EU-Osterweiterung: Die Vetokarte. Zwar bewahrte sie der Landeshauptmann von Niederösterreich einige Tage im Ärmel auf. Aber dann muß ihn ein Preisschnapser darauf aufmerksam gemacht haben, daß nur Falschspieler Karten im Ärmel haben, deshalb – wie in der *Zeit im Bild* von Pröll zu hören war – hat er sie jetzt sicherheitshalber im *Talon* untergebracht.

Der Chefredakteur der *Presse* ist mit sich kartenspielmäßig noch nicht ganz ins Reine gekommen. Er vermutet bei Temelin, daß die FPÖ in der *»Endrunde in Schüssels Poker«* einen *»Trumpf ausspielen«* wird müssen. Vielleicht hat er aber bei der Wortbildfindung alles mit dem beliebten Spiel *»Fang den Hut«* verwechselt.

Apropos Poker: Ein guter steht und fällt mit dem Bluff, das weiß jeder Spieler. Und Bluff heißt auf Deutsch: Bewußte Irreführung. – Ahnen das die schreibenden Temeliner?

Schmuckes

Es leuchtet, es glitzert, es funkelt allüberall. Über der lautesten Zeit im Jahr schwebt Schmuck in vielerlei Erscheinungsform, und ich überlegte lange, ob ich mich nicht selber auch irgendwie aufputzen könnte. Aber seit eine Kollegin mit winzigen Christbaumkugeln an den Ohrläppchen an mir vorüberklingelte, zögere ich.

Ganz allgemein darf festgestellt werden, daß der vorweihnachtlichen Verzierung der Welt zum Glück keinerlei Grenzen gesetzt sind. Nicht einmal die des Superlativs. So verkündete man beispielsweise in Mariazell voller Stolz, den *»größten hängenden Adventkranz der Welt«* (sechs Tonnen schwer) herzeigen zu können, während die Stadt Wien (auf dem eleganten Graben) lediglich – wie zu lesen ist – den *»größten Adventkranz Europas«* anzubieten hat. Ein geopolitisches Rätsel, gewiß, aber ein schönes.

Der Zaun rund um das Wiener Stadtgartenamt nahe dem Stadtpark versetzt das Volk mit einer grandiosen Tannenreisig-Dekoration samt Leuchtkerzen in die nötige Stimmung. Das Grün ist aus Kunststoff gefertigt, was mehrere Vorteile hat: kein lästiges Nadeln, wetterbeständig, pflegeleicht, umweltfreundlich, nicht entflammbar und natürlich über Jahrzehnte immer wieder zu verwenden.

Es ist vielleicht der erste Schritt zu einer kommunalen gärtnerischen Revolution. Bald könnte es auch bei klirrender Kälte in den öffentlichen Gärten blühen, Wien eine Ganzjahres-Kunstblumenmetropole werden.

Vor einem Haus in Währing habe ich einen Mistkübel gesehen, der mit einer Lichterlkette umwickelt wurde. Privat. Also leider nichts für eine standesgemäße Entsorgung von Stadtgartenamt-Gut.

Gegengeschäfte

Wir leben im Zeitalter des Gegengeschäfts, und vielleicht wird das Land eines Tages überhaupt eine riesige Tauschbörse, dann brauchen wir weder Euro noch sonst ein Zahlungsmittel. Es kommt die Naturalien-Entlohnung und ich freue mich schon, wenn zu Monatsbeginn mein Chefredakteur mit dem Klein-Lkw anreist, und vor meinem Haus ein kleines Gehalts-Zeitungsgebirge errichtet.

Einer kurzen Notiz im *Standard* entnehme ich, daß die FPÖ den *News*-Verlag pfänden läßt, weil ihr das Medienunternehmen aus drei Gerichtsverfahren 175.000 Schilling schuldet. Demnächst soll der Exekutor kommen, um irgendwas von Wert mitzunehmen.

Möglicherweise entwickelt sich daraus Exemplarisches: Die Pfänder dürfen mit ein paar Schachteln voller Billig-Handys, einigen Kleincomputern, 5000 DJ Ötzi-CDs und ein paar Fernsehgeräten heimkehren, alles wird bei der FPÖ gut gelagert, weil man es später noch brauchen wird. Dann nämlich, wenn die FPÖ gegenüber einem ihrer zahllosen Prozeßgegner als säumiger Zahler auftreten sollte. Das *News*-Paket könnte ohne weiteres noch ein paar Stationen durchwandern, ehe es irgendwann wieder im *News*-Verlag eintrifft. Dies wäre insofern günstig, als *News* die Sammlung nach den Gesetzen der Wahrscheinlichkeit den Lieferanten nie bezahlt hat, sondern in Form von Werbeeinschaltungen aller Art ein Gegengeschäft abwickelte, von dem es während der ganzen Warenkreislauf-Zeit naturgemäß nichts hatte.

Alles könnte aber noch viel einfacher werden. Die Gerichte müßten halt statt Geldstrafen gleich die Naturalien-Überstellung verhängen. Das wird doch nicht zu viel verlangt sein.

Quast

Dieser Tage bellte der seit längerem unter Bewußtseinstrübung leidende Klubobmann einer österreichischen Partei irgendwas gegen den Verfassungsgerichtshof in die Mikrofone, und nannte dabei dessen Erkenntnis zum Thema zweisprachige Ortstafeln *»einen Quast«* (Originalton).

Quast wird in unseren Breiten selten verwendet, aber dort, wo das Wort herkommt, bezeichnet es einen breiten Pinsel. So könnte es leicht sein, daß der Propagandaingenieur statt Quast etwas ganz anderes sagen wollte, es sich aber noch einmal überlegte. Das erinnert mich an einen Fall, der sich 1948 in Wien abspielte. Bei einem Bassenastreit beschimpfte eine Frau ihre Nachbarin mit »Sie Kan...usse!« und es kam zu einem Ehrenbeleidigungsprozeß. Der endete jedoch mit einem Freispruch, weil niemand zu sagen vermochte, was eine Kanusse ist.

Herausssprudler in allerhöchster Not sind in Wahrheit arme und hilflose Wesen, weil sie ihre Worte nicht oder kaum halten können. Bedauernswerter sind nur jene Urheber historischer Sätze, die dann von Generationen falsch zitiert werden. Gorbatschows *»Wer zu spät kommt, den bestraft das Leben«* ist ein hübsches Beispiel dafür. Er sagte nämlich (auf Russisch) *»Es wird gefährlich für denjenigen, der nicht auf das Leben reagiert.«*

Der am eigenen Quatsch nicht ermüdende Quast-Spezialist einer Regierungspartei hat vom Verfassungsrecht so viel Ahnung wie wir alle, nämlich wenig bis gar keine. Aber wie soll man jemandem helfen, der an böser Logorrhö leidet?

Vielleicht mit einem Zitat: *»Wer ständig den Mund offen hat, den bestraft der Wähler.«* Hoffentlich hat Gorbatschow wenigstens das irgendwann gesagt.

Aus, vorbei!

Dezember 2001. – Alle reden von der kommenden unpolitischen ORF-Periode, das Volk feiert den Aufbruch in die neuen Zeiten seit Tagen vor den Glühweinhütten, aber kein Mensch bedauert das unterdessen schon vollzogene Ende der Belangsendungen, also der kostenlosen Sendezeit unserer politischen Parteien.

Ich halte das für sehr ungerecht, denn diese Schmuckstücke der öffentlich-rechtlichen Anstalt waren einzigartig.

Oft habe ich mir den Wecker gestellt, um schon um 5.56 Uhr auf Ö1 den Worten politischer Würdenträger zu lauschen. Am schönsten waren die Belangsendungen immer dann, wenn namenlose Belangsendungs-Journalisten als Interviewer auftraten. Dank ihrer provokanten Fragen konnten die Belangsendungs-Politiker jeweils mit größter Natürlichkeit ihr alleinseligmachendes Bild vermitteln. Elegant eloquent.

Oder diese phantastischen Glücksfälle, wenn seriöse Belangsendungs-Reporter bei ganz spontanen Straßenbefragungen unter dem einfachen Volk zufällig auf Gesinnungsfreunde der Belangsendungspartei trafen.

Aus, vorbei! Vor Weihnachten trat Alfred Gusenbauer noch einmal auf. Sozusagen als Belangsendungs-Grabredner – traurig, das Organ von schwer zu definierender Sorge umwölkt. Künftig, so sagte er, werde es nur noch Propagandasendungen der Regierungsparteien geben, die kritische Stimme der Opposition sei zum Verstummen gebracht worden. Im Originalton: *»Das ist eine Vorgangsweise, die einer Demokratie nicht würdig ist.«*

Vielleicht haben die Menschen an den Radiogeräten geweint, vielleicht lachten ein paar aber auch schallend. Das politische Leben ist ja oft ungerecht.

Marillenmarmelad'

Eine Großtante Anna, die sehr lieb, aber leider schwerhörig war, hatte eine Freundin, die Peter-Bäurin, der es nicht viel besser ging. Eines Tages überraschte die Peter-Bäurin Tante Anna beim Einkochen, fragte zur Begrüßung *»No, wie geht's«*, worauf die Tante antwortete: *»Ja, ja, Marillenmarmelad'!«* Das war's und beide wirkten zufrieden.

Diese Geschichte fällt mir immer dann reflexartig ein, wenn ohne ersichtlichen Grund ein Thema öffentlich diskutiert wird, das aber bald unauffällig und selbstverständlich ohne jedes Ergebnis leise versickert.

Jetzt war es grad wieder einmal so weit. Einem sonst in der Versenkung dahingrundelndem Politiker war anscheinend fad, vielleicht wollte er aber von irgendwas ablenken. Oder sich einfach nur ins Gespräch bringen. Jedenfalls gackerte der Schattenmann gegen den Lateinunterricht in den Höheren Schulen los, und sogleich passierte das, was eben zu passieren pflegt.

Leitartikler griffen in die Tasten, es erschienen subtile Kommentare und saugrobe Gegenkommentare (Beiwörter austauschbar), empörte Leserbriefe, kluge Leserbriefe, dumme Leserbriefe, der politische Gegner meldete sich zu Wort, der große Gegenschlag des Urhebers als Zurechtrückung seiner Intentionen rundete alles ab – und dann war's vorbei. *Non plus ultra* kann man ja frei auch ganz anders übersetzen.

Wie das Amen im Gebet wird die nächste Diskussion dieser Art über uns hereinbrechen. Aber man wird sich doch noch was wünschen dürfen: Jemand erhebt seine Stimme, macht etwas zum Thema, doch wir sagen nur *»Ja, ja, Marillenmarmelad'!«* und gehen zur Tagesordnung über.

Kistenwesen

Die Zeit ist günstig für eine neue Berufssparte: *Ideengeber zur problemlosen Geldbeschaffung.* Wir alle verbrauchen ja mehr als wir einnehmen, der Staat gibt seit Jahren den Ton an – und das gläubige Volk ahmt ihn begeistert nach.

Geld auf legale Art aufzutreiben, ohne dafür zu arbeiten, ist gar nicht so schwer, weil sich immer ein paar Blöde finden, die welches loswerden wollen (siehe auch Verkehrssündertum aus Sicht des Staates). Diese Überlegung war die Basis für einen interessanten Versuch, den ein Freund von mir startete.

Er befestigte an seinem Gartenzaun eine Holzkiste mit Einwurfschlitz, unter darunter stand: *Geldgeschenke bitte HIER einwerfen!*

Monatelang geschah nichts, aber dann landete eines Tages ein Brief in der Kiste: *»Ich ersuche um Rückgabe der von mir hier eingeworfenen 1000 Euro, weil ich das Geld jetzt selber dringend benötige.«* Der Kistenbesitzer sah durch diesen raffinierten Gegenschlag endlich ein, daß mit dieser Idee nichts zu holen war, weswegen er derzeit über neue Wege nachdenkt.

Der Staat hat es da viel leichter, weil er bei denen, die er für blöd hält, aus dem Vollen schöpfen kann. Seine Holzkiste ist beispielsweise das Gebührengesetz. Er erhöht die Gebühren einfach, und zwar drastisch, die Leute müssen das Geld in den Schlitz werfen, ohne deshalb eine bessere Leistung angeboten zu bekommen. Eher das Gegenteil ist der Fall, weil auch dort immer weniger Personal gleich viele Kunden zu bedienen hat.

Das staatliche Kistenwesen erlebt ganz allgemein eine nie dagewesene Blütezeit, aber im Unterschied zu erfolglosen privaten Geldbeschaffern benötigt er keine Ideengeber. Ihm fällt alles selber ein. Und wir müssen nur ruhig dasitzen und darauf warten. Wie eh und je.

Papierenes

Anmerkungen über das Zeitungspapier und seine Verwendbarkeit jenseits der präcosyalen Periode.

*

Eine Leserin teilte mir mit, sie habe den *KURIER* abonniert, weil sein Format genau dem Grundriss ihres Vogelkäfigs entspräche. Die Seite mit dieser Kolumne plaziere sie immer obenauf, um zu studieren, wie sich ihr Vogel über einer solchen Unterlage verhält. Diese praktische Nutzung erfüllt mich insoferne mit Verwunderung, als der kleine Flatterich das Kopfstücke-Eck angeblich rein hält.

*

Der Humorist Loriot, wie alle Humoristen ein ernster Mensch, verriet der *Süddeutschen Zeitung* zu deren 50. Geburtstag ein Geheimnis. Er, Loriot, habe lange geschwankt, welchem Weltblatt er als Leser den Vorzug geben sollte. Der *SZ* oder der *FAZ*. Schließlich habe er sich für die *SZ* entschieden, weil sich herausstellte, daß deren Papier die bessere Saugfähigkeit besitze, also zum Ausstopfen von naß gewordenen Schuhen günstiger sei.

*

Weihnachten naht – wir stehen vor dem größten Müll-Fest aller Zeiten. Loriots bevorzugte Schuheinlage faßte das so zusammen: *»Kaufen, kaufen, kaufen, dann schenken, schenken, schenken und auspacken, auspacken, auspacken. Und dann wegwerfen, wegwerfen, wegwerfen.«* – Eine Einwickelpapier-Minimierung ist überhaupt nur durch den Gebrauch von alten Zeitungen möglich. Ein Weihnachts-Trend, der immer trendiger wird.

*

Mit einem Exemplar von *tv media* um S 15,– lassen sich Berge von Geschenken einpacken. Zusätzlicher Schmuck-Zauber: Im Weihnachtsheft 2001 sind 41 Personen mit Weihnachtsmann-Mützen abgebildet, darunter zehn Mal Vera Russwurm.

*

Sehr beliebt sind auch Zeitungs-Überschriften als Auswickel-Anreiz mit Überraschungseffekt. Auf dem *Krone*-Paket steht z. B. *»Madonna unterm Weihnachtsbaum,«* aber drin ist eine CD von Hansi Hinterseer oder eine Gerti Senger zum Aufblasen. – Fröhliche Weihnachten!

Lebenshilfe-Hilfegesetz

Die interessantesten Gesetze sind die ungeschriebenen, wie zum Beispiel das alte Lebensgesetz *Niemand interessiert sich wirklich dafür, wie es dir geht.* Wer so ein Gesetz methodisch bekämpfen will, sieht sich sogleich mit einem anderen konfrontiert, nämlich mit dem neuen Büchergesetz *Wer sich der Lebenshilfe zuwendet, kommt darin um.*

Tausende Autoren, die entweder 40 Jahre alt geworden oder irgendwann von einem Berggipfel gefallen sind, haben für uns aufgeschrieben, wie sie mit ihrem Schicksal umgehen und was daraus für die Restmenschheit allgemein abzuleiten ist.

Der nach Lebenshilfe gierende Mensch taucht durch ein Meer von Gesundheitstips, droht von einer Kochrezept-Flut weggespült zu werden, torkelt benommen an endlosen Regalen vorbei, sieht Titel wie *»Zwischen Abwasch und Verlangen«, »Mit mir nicht mehr!«, »Wie man wird, was man immer schon sein wollt«, »Den Alltag in den Griff bekommen«, »Mit 30 beginnt das Leben«, »Mit 40 beginnt das Leben«, »Mit 50 beginnt das Leben«* (gleich neben *»Der einfache Weg zum besseren Gedächtnis«), »Lob dich selbst, dann tun's auch andere.«*

Beunruhigenden Werken wie *»Auslaufmodell Mann«* oder *»Männer können putzen«* stehen freundliche Ratgeber gegenüber, in denen sich Bataillone von Frauen im Gleichschritt einer offenbar elementaren Frage des Lebens nähern: *»Wie werd' ich meinen Mann los?«, »Wenn ER noch mehr Ärger einfach nicht wert ist ...« »Und tschüss – das Handbuch zur fröhlichen Trennung«.*

Heraus also aus dem Dschungel der Lebenshilfe, falls es nicht zu spät ist. Wenn nicht schon das Lebenshilfe-Hilfegesetz *Laß dich nicht verrückt machen* aus unseren Hirnen hinausgeschrieben wurde.

Tollste Komödie

Österreich ist ein Theater-Land, und das ist gut so. Es wird ja schon längst nicht nur auf subventionierten Bühnen gespielt, sondern praktisch überall. Jeden Tag, wenn die vom Volk gewählten Staatsschauspieler ihren Auftritt haben, dürfen wir uns gemütlich zurücklehnen und staunend verfolgen, was es alles gibt. Thomas Bernhard wußte, was er sagte: *Die tollste Komödie aller Zeiten ist Österreich.*

Wenn wir Zuschauer ein bißchen Glück haben, dann erleben wir vielleicht bald das möglicherweise grandioseste Spektakel überhaupt, den Welthammer politischer Inszenierung: Die Festsetzung des Kärntner Landeshauptmanns als gigantisches, im Stil des Mittelalters gehaltenes Volksfest.

Voraussetzung ist natürlich, daß der Oberkomödiant selber mitspielt. Die Zeichen dafür stehen zum Glück gut, zumal sein ständiges Ignorieren österreichischen Rechts in irgendeinem von vielen Fällen zu dem führen könnte, was Juristen *Beugehaft* nennen.

Die Welt würde uns um das Bild beneiden: Haider legt das schon einmal in Friesach erprobte mittelalterliche Kostüm an, auf seinem linken Arm sitzt ein Falke, eine Hundertschaft von verkleideten Staatsschergen geleitet ihn auf einem *Kronenzeitungs*-Teppich in ein zeitgemäß adaptiertes Luxusverlies der Burg Hochosterwitz, während Tausende Kärntner Arbeitslose am Wegesrand in begeisterte Heil- und Leilei-Rufe ausbrechen. Zuletzt singt der Grenzlandchor Arnoldstein einmal nicht *»Jo, griaß' enk Gott!«*, sondern unter der Leitung von Justizminister Böhmdorfer die Märtyrerhymne *»Jörg, was haben sie mit dir getan?«* Und ORF-Kärnten überträgt live sieben Stunden. Vorhang.

Baritonalrat

In seltenen Glücksmomenten (aus meiner Sicht) richtet der Wiener Operndirektor das Wort an mich, und er ist der einzige wichtige Mann, der diese Gnade mit *Herr Redakteur* eröffnet. Wenn er gut gelaunt, also lustig ist, sagt er *Chefredakteur.* Ioan Holender weiß natürlich, daß es sich bei *Redakteur* nur um eine Berufsbezeichnung und nicht um einen Titel handelt. Es ist so wie bei Operndirektor. Vielleicht kränkt ihn unsere Nichttitelgleichheit sogar.

Irgendwas muß man jedenfalls sagen im Titelparadies, nur ein Name ist irgendwie öd. Schall und Rauch, wie ja schon Goethe behauptet hat. Vielleicht war er sogar indirekt der Auslöser für die allmähliche Verprofessorisierung unseres Volkes.

An traurigeren Tagen greife ich gerne zum »Handbuch der Stadt Wien«, in dem sich die phantastischste Berufstitelsammlung der Welt verbirgt. Ich habe dabei keine besonderen Lieblinge, ich erfreue mich einfach. Am *Büchereibeamten* und seinem Vorgesetzten, dem *Büchereikommissär* ebenso wie an der *Oberphysikatsrätin* oder dem *Stadtgartenoberamtsrat.*

Man kann rätseln oder der Phantasie freien Lauf lassen. Was genau tut ein *Oberamtsassistent?* Sind *Oberkontrollor* oder *Fachoberinspektor* für die Gastronomie zuständig? Oder für ganz was anderes?

Es wäre ein Jammer, wenn dies alles einmal nicht mehr sein sollte. Wehret den Anfängen der Amtstitelanarchisten!

Und außerdem: Tausende Räte, Kommissäre, Revisoren oder Referenten nisten in der Hauptstadt, da wird es doch auf einen offiziellen Titel für den Chef der Staatsoper nicht ankommen. Mir wäre für Holender schon so was wie *Ouverturenobernoteninspektor* recht. Oder einfach *Baritonalrat.*

Neues Taxi-Klima

Es wird in der Bundeshauptstadt vor Freundlichkeit bald nicht mehr auszuhalten sein. Mit Beginn des Jahres 2002 hat die Wiener Taxi-Innung eine phantastische kulturelle Initiative gestartet: Künftige Taxifahrer werden nun auch im Fach Kundenfreundlichkeit unterrichtet.

Es wird nicht einfach sein, weil ja niemandem ganz klar ist, was sich der Kunde von einer Taxifahrt erwartet. Womöglich vielleicht dieses: Er steigt ein, nennt das gewünschte Ziel, der Fahrer fährt, kommt an und kassiert, der Kunde steigt aus.

Einerseits ist es absurd, daß zwei Menschen für eine gewisse Zeit auf engstem Raum zusammensitzen, ohne ein Wort miteinander zu wechseln. Andrerseits ist die intellektuelle Ausbeute eines verkrampften Dialoges für beide Beteiligten höchstwahrscheinlich gering.

Bei welcher Gelegenheit wird also für den Fahrgast spürbar, ob ein Taxifahrer bei seiner Freundlichkeitsfortbildung gut aufgepaßt hat?

Vielleicht, wenn ein Raucher Zigarettenglut auf die Sitzbank fallen läßt, und der Taxler sagt augenzwinkernd: *»Nein, so ein herziges Loch! Das muß ich nach Dienstschluß gleich meinem Hasiweibi zeigen!«* Vielleicht, wenn ein Besoffener den Taxler aufs Ordinärste beschimpft, und der sagt charmant: *»Jo, Menschen samma olle, kumm Oida, gemma no auf an Rum!«* Vielleicht aber auch, wenn ein Taxler, statt über sein Arbeitsleid zu monologisieren, *»Froh zu sein bedarf es wenig«* singt.

Wir wissen es noch nicht. Für rüde Taxler besteht jedenfalls ab sofort die Gefahr, daß sie von Kunden mit einem launigen *»Na, hamma im Kurs a bissel was verschlafen, ha?«* angeödet werden.

Sie Pisa?

Es ist wahrscheinlich die tiefste Wunde, die dem Selbstwertgefühl der Deutschen seit langem geschlagen wurde. Die OECD hat im Dezember 2001 dem früheren Volk der Dichter und Denker nachgewiesen, daß sein Nachwuchs in der Zwischenzeit gewissermaßen verblödet ist. Und seither gilt PISA, das gängige Kürzel für *Programme for International Student Assessments* bei unseren Nachbarn als beliebtes Verhöhnungswort.

Es kam z. B. bereits dazu, daß der böse Liebling Günther Jauch bei *Wer wird Millionär?* (RTL) scheinbar teilnahmslos, aber deutlich vernehmbar *»Pisa«* sagte, weil ein Kandidat eine besonders einfache Frage nicht beantworten konnte. In der SAT-1-Sendung des Oberspötters Harald Schmidt war im Zuge einer ungewollten Dodelei ein ganzer Chor zu hören, der *»Pisa, Pisa!«* rief, und auch bei der Diskussion *»Warum sind wir Deutsche dümmer als andere?«* (ARD) herrschte starkes *Pisa*-Aufkommen. Sie sagen nicht mehr *doof, dusslig* oder *dämlich,* nein, sie sagen *Pisa.*

Den meisten Österreichern könnte das ja egal sein, zumal unsere Schüler in der PISA-Studie vergleichsweise gut abschnitten. Aber so einfach ist das auch wieder nicht. Durch das ins Land schwappende deutsche Fernsehen sind wir mitten drin. *Pisa* vielleicht auch hier bald ein Synonym für *Bumpf* (tölpelhafte Person, siehe ö. Schimpfwörter-Lexikon)? Du Pisa? Sie Pisa? Entsetzlich.

Eine Gemeinheit all denen gegenüber, die so heißen. Ich kenne z. B. einen Pisa, der ein gebildeter und kluger Mann ist. In letzter Zeit erweckt er allerdings einen eher unfrohen Eindruck, und es ist keineswegs auszuschließen, daß er alle blöden Deutschen zum Teufel wünscht.

Pressesprecher

Zu den schwierigsten Berufen überhaupt zählt der Pressesprecher. Er muß der Presse Dinge mitteilen, die diese meist nicht interessieren, aber das muß er dafür so tun, als ob es sich um Informationen handle, an denen es kein Vorbei gibt. Nicht minder schwierig ist die Zurechtrückung falscher Eindrücke von Leuten, die sich einen Pressesprecher leisten dürfen.

Ein *Standard*-Journalist warf in seinem Bericht über die volksnahe finnische Staatspräsidentin eine Frage auf: *»Können Sie sich vorstellen, den österreichischen Bundespräsidenten in einer Warteschlange vor der Probierkabine eines Kaufhauses anzutreffen, einen Stapel Badehosen unterm Arm?«*

In der Hofburg muß sich daraufhin Entsetzen breit gemacht haben, vermutlich begann sogar das habsburgische Tafelsilber von selbst zu scheppern. Der Pressesprecher, ein Hofrat, griff in die Tasten und korrigierte: *»Nun, tatsächlich kauft Bundespräsident Thomas Klestil nur ausnahmsweise in Kaufhäusern ein. Das erledigt nämlich normalerweise seine Frau Margot Klestil-Löffler, der man rund um ihren Arbeitsplatz in der Wiener Innenstadt – ja fast jeden Tag – beim Einkaufen begegnen kann und die dort selbstverständlich vor vollen Kassen wartet.«*

Gut, vom Anstellen bei der Kasse war zwar im *Standard* nicht die Rede gewesen, aber wir wissen jetzt, daß Frau Klestil-Löffler keine Vordrängerin ist. Unklar bleibt jedoch, ob sie auch Badehosen für den Gemahl probiert sowie, was UHBP zum Beispiel einkauft, wenn er ausnahmsweise selber in Kaufhäusern weilt.

Ich sage es nicht gern, aber es muß sein: Hier hat der Pressesprecher nicht ganze Arbeit geleistet.

Ein Gen, ein Wort

Wir befinden uns in heftigen Tagen des geschwollenen, aber auch des unbedachten Wortes. Das heißt, der Unterschied zu sonstigen Tagen besteht darin, daß Olympische Spiele stattfinden, weswegen geschwollenes und unbedachtes Wort häufiger erklingen als sonst.

Tief drinnen im Journalisten, der über Satellit zu uns spricht, lauert das Bläh-Gen. Sein Name kommt von Aufblähen, und das Gen macht sich insoferne bemerkbar, als Menschen plötzlich nicht mehr einfach etwas erzählen, sondern gestelzt daherreden. Denn bei Olympischen Spielen locken Fanfaren, Frauenchöre, Hymnen, Fahnen und schließlich Medaillen das Bläh-Gen aus seiner Alltagsträgheit, es fällt unkontrolliert über die Zuhörerschaft her.

Aber wenn sich der einfache Reporter in eine Art Prediger verwandelt, ereignet sich nebenbei auch das unbedachte Wort. So hat beispielsweise eine der wandelnden ORF-Platitüden die Geburt von Franz Klammer im Jahr 1953 erwähnt und wörtlich gesagt: *»Nichts deutete damals darauf hin, daß er 1976 Olympiasieger ...«* usw. usw.

Na ja, wenn Klammer in Abfahrtshocke aus dem Mutterleib geflutscht wäre, hätte das auch nicht unbedingt auf Olympiagold hingedeutet, aber welcher Floskelant denkt an so etwas? Jeder Blödsinn, den er irgendwann irgendwo gehört und gespeichert hat, jede hohle Phrase drängt sich automatisch aus seinem Hirn – direkt ins Mikrofon.

Zusammen mit den Entweichungen durch das Bläh-Gen zählt das unbedachte Wort zu dem, was der Volksmund gerne Schas mit Quasteln nennt. Für seine Produktion gibt es mehr gutbezahlte Spezialisten als es sein dürfte.

Vom Kapitulieren

Die langen olympischen Nächte von Salt Lake City haben den Nebeneffekt, daß man als Sportfreund offenen Auges Unbescheidenes zu träumen beginnt. Bei den Sommerspielen steht ja weniger der österreichische Erfolg an sich im Mittelpunkt, sondern mehr die große Leistungsschau der internationalen Pharmaindustrie, aber im Winter, wenn (fast) alles sauber, so weiß wie Schnee ist, da spielt Österreich mit.

Und was geschieht? Die Daheimgebliebenen träumen keck von mehr. Gut, sie waren durch die US-Fachzeitung *Sports Illustrated* in frohe Erwartung versetzt worden. Von deren 21 Medaillen-Tips erwiesen sich zwar bisher 15 als falsch, aber so ist eben das olympische Leben. Dafür sprangen andere ein – so gut sind wir.

Statt unzufrieden auf den Medaillen-Spiegel zu schielen, könnten die TV-Zuschauer z. B. daran denken, wie lehrreich die Übertragungen sind. Dies ist ehemaligen Sportlern zu danken, die jetzt Fachkommentatoren heißen. Wenn ein Hauptberufler die schlechte Leistung einer Läuferin schönredet, dann haben Zurechtrückungen wie *»Des woa goa nix – a Topf'n!«* nicht nur Unterhaltungswert. Wie sehr der korrigierende Fachmann im Studio fehlt, lernt man, wenn dort ein Hauptberufler sagt: *»Lassen Sie uns vorerst den Tag Revue kapitulieren.«*

Wir lernen ferner: Der Schnee *beißt,* der Ski *beißt,* der Läufer *beißt,* die Zeit wird *liegengelassen,* bzw. *herausgeholt,* kleine Bodenwellen heißen *Hupfele* oder *Schnappele,* Oberschenkel müssen *brennen,* der Ski gehört *oweg'lossn,* nach dem Start ist *obenowa,* vor dem Ziel *untenowa,* Langlaufanstiege sind zumeist *giftig* usw.

Eine glückhafte Periode, aber bald wird ihre Revue auskapituliert haben.

Bühne des Erlesenen

Welchen gemeinsamen Nenner haben Ereignisse wie Wiener Derby, Dreikönigstreffen der ÖVP und Narrenumzug der Faschingsgilde Plemplem?

Im Grunde keinen, außer man beachtet, daß alle über die Bühne gehen. Bei dieser Erkenntnis ertönt zwar aus dem Keller das eintönige Surren der Bartwickelmaschine, aber die Bühne, die keine ist, über die aber etwas geht, ist so eine Art Zentralgestirn im journalistischen Phrasen-Universum.

Bleiben wir dabei. Geht etwas Besonderes über die Bühne, dann meist vor Publikum. Aber Publikum kann einfach nicht nur als das einsame Wort Publikum dastehen. Das bringt ein ordentlicher Reporter nicht übers Herz. Gerne, nein immer, handelt es sich bei Publikum um *Persönlichkeiten aus Politik, Wirtschaft und Kultur.* An höheren Feiertagen wird auch noch *Sport* hinzugefügt. Ist die Bühne, über die etwas geht, eher klein, werden aus *Persönlichkeiten* logischerweise *Spitzenpersönlichkeiten,* weil es zu wenig Platz für alle Persönlichkeiten gab. Nur die besten finden Zugang.

Die beliebte Fernsehsendung *Seitenblicke* ist infolge inflationären Auftretens der mit den Kameraleuten mitziehenden Selbstdarsteller längst gezwungen, die eigene Anwesenheit elegant zu entschuldigen. Die Reporter tun's, indem sie das Bühnenpersonal aufwerten, es als *erlesen,* im günstigeren Fall als *handverlesen* und im günstigsten Fall als *hochkarätig* bezeichnen. Oft wird dann das langweilige *Publikum* gegen die intime *Runde* getauscht.

Leicht ist das Leben der Reporter nicht. Wenn z. B. Herr Hohenlohe eines Tages aus dem Marchfelderhof von einer *belesenen Runde* erzählt, wird man ihn höchstwahrscheinlich wegen frechen Lügens und schamlosen Übertreibens feuern.

Zugeschaut

Oft ist es so, daß der österreichische Mensch nur stumm dasitzen muß – und schon erlebt er die österreichische Alltagsgeschichte.

Ein Beispiel: Es sitzt ein Mensch irgendwo auf dem Wiener Westbahnhof, wo die meisten Leute ohnehin alles fallenlassen, was sie nicht mehr brauchen, und betrachtet einen Müllbehälter. Neu, durch und durch modern, silbrig glänzend – eine Augenweide. Und ein wahres Wunder im Inneren, denn Mülltrennung ist vorgesehen, für Papier, Metall, Plastik, Glas. In jedem Teil ist sogar ein eigenes Müllsackerl drinnen, auf daß das hübsche Glitzerding ein solches bleibe.

Wohlwollend ruht das Auge des Betrachters auf der Innovation, da setzt die österreichische Alltagsgeschichte ein. Müllentsorgung. Ein ÖBB-Elektrowagerl mit Anhänger rollt heran. Der Fahrer nimmt den ersten Behälter und leert seinen Inhalt auf den Anhänger, er nimmt den zweiten Behälter, leert den Inhalt auf den Anhänger, den dritten und den vierten auch. Aber: Er verzichtet immerhin darauf, alles ordentlich durchzumischen. Weiterfahrt zum nächsten Müllbehälter.

Jetzt will der Beobachter sein Stummsein beenden. Er tritt an den Müll-Entsorgungsmann heran, und fragt, ob es nicht Verschwendung und Arbeitserschwernis sei, weil er – im Gegensatz zu früheren Zeiten – statt einem nun vier Behälter ausleeren muß. Oder ob es geplant sei, den Müll später nocheinmal zu trennen, wenn es schon geteilte Anhänger nicht gäbe.

Und der Entsorgungsmann sagt: *»Dafür war kein Geld mehr da, die da oben fragen uns ja net!«*

Ende der österreichischen Alltagsgeschichte. Man sitzt und staunt.

Poetisches

»Erst nahm er mich zärtlich in die Hand, ich spürte seine feinfühligen Finger, jede einzelne Pore. Seine Nägel krallten sich in meinen kalten Übungskörper, meine Ummantelung vibrierte, ich war echt scharf auf ihn. ein Mann fürs Leben dachte ich.« – (Der Soldat läßt eine anonym bleibende Handgranate erzählen, was ihr zu Zugsführer Gregor Högler einfällt, denn dieser ist mit 92,98 Meter Weltrekordhalter im Handgranatenweitwurf.

*

»Im Osten graute schon der Morgen, doch im Monza-Park hockte noch die Nacht«. – (KURIER, Motorsport.)

*

»Die Dämmerung zaudert.« (Die *Freizeit* aus dem tiefen Waldviertel.)

*

»Hoch droben kreiste ein Vogel, der vor der Sonne nur ein flirrender Punkt war, und hin und wieder stieß er einen Ruf aus. Das war das einzige Geräusch. Sogar der See atmete lautlos, um die Stille des Mittags nicht zu stören.« (Aus »Sisi, arme schöne Kaiserin«, *Die Ganze Woche.)*

*

»Der See ist an diesem Morgen nervös.« – (Einstiegssatz der *Krone,* es folgte ein Gespräch mit Franz Vranitzky an den Gestaden des Wörthersees.)

*

»Und Tanja Schneider, fast hätt' ich's gesagt, ist aus dem Schneider.« (ORF-Reporter von einem Skirennen in Lake Louise, Kanada.)

*

»Wie ein Jagdhund, der eine Fährte wittert, hirscht der 26jährige durch den Raum. Unermüdlich, unergründlich, unermeßlich.« – (Ein ungebremster *KURIER*-Zoologe über den Fußballer Christian Mayrleb.)

*

»Wenn am Abend auf dem Innsbrucker Flugplatz die Scheinwerfer leuchten, verschwindet alles Ländliche, Idyllische aus dem Blick. Von tausend Meter Höhe aus wirkt das Inntal fast weltstädtisch. Tobias Moretti, Bauer und Filmstar und vieles mehr, steht vor seinem Hof und träumt vielleicht von seinem nächsten Dreh in Rom oder Berlin.« (Magazin-Lyrik aus *tv media.)*

*

»Hier geht soeben die großartige Ausstellung ›Die Pracht der Medici‹ zu Ende. Und ein letzter Strahl dieser abendländischen florentinischen Pracht fällt an diesem Abend auf eine kleine erlesene Schar von Kunstfreunden, die von der ›Presse‹ hierher gebeten wurde.« – (Aus dem Palais Harrach berichtet ein Alltagspoet der *Presse* – schön, daß der letzte Strahl auch auf den Autor fiel. So was beflügelt.)

Nach 287 Tagen

Unter den Freunden der politischen Oper schwoll das Gerücht an diesem schönen Mittwoch des April 2002 allmählich zu einem Wagnerschen Crescendo an: Am Abend würde der Oberprivilegienritter im ORF seinen Canossa-Gang antreten.

Anders gesagt: Der Landeshauptmann von Kärnten, Dr. Jörg Haider, wird im öffentlichen Fernsehen öffentlich zugeben, daß er im Herbst 1999 in eben diesem öffentlichen Fernsehen zum Nachteil der Stadtzeitung *Falter* öffentlich gelogen hat. Offiziell heißt das *Widerruf.*

Eine peinliche Angelegenheit natürlich. Alle Versuche, die Wegräumung der Lüge unter dem Tisch zu erledigen oder sonstwie aus der Welt zu schaffen, scheiterten aber an der Hartnäckigkeit der Kläger.

Haider, der ein rechtskräftiges Urteil genau 287 Tage ignoriert hatte (was in Österreich anscheinend kein Problem ist), trat dann tatsächlich auf und las in 20 Sekunden folgenden Schachtelsatz von einem Blatt Papier ab:

»Ich widerrufe gegenüber den Seherinnen und Sehern der ORF-Sendung Zeit im Bild 2 die Behauptung, bei dem zwischen mir und den Falter-Redakteuren Florian Klenk und Nina Weißensteiner am 23. 9. 1999 geführten Interview handle es sich um eine Erfindung und dieses Interview gäbe es gar nicht, als unwahr.«

Aus künstlerischer Sicht muß leider gesagt werden, daß Haiders Auftritt (für den er immerhin 5400 Euro TV-Tarif zu zahlen hat) unter jeder Kritik war. Öde Kulisse, phantasieloses Kostüm (graues Sakko, rotes Leiberl), schlechter Vortrag, weil eintönig, totaler Verzicht auf Mienenspiel und Körpersprache.

Und trotzdem war das laue Finale der Causa eine Sternstunde der politischen Oper. 566.000 Zuseher erlebten, daß Bonzentricks doch noch nicht das Maß aller Dinge sind.

Bei uns zu Haus

Mein liebstes Foto eines österreichischen Spitzenpolitikers erschien in *tv media,* und zwar während der Olympischen Winterspiele von Nagano – es hängt seither (1998) an meiner Pinnwand.

Wir sehen: Der Kanzler, in Jeans und Jogging-Jacke, sitzt auf einer Couch seines Urlaubsquartiers und stützt seinen vorgeneigten Kopf mit der linken Hand ab, sein Gesicht spiegelt Verzweiflung wider. Neben ihm kauert seine Frau mit geschlossenen Augen, als könne sie sein Leiden nicht mitansehen, gegenüber läuft ein Fernseher, auf dem nur Schemen zu sehen sind. Bildtext: *»Erste Enttäuschung. Viktor und Sonja Klima warteten bis 3 Uhr früh – dann kam die Absage!«*

Es ist ein großartiges Dokument aus der Intimsphäre eines Bundeskanzlers der Republik Österreich (vorsorglich war übrigens auch ein Jubel-Foto mit dem Text *»Jetzt erst recht!«* eingerückt worden).

Werden wir derlei in Zukunft womöglich seltener sehen? Beginnen Politiker, denen nichts fremd ist, wenn es um die Heranschmeissung ans Wählervolk geht, die damit verbundenen Gefahren zu wittern? Widerstehen sie den Verlockungen? Mit diesen Sympathie auslösenden *Home-Stories* lassen sich ja so gut wie alle beruflichen Murksereien oder sonstigen Schwächen gut verdecken.

Nein, das Leservolk muß nicht bangen. Die bunte Illustrierten-Welt dürfte eine derartige Sog-Wirkung auf die Führungsgestalten des Landes haben, daß sie sich ihr nicht freiwillig entziehen werden. Wer es dennoch tut (gibt's vereinzelt), hat von vorneherein verloren.

Interessant ist: Eitelkeit und Geltungssucht fegen das, was man Würde nennt, mühelos aus den staatstragenden Hirnen.

Traum-Ranking

Manchmal gestatte ich mir einen kleinen Medien-Traum mit offenen Augen. Zum Beispiel die Veröffentlichung des Rankings *»100 Promis, über die die Österreicher nichts mehr lesen wollen.«*

Das wär' schön. Und spannend, weil ich ja vorher nicht weiß, ob dabei tatsächlich eine Reihung herauskommt, in der sich von DJ Ötzi über Uschi Glas bis hin zu Klausjürgen Wussow alle finden, die mich an sich schon nicht im geringsten interessieren, und schon gar nicht in geballter Form.

Die Frage, die keiner beantworten kann, lautet ja: Wird über diese Leute so viel geschrieben, weil es unter den Lesern ein Bedürfnis gibt oder glauben die Schreibenden nur, daß die Leser dieses Bedürfnis haben.

Ein schönes Beispiel für Variante 2 wäre die dralle TV-Talkerin und ihr durch *Taxi Orange* zur Berühmtheit gewordenes Alpinzwischenvergnügen. Der brillante Beobachter und Schreiber Karl-Markus Gauß hat sich in seinem jüngsten Buch *(»Mit mir, ohne mich«)* u. a. auch mit dem medialen Niederschlag über das, wie er es nennt, wunderliche Paar befaßt: *»Wöchentlich wird der Stand des Hochwassers in dieser Beziehung amtlich mitgeteilt, und tut sich auch wenig zwischen den beiden, stellen sie doch das Wenige bereitwillig aus. Die Liebesnachrichten klingen wie bürokratische Vollzugsmeldungen.«*

So wäre auch vorstellbar, daß in meinem Traum-Ranking allen vorkommenden Personen jene Attribute zugeordnet werden, die ihnen gebühren. Aber das würde schwierig sein, zumal das strenge Mediengesetz wie ein drohender Hammer über der Wahrheit hängt.

Na, dann eben nicht. Aber lustig wär's gewesen.

Große Tiere

In Wien soll ein großartiges gesellschaftliches Ereignis stattfinden: Das Buch »*Große Tiere in Schönbrunn*« wird präsentiert. Es ist ein Bilderbuch, in dem Prominente unserem herrlichen Tiergarten Schönbrunn zum 250. Geburtstag gratulieren.

Aber das tun sie nicht einfach nur so, sondern fernab des in solchen Fällen oft ziemlich langweiligen Grußworts. Sie haben sich nämlich alle mit ihrem Lieblingstier fotografieren lassen, und nicht nur das: Die Lenker, Mitlenker und Beifahrer der republikanischen Geschicke erzählen auch, welches Verhältnis sie zu ihrem Schönbrunner Lieblingstier haben.

Das wird interessant, und ich könnte selbstverständlich in aller Ruhe abwarten, bis der Prachtband vor mir liegt, aber die Verlokkung der vorzeitigen Rätselei ist zu groß.

Natürlich, niemand wird sich darüber wundern, daß sich Bundeskanzler Schüssel für den Königspinguin entschied, Operndirektor Holender mit einem Kamel posiert, die Leichtathletin Graf den Gepard wählte oder daß der frühere Finanzminister Edlinger in weiser Voraussicht mit einem Panzertier, nämlich der Riesenschildkröte, eins wurde.

Aber was verbindet den Kabarettisten Vitasek mit dem Ameisenbär oder den Manager Androsch mit einem Vogel namens Waldrapp? Ist Menschendarsteller Schenk (Graupapagei) ein Nachplapperer? Würde die ORF-Generalin Lindner (Seehund) am liebsten untertauchen?

Der einzige, den ich vorher noch hätte selber fragen können, wäre mein Chefredakteur Peter Rabl gewesen, dessen Herz dem wenig geselligen Pflanzenfresser Orang-Utan gehört. Aber ich bin ja nicht lebensmüde.

Lange Bank

Oft ist das Glück eines österreichischen Beamten, nämlich einen Akt anzulegen, nur ein paar Quadratzentimeter groß. Das genügt jedenfalls, und sei es nur darum, daß zuletzt krachend der Stempel *LB* (Lange Bank) auf das Schriftstück herniederdonnert, und ansonsten nichts geschieht.

Es sind die Kleinigkeiten, die das Amtsleben lebenswert machen. Wie im Fall einer Gedenktafel, die der Besucher des Josef Strauß-Parks (Wien-Neubau) vorfindet. Auf ihr steht auch: *Josef Strauß war ein arrivierter Ingenieur und Komponist von über 300 Musikstücken wie die Walzer »Dorfschwaben aus Österreich«, »Mein Lebenslauf ist Lieb und Lust« und »Sphärenklänge.«*

Der kleine, aber doch irgendwie peinliche Druckfehler (Dorfschwaben statt Dorfschwalben) fiel schon im Jahr 2000 einem Bürger auf, der sich daraufhin die Mühe machte, bei der Magistratsabteilung 7 (Kultur) anzurufen. Dort wurde der Hinweis wohlwollend zur Kenntnis genommen – und an die Magistratsabteilung 42 (Stadtgartenamt) weitergeleitet. 2002 konnte endlich ein Akt (ST 124/2000) angelegt werden. Ein Fest für den *LB*-Stempelschwinger, weil sonst kein nennenswerter amtlicher Aufwand erforderlich war. Das Amt entschied nämlich: *»Die Tafel wird ausgetauscht, sobald sie kaputt ist.«*

Unterdessen wurde das fehlende »L« mittels Filzstift eingefügt, ob dies amtlicherseits geschah, ist allerdings unbekannt.

Die Tafel ist von ihrer Substanz her in tadellosem Zustand, sie hält vielleicht noch 25 Jahre, also bis 2027. Da wird das musikalische Wien den 200. Geburtstag von Josef Strauß feiern, der Tafelaustausch könnte zu einem Höhepunkt werden.

Vorbilder

Man sitzt in der Wunderkammer Österreich und wundert sich. Dabei wäre alles so einfach, man müßte einfach nur umdenken. Zum Beispiel die führenden Persönlichkeiten des Landes als Vorbilder sehen.

Vor kurzem startete ich – animiert vom Besuch des Karawanken-Messias bei Saddam Hussein – den ersten zaghaften Versuch. Trat vor den Präsidenten des Eishockeyclubs von Val Gardena hin und sagte: *»Herr Präsident, ich bin zwar nur privat hier, aber ich überbringe Ihnen die Grüße des österreichischen Volkes!«* Das war für den Anfang ganz gut, obwohl mich sofort zwei Hockey-Riesen abführten – immerhin ohne Bodycheck.

Derzeit überlege ich, wen ich überraschend küssen könnte. Klestils Intim-Clinch mit dem bekannten Menschenrechtsfreund Kathami war anregend, schade nur, daß die Mund-zu-Mund-Methode Breschnew/Honecker total aus der Mode gekommen ist. Echte Kußkandidaten wären jedenfalls einige Innenminister, die nicht sahen, bemerkten oder wußten, wie ihre Polizisten so den Tag über mit Klebebändern amtshandelten.

Schon längst habe ich aus Ehrfurcht für die Rettung unserer Demokratie durch Kardinal Schönborn das in dem Buch *»Das Leben des Jesus«* elfmal vorkommende Wort *Weihrauch* mit Filzstift ausgestrichen, und über die Zeichnungen Gerhard Haderers lache ich nur noch, wenn mich niemand beobachtet.

Besonders ergiebig wäre die Vorbildwirkung des irakischen Ablegers in der Kärntner Landesregierung, der ja auch ein begabter Rechtausleger ist. Da habe ich allerdings noch kleinere Hemmungen. Es bedarf wahrscheinlich einer Radikalmethode, um sich irgendwann bedenkenlos und mit größter Dreistigkeit sein Recht selber zu gestalten. Aber das wird schon noch werden.

Sex-Infos

Es könnte sich ungefähr so abspielen: Ein österreichischer Staatspolizist (zu erkennen an Lederjacke und kariertem Hut) sucht einen Journalisten heim, es entspinnt sich folgender Dialog:

Staatspolizist: *»Sie haben sich als Mitreisender beim Staatsbesuch unseres Herrn Bundespräsidenten in der Republik Kiribati angemeldet.«*

Journalist: *»Ja. Ich wollte ja immer schon einmal auf diese Inseln. Und?«*

Staatspolizist: *»Wir benötigen Infos über Ihre Sexualpraktiken.«*

Journalist: *»Aha. Und welche wären das?«*

Staatspolizist: *»Na ja, es ist eben günstig für Ihren Leumund, wenn wir eine Liste Ihrer früheren Sex-Partner bekommen könnten, wüßten gern, wie's jetzt so läuft in Ihrer Ehe, ob Sie auch schon gleichgeschlechtliche Beziehungen hatten oder eventuell in psychologischer Behandlung gewesen sind.«*

Journalist: *»Sagen Sie, geht's Ihnen nicht gut?«*

Staatspolizist: *»Schaun S', die zentrale Frage ist einfach, ob Sie Sex im Gegenzug für Informationen akzeptieren würden.«*

Journalist: *»Mit dem Bundespräsidenten!?«*

Staatspolizist: *»Werden S' ned frech! Wir müssen nur wissen, ob Sie so seriös sind, daß nichts gegen einen privilegierten Zugang zu UHBP spricht.«*

Journalist: *»Von mir erfahren Sie kein Wort über mein Sexleben!«*

Staatspolizist: *»Na gut, dann müssen wir Sie eben auf der Insel Nikumaroro unterbringen, weit weg vom Präsidenten.«*

*

Ehre, wem Ehre gebührt. Was der südafrikanische Geheimdienst im Frühjahr 2002 tatsächlich plante (und nach wütenden Protesten wieder fallen ließ) würde bei uns nicht einmal dem eifrigsten Aushecker in den Sinn kommen. Vermutlich.

Der RSa-Brief

Vieles gibt es, was den Bürger schreckt. Polizisten, die plötzlich vor der Wohnungstür stehen, lassen z. B. den Puls höher schlagen als der dort auftauchende Exekutor, weil man allenfalls mit ihm rechnet. Sehr unbeliebt ist auch der blaue Brief (RSa) vom Gericht, besonders dann, wenn man beim Zustellversuch nicht zu Hause gewesen ist, ihn also erst auf dem Postamt beheben muß. Das verlängert die Ungewißheit. Was will das Gericht? Eine gewisse Nervosität breitet sich aus, den Angeschriebenen befällt Unruhe.

So ging es auch Herrn Walter G. aus Wien, den die Benachrichtigung, einen RSa-Brief der Staatsanwaltschaft Wien erst ab nächsten Tag beheben zu können, irritierte. Er wollte sich eine unruhige Nacht ersparen. Also ging er auf der Stelle zur Post – und siehe, er bekam den RSa-Brief.

Der Inhalt: Die Staatsanwaltschaft teilte mit, der Mann könne sein gut ein Jahr zuvor im Zuge eines Diebstahls durchgezwicktes Fahrradschloß *(= Deposit)* nunmehr beheben.

Walter G. fragt sich: Gibt es wirklich keine einfachere Methode, um jemandem mitzuteilen, daß er sich ein unbrauchbares Fahrradschloß abholen kann? Der Gute. Noch nie etwas von Gesetzeskonstrukteuren und Verordnungskünstlern gehört?

Kleine staatsbürgerkundliche Ergänzung: Ich fragte 30 erwachsene, gebildete Menschen, wofür das Kürzel RSa bzw. RSb steht. Keiner wußte es. Die Post klärte mich auf: RS heißt Rückschein, und a bzw. b heißt gar nichts. Es ist nur eine Kategorisierung. Bei a darf nur der Adressat selbst den Brief entgegennehmen, bei b muß das nicht sein. Schade, daß es RSc nicht gibt: Der Brief, den man gar nicht beheben muß. So wie es bei manchem RSa (s. o.) günstig wäre.

Aktion für Mutti

Das Thema »Gute Ideen aus dem Handel« zur Ankurbelung des Muttertagsgeschäftes ist ja nicht sehr neu, aber doch immer wieder ein Quell der Herzerfrischung.

Zur Aktion von Ö3, das *Österreichs Müttern zum Muttertag 2002 einen ganzen Ferrari schenkt* muß nicht viel gesagt werden, außer, daß sie ganz nebenbei stark nach Mütter-Verarschung aussieht.

Zum üblichen per Postwurf und Inseraten angepriesenen Muttertags-Geschenkgut vom praktischen Küchengerät bis zur Faltenentfernungscreme fällt mir schon lange nichts mehr ein, und das beliebte Inserat über den Superhaftkleber *fittydent – Muttertag wie mit eigenen Zähnen* habe ich heuer noch nicht gesehen.

Aber dafür was anderes: *Muttertag – Aktion!!! der Firma Michael Meixner, Steinbau, Wildungsmauer, NÖ.* Der Kernsatz lautet: *Bei Bestellung einer Grabanlage bis Muttertag – 10 % Sondernachlaß.*

Das hat was, und ich sehe vor mir, wie die süßen Enkelkinder, umrankt von den stolzen Eltern, Familien-Poesie vortragen:

Liebe Omi, sei nicht bange,
du lebst bestimmt noch sehr, sehr lange!
Doch nur wer heut' auf Euros wacht,
sich morgen still ins Fäustchen lacht!
Drum, liebe Omi, schenken wir
ein schönes Meixner-Graberl dir!

Gerührt wird sie sein, die Omi. Und die Ersparnis durch den Ruhestätten-Rabatt vielleicht aus der eigenen Tasche großzügig unter der dritten Generation verteilen.

Gespannt warte ich, was MM zum Vatertag anbietet. Soferne ihm nicht im Zuge des Muttertags-Ansturms ein Granitblock auf den Fuß fällt.

Bestuhlungsfieber

Nach jahrelangen Diskussionsarien und fein gesponnenen Intrigantenrezitativen steht fest: Das Theater an der Wien wird 2007 wieder Opernhaus. Ohne Verstärkeranlagen für stimmlose Musicalisten, was dem gelegentlich abzuheben drohenden Dach des Hauses sowie den Besucher-Gehörgängen nur gut tun kann.

In der allgemeinen Schwärmerei über das »Haus wie eine Geige« *(Falter)* kommen Sitz- und Sichtkomfort leider nicht vor. Zwar erwähnte Intendant Klausnitzer eingeschränkte Sichtlinien, aber den besonderen Reiz des 1960 umgebauten Theaters macht etwas anderes aus.

Damals waren wir offenbar ein Volk von Kleinwüchsigen, weswegen die Sitzreihen in ziemlich geringem Abstand voneinander plaziert wurden. Heutige Besucher können sich bei Bedarf ohne weiteres die Ohren mit den Knien zuhalten, weil sie ohnehin nicht wissen, wohin mit diesen. Und daß ein etwas größerer Kopf von Vorderfrau oder Vordermann genügt, um ein Drittel der Bühne unsichtbar zu machen, ist nur eine logische Folge.

Aber nun ergibt sich vielleicht die phantastische Chance einer Änderung. Klausnitzer, ab Sommer Verlagsdirektor, wird das Theater noch zwei Jahre als Konsulent betreuen, was nebenbei ein Weltunikum ist: Journalisten berichten dann über Produktionen, deren Erfinder ihr oberster Chef ist.

Diese Doppelfunktion könnte aber auch Segen bringen: Die *News*-Gruppe ruft einfach ein neues Fieber aus – *»Besucher fiebern menschengerechten Sitzreihen entgegen!«* Der Konsulent rät daraufhin dem Theatererhalter in einer Bestuhlungsklausur zu handeln – alles wird gut. Schließlich sind wir nicht überall Zwergenrepublik.

Verwirrendes

An einem Dienstag stieß ich bei Lektüre der Tageszeitungen auf folgende Schlagzeilen:

Oberösterreichische Nachrichten: Buben zündeten Kirche an
Tiroler Tageszeitung: Zündler in Kirchen
KURIER: Zwei Buben als Kirchenbrandstifter
Täglich Alles: Bub (9) zündete zwei Kirchen an.
Krone: Bub (9) zündete drei Kirchen an..
Standard: Zwei Buben zündeten mit Opferkerzen drei Kirchen an.

Da ich vermutete, daß nicht acht oder zehn Buben insgesamt ca. 13 Kirchen anzündeten, griff ich in meiner Verwirrung zur *Presse,* in der ich allerdings überhaupt nichts zu dem Fall fand. Nicht einmal *Kein Bub zündete ein bis drei Kirchen an.*

*

Bevor man sich in Brüssel darauf einigte, daß die neue Europawährung *Euro* heißen soll, war auch der Name *Krone* im Gespräch. Schade, daß nichts daraus geworden ist, aber andrerseits hätte der Slogan *»Jedem Europäer seine Krone«* ohnehin nur Verwirrung gestiftet.

*

Der *Standard* meldet in einem Bericht über eine neue Studie: *»56 Prozent der Ärzte sind Väter, aber nur 31 Prozent ihrer Kolleginnen.«* – Das sieht nur auf den ersten Blick seltsam aus, es wird wahrscheinlich einfach damit zu tun haben, daß die Vaterschaft in Frauenkreisen noch nicht ganz den Durchbruch geschafft hat.

*

Laut *KURIER*-Chronik grenzt Ungarn jetzt an Bulgarien. Rumänien ist offenbar in einem Schwarzen Loch verschwunden.

*

Ein winterlicher Reisetip aus dem *KURIER: »Schneeketten im Kofferraum erhöhen die Sicherheit.«* – Stimmt. Allerdings nur, wenn sie schwer genug sind.

*

In Kaplan August Paternos sonntäglicher *KURIER*-Kolumne *»Gedanken«* mutierte Albert Camus' Roman *»Die Pest«* verwirrenderweise zu *»Die Post«*. – Vielleicht war's aber gar kein Druckfehler, sondern ein Freud'scher Verheber. Es gibt ja genug Leute, die ihren Feinden die Post an den Hals wünschen.

Wahrheitssuche

Die oft von Rechtsanwälten namens irgendwelcher Mandanten begehrte *Gegendarstellung* ist aus der Medienwelt nicht mehr wegzudenken. Das Spannende an ihr ist, daß der Leser zuletzt nicht weiß, wie's wirklich war. Erst wenn ein Gericht entschieden hat, erfährt er, ob die Gegendarsteller zu Recht gegendargestellt haben oder nicht.

Hätte zum Beispiel der frühere Kulturstadtrat Peter Marboe darstellen lassen, daß er (und nicht die Herren Mock und Schüssel, wie Staatssekretär Morak behauptete) der Initiator des Kulturinstitut-Neubaus in New York war, wäre danach ein Gang zu Gericht gar nicht nötig gewesen. Jeder mit gutem Erinnerungsvermögen kennt die Geschichte sowieso, und so ließ Marboe Großzügigkeit walten.

Aber hart ist das Leben an der politischen Front. Der Bezirksvorsteher von Simmering ließ in die *Wiener Bezirkszeitung* folgende Gegendarstellung einrücken: *»Sie geben (...) die Behauptung wieder, daß durch Initiative des ÖVP-Verkehrsexperten Manfred Dolezal die Ampelschaltung an der Kreuzung Simmeringer Hauptstraße/Hasenleitengasse bzw. Simmeringer Platz verbessert wurde.«*

Behauptet hatte das in der *BZ* die Bezirksrätin Tamandl, Vorsteher Otmar Brix (SPÖ) aber läßt nun darstellen: *»Die Ampelschaltung wurde nicht durch Initiative des ÖVP-Verkehrsexperten Manfred Dolezal verbessert.«*

Wahr sei: *»Die Änderung der Ampelphasen wurde in einer amtswegig anberaumten Ortsverhandlung einvernehmlich beschlossen.«* – Möglich, daß Tamandl geflunkert hat. Vielleicht kommt es in der wichtigen Angelegenheit zu einem klärenden Prozeß. Auf daß die Gerichte was zu tun haben.

Abseits vom Trubel

In diesen spannenden Tagen der Fußball-WM in Asien ist zu registrieren, was mit dumpfer Regelmäßigkeit alle vier Jahre zu registrieren ist: Medienmenschen, weiblich, die Fußball nicht interessiert, die aber etwas auf sich halten, greifen ein. Zwar könnten sie das Ereignis einfach ignorieren, aber lieber artikulieren sie kokett ihre Abseitsstellung vom allgemeinen Trubel oder auch Irritation über abtrünnige Geschlechtsgenossinnen. Dabei liefern sie z. B. Erkenntnisse, wonach sonst kulturbeflissene Damen in dieser wahndurchdrungenen Männerwelt plötzlich auch schwärmen – *»für irgendwelche hünenhaften Cornettotypen mit, na sagen wir, vergleichsweise schlichten Gesichtszügen.«*

Abgesehen von der Frage, ob sich hinter weniger schlichten Gesichtszügen immer Intellekt verbergen muß, ob also (auch beim nicht Fußball spielenden Wesen) vom Aussehen her Rückschlüsse auf das Denkvermögen gezogen werden können, ist festzuhalten: Mit der Torheit ist es wie mit dem Tor – beides passiert oft aus dem Nichts heraus.

Tüchtige Männer und Frauen in den Medienanstalten arbeiten seit zwei Wochen emsig an der weiteren Festigung eines selbst geschaffenen Fundaments. Demnach interessieren Frauen am Fußball lediglich Oberkörpermuskulatur und Hintern der Spieler. Und wenn deren Gesichtszüge zwar schlicht, aber zugleich doch von erlesener Gleichmäßigkeit sind, flippen sie überhaupt aus. Angeblich.

Wie und was auch immer – weiblichem WM-Desinteresse steht glühende Begeisterung gegenüber. Und reformerische Nachdenklichkeit. Meine Kollegin B. tritt z. B. für die sofortige Verkleinerung des Fußballfeldes ein. Im Sinne der Chancengleichheit für langsamer laufende Kicker.

»Faccia di culo!«

Der direkte Kontakt zwischen österreichischen Autofahrern beschränkt sich meistens auf den einfachen Zuruf »Oaschloch!« Er ist auch bei geschlossenem Fenster im Vorüberfahren für jeden halbwegs begabten Lippenleser jederzeit verständlich. Aber nicht nachweisbar wie vergleichsweise in der stehenden Konfrontation der vor Zeugen zelebrierte Satz *»Du Loch in da Natur – i g'leng dar ane, daß d' mit 'n Kopf duach d' Ripp'n schaust, wia dar Off duach'n Godern.«*

Derlei erfüllt zwar noch nicht den beliebten Tatbestand der gefährlichen Drohung, aber für Freunde des Kleinen Bezirksgerichts immerhin den der Ehrenbeleidigung.

Zumindest bei uns, nicht aber in Italien, wo dieser Tage das höchste Gericht des Landes entschied, daß Autofahrer einander beschimpfen dürfen. Die Begründung des Urteils: Schimpfwörter (zwar moralisch verwerflich, aber im Alltagsleben von den Menschen toleriert) würden oft dazu gebraucht, *»um einen Gedanken zu verstärken.«*

Grünes Licht also für *faccia di culo* oder *stronzo* (Übersetzung siehe Zeile 2), die Ehrverletzung dieser Art ist keine mehr.

Bevor aber nun hiesige Schimpfspezialisten hinterm Steuer auf grenzüberschreitende Wirkung hoffen, muß noch eine Kleinigkeit erwähnt werden. Dasselbe römische Gericht befand eines Tages auch, daß eine Vergewaltigung nicht nachweisbar sei, wenn eine Frau hautenge Jeans trage, da man ihr diese gegen ihren Willen nicht ausziehen könne. Nach diesem Urteil protestierte die Öffentlichkeit so heftig, daß es revidiert wurde.

Ob italienische Richter vom Volk beschimpft werden dürfen, ist unbekannt. Genauso wie die Übersetzung für *Nudelaug'n.*

Lauter Mozarts

Als vor gut zehn Jahren ein bekannter Wiener Ziehharmonikaspieler einen halblustigen Liedtexter öffentlich als *Karl Kraus der literarischen Pop-Szene* bezeichnete, war diese Vergleichskunst neben ihrer unfreiwilligen Heiterkeit noch kein ständiger Begleiter in unserem Leseleben. Unterdessen sind viele Journalisten in Substitutionswahn verfallen – zwecks Näherrückung des Großartigen zum einfacheren Volk.

Einer der Allgegenwärtigen ist Mozart – vom *Marillenknödel-Mozart* über den *Mozart der Disco,* den *Strafraum-Mozart* bis zum *Mozart unter den Ohrenärzten* ist alles drin. Im Anonymbereich wimmeln Päpste, Kaiser und Könige aller Arten durch die Zeitungsspalten.

Es muß auch was mit der Synonym-Sucht zu tun haben. Leute, die statt Katze lieber *Zimmertiger* schreiben oder die Sonne bevorzugt *das leuchtende Zentralgestirn* nennen, denen sind sowieso keine Grenzen gesetzt.

Das Vergleichskünstlertum dieser Strunze der Medienwelt fand in der Fußball-WM 2002 abermals einen Höhepunkt. Einziger Unterschied: Die Dichter blieben im eigenen Lager, griffen also nicht verzückt auf Mozart, Goethe, Karl Schranz, Reich-Ranicki und andere Weltgrößen zurück.

Einem gewissen Jung-Hwan Ahn reichte ein Tor, um fortan der *Beckham Koreas* zu sein, Beckham selbst ist *Englands Maradona,* bis zu ihrem gurgelnden Untergang gab es *Brasilianer des Orients* (Saudi-Arabien) und *Brasilianer Europas* (Portugal), die *Italiener des Nordens* kommen aus Schweden und Torhüter Kahn ist der *deutsche Tarzan.*

Wer kann sich diesem Rausch entziehen? Zumal die österreichischen Kicker so was wie die *Chinesen Mitteleuropas* sind.

Glitzeranten

Ohne dem Kollegen Karl Hohenlohe ins elegante Handwerk pfuschen zu wollen, stelle ich als langjähriger Anhänger der *Seitenblicke* begeistert fest: Es wird immer toller, was uns das Fernsehen an Dekorationsmensch und Buffetmaterial ins Haus liefert.

Das Allerraffinierteste an *Seitenblicke* ist aber die Integration der darstellenden Herumschwärmer in die österreichische Familie. Indem, von wenigen exotischen Ausnahmen abgesehen, immer dieselbe Vogelschar in die Mikrofone zwitschert, kennen wir zuhause schon deren kleine Eigenheiten, ihr Federkleid, ihre Frisuren, ihre Sprachfehler, jede Falte ist uns lieb geworden. Und vor allem ihre heitere Seite. Kaum jemand, der seiner kleinen Wortspende nicht einen völlig unmotivierten Lacher folgen läßt. Irgendwer sollte ja immer lachen, wenn es schon nicht die Zuhörer sind.

Und während der *Seitenblicke*-Doppeldeckerbus sämtliche Glitzeranten zum nächsten Event transportiert, müssen die Zuschauer aus der Ferne verzweifelt darüber rätseln, worüber denn dort von diesen Haaslichterholecek-Wesen zwischen den Nahrungsaufnahme-Phasen geredet wird. Wenn die Mikros abgedreht sind, da spielt es sich wahrscheinlich erst richtig ab. Nie werden wir es erfahren, aber das wär' schön: Täglich ein paar Stunden Small Talk live in ORF 2.

Zugegeben, an mir nagt der Neid, diese wunderbaren Nächte mit all den Größen nur peripher verfolgen zu dürfen. Aber für kurze Momente Trittbrettfahrer der Glitzerwelt zu sein, ist auch nicht übel. Und eines Tages wage ich noch, was viele tun, mische mich einfach ungeladen in die *Seitenblicke*-Gesellschaft. So wahr mir Hubertus Hohenlohe helfe. Oder meinetwegen Karl.

Unterhalter Justiz

In diesem Land kann einem einfach nie fad werden. Es existieren nämlich zum Glück etliche grandiose Unterhaltungsabteilungen staatlicher Natur, aus denen uns ständig Witz und gute Laune entgegenperlen.

Unsere liebe Justiz, immer schon voller Schnaken und Schnurren, nimmt ihren Erheiterungsauftrag offenbar sehr ernst, ansonsten wäre z. B. ein Fall wie der folgende nur schwer vorstellbar.

Es beginnt mit einem kleinen Einblick in die Segnungen des elektronischen Rechtsverkehrs, dessen sich Rechtsanwälte seit dem Vorjahr zu bedienen haben. Der Vorteil dieses Blitzmediums besteht u. a. darin, daß jeder Schriftverkehr mit Datum und Uhrzeit dokumentiert ist. Und so freute sich ein Wiener Anwalt, daß ein Schriftsatz in einer Exekutionssache aus dem Bezirksgericht Liesing, der dortselbst am 24. April ausgefertigt wurde, schon am 17. Juni wohlbehalten in seiner Kanzlei eintraf. Immerhin innerhalb ein- und desselben Jahres (2002).

Sodann hob sich die gute Laune des Empfängers deutlich, denn die Richterin teilte mit: *»Leider sind in unserem Gericht mehrere Schriftstücke von der externen Reinigungsfirma weggeworfen worden, darunter dieser Akt. Das Bezirksgericht Liesing ersucht um Übermittlung Ihrer Unterlagen zur Rekonstruktion des Aktes.«*

Vielleicht ist der Tag nicht mehr fern, an dem Anwälte solche Mitteilungen erhalten: *»Leider ist die externe Consultingfirma, die den Akt bearbeitete, in Konkurs gegangen. Wenn Sie bitte dafür Sorge tragen, daß sich die Parteien selber zusammenraufen, wäre das günstig.«*

Die Heiterkeitsskala der Justiz wird doch hoffentlich nach oben offen sein.

Deutsche Sprache

Der Berliner Turnpatschen-TV-Talkmaster Cherno Jobathey sagte in *Verstehen Sie Spaß?* live unter tosendem Applaus, zustimmendem Gejohle und Getrampel des Saal-Publikums: *»Die Österreicher glauben ja, sie sprechen Deutsch!«*

Laut Teletest hörten das auch 1,026 Millionen Österreicher, und es wird nicht allen gefallen haben. Daher möchte ich ein kleines Erlebnis erzählen, das ich eines Winters in einer Seilbahngondel in der Schweiz hatte.

Im Mittelpunkt stehen zwei deutsche Paare, es waren vermutlich Hessen, die für österreichische Ohren auf der Skala phonetischer Schrecknisse gleich hinter Sachsen und Schwaben kommen. Die beiden Herren redeten ununterbrochen und sehr laut, und sie hatten leider das, was der Wiener gerne *an gfäudn Schmäh* nennt. Über die dazu begeistert kreischenden Damen wäre uncharmanterweise anzumerken, daß sie selbst bei mildester Betrachtungsweise nicht zu den Zierden der Spezies Mensch, weiblich, gezählt werden konnten.

Nach einigen Minuten schauerlichen Klangs ertönte unmittelbar neben der Vierergruppe eine Stimme mit unverkennbar wienerischer Färbung. Zu hören, und zwar sehr gut, war nur ein Satz: *»De Raßkacheln gunn' i denen zwa Koffer!«*

Das war nicht elegant, aber doch irgendwie gerecht. Und abgesehen davon für die Betroffenen ohnehin absolut unverständlich. So lärmten sie denn frohgemut in ihrer merkwürdigen Sprache weiter. Bei der Erinnerung an ein solches Erlebnis macht sich größte Gelassenheit und Milde breit, wenn ich jetzt höre, daß die Deutschen glauben, wir Österreicher glauben nur, daß wir Deutsch sprechen.

*

Vielen Lesern war *Raßkachel* kein Begriff, also tat Aufklärung not. Laut *Teuschls Wiener Dialektlexikon* steht es schlicht für *Häßliche Frau.* Aber die etymologische Wahrheit ist viel grauslicher, man kann sagen, hinter *Raßkachel* steckt eine ziemliche Obszönität. Ich behalte sie lieber für mich. – Das Wort *Koffer* muß man, glaube ich, nicht näher erläutern.

Über Österreichisch

Unter dem Titel »Wer ein Herz hat, trägt es auf der Zunge nach Wien« ist in der *Frankfurter Allgemeinen Zeitung* eine äußerst reizvolle Geschichte über die österreichische Symbiose von Essen und Ausdruck erschienen. Es ist nebenher so etwas wie eine Liebeserklärung an eine Sprache, die es offiziell gar nicht gibt: Österreichisch.

Unter anderem notiert der Autor: *»Selbst Wiener Zeitungsdeutsch liegt, mit Hamburger Presseprodukten verglichen, wie ein Tafelspitz auf der Zunge.«* Wer die unterschiedliche Qualität von Tafelspitz kennt, ahnt vielleicht, warum es besser ist, auf dieses Kompliment nicht näher einzugehen.

In der Aufzählung vieler österreichischer Spracheigenarten – unser herrliches *»eh«* für *»ohnedies«* ist beim Nachbar sogar schon im hohen Norden eingesickert – fehlt allerdings eine der wunderbarsten Wendungen wienerischer Art: Das melodiöse *»Aber geh!«*

Ausgerechnet ein Schweizer hat es trefflich charakterisiert, in seinem Tagebuch notierte Max Frisch 1948 in Wien: *»Aber geh! Das ist die Zauberformel, die alles Unwohle bannt. Aber geh! Hier wird die Sintflut stehen bleiben, zerrinnen, vor so viel Wärme des Gemüts einfach verdampfen.«*

Was Frisch meinte, ist natürlich jenes *»Aber geh!«*, bei dem die Betonung auf *»geh«* liegt. Denn wehe sie liegt auf *»Aber«!* Dann birgt *»Aber geh!«* nämlich den Keim des Etwas-nicht-glauben-Wollens in sich, des Spottes, des Besserwisserischen. Doch selbst das hat noch wesentlich mehr Charme als *»germanisches Rumpeln« (FAZ).*

Na endlich!

Wie bekannt, ist des Kulturkonsumenten Himmelreich die Zugabe, weshalb ich an dieser Stelle schon vor etlichen Jahren die Frage aufgeworfen habe: Warum ist noch kein Künstler auf die Idee gekommen, einen Abend zu geben, der überhaupt nur aus Zugaben besteht?

Lange schon träume ich von einem Plakat, auf dem steht: »*Großer Konzerthaussaal, 19.30 bis 22 Uhr: Otto Schenk präsentiert seinen ›Bumerang‹.*« Das wär' was! Die Leute haben sowieso schon lange darauf vergessen, daß diese paar Zeilen von Joachim Ringelnatz stammen, und wenn ihnen diese dann noch zweieinhalb Stunden vom geliebten Otti aufgesagt würden, fände der Jubel kein Ende.

In Berlin hat jetzt vor Tausenden begeisterten Besuchern ein Freiluftkonzert der örtlichen Philharmoniker stattgefunden, das *World Encores* hieß. Und einen deutschen Untertitel gab es sogar auch: *Weltbekannte Zugaben.*

Na endlich! Obwohl ehrlicherweise zugegeben werden muß: Die wirklichen Erfinder der Zugabenkonzerte sind 1990 die *3 Tenöre* gewesen, die fortan als die *3 Abkassierer* um den Erdball zogen und bald berühmter waren als die Heiligen Drei Könige. Allerdings deklarierten sie ihre Schmachtfetzenablieferung offiziell nie als Zugabenabende.

Ein erster Schritt ist nun getan, das Ende der Erduldung von unbekannteren und naturgemäß langweiligen Werken vor dem Zugabenteil naht. Das Publikum wurde ohnehin lange genug von den Bühnen herab zwangsbeglückt.

Vielleicht erleben wir noch einen Fortschritt namens Die *Große Pause.* Die Theater spielen dann gar nichts mehr, sondern öffnen nur die Pausenräume zum eleganten Defilee.

Eine Zugabe

Leserinnen und Leser, die bisher durchhielten, haben sich eine Zugabe verdient. »Unterwegs mit Bimbo« erschien im KURIER am 22. Oktober 1990. Es war die Nr. 630 von 4196 Kopfstücken (bis zum Redaktionsschluß dieses Buches im Juli 2002).

*

Wir leben in einer Zeit des Spezialistentums, weswegen zum Beispiel auch für die Tätigkeit des *Fahrscheinkontrollors* Männer mit größter Menschenkenntnis eingesetzt werden, auf daß sie Gratisblitzer und andere Schlawiner auf den ersten Blick aussondern können.

Dazu werden sie vermutlich in raffiniert aufgebauten Kursen ausgebildet, wobei das Kapitel *Ausländer* besonders heikel sein dürfte – allein schon der Sprachprobleme wegen. Bis der Ausländer als solcher entlarvt ist, bis also der Kontrollor zum vertrauten *»Du«* findet, kann es allerdings zu kleinen Irrtümern kommen. Alles klar ist hingegen bei Menschen mit anderer Hautfarbe. Und so sagte in der S-Bahn zwischen Mistelbach und Wien ein Kontrollor zu einem Schwarzen, in Wien auch liebevoll *»Nega«* genannt, launig: *»Nau Bimbo, zagmadeifoakoatn!«*

Natürlich hätte er es auch mit einem *»Ihre Fahrkarte, bitte!«* versuchen können, aber es war ja unklar, ob das der exotisch aussehende Fahrgast verstehen würde. *»Nau Bimbo, zagmadeifoakoatn!«* verstand er sofort und antwortete:

»Bimbo hat nicht Fahrkarte. Bimbo hat auch nicht Wochenkarte. Bimbo hat Jahreskarte – und Bimbo ist Rechtsanwalt. Guter Rechtsanwalt. Und jetzt will Bimbo Nummer von Kontrollor, damit Bimbo Kontrollor klagen kann!«

So ein Fall dürfte im Kontrollor-Seminar nicht durchexerziert worden sein. Das Leben ist eben voller Überraschungen.

Inhaltsverzeichnis